梦与归

胡加斋 著

浙江工商大学出版社
·杭州·

图书在版编目(CIP)数据

梦与归 / 胡加斋著．— 杭州：浙江工商大学出版社，2023.12
ISBN 978-7-5178-5847-8

Ⅰ. ①梦… Ⅱ. ①胡… Ⅲ. ①中篇小说－小说集－中国－当代②短篇小说－小说集－中国－当代 Ⅳ.
① I247.7

中国国家版本馆 CIP 数据核字（2023）第 240632 号

梦与归
MENG YU GUI
胡加斋 著

责任编辑	徐　凌
责任校对	沈黎鹏
封面设计	朱　琳
责任印制	包建辉
出版发行	浙江工商大学出版社 （杭州市教工路 198 号　邮政编码 310012） （E-mail：zjgsupress@163.com） （网址：http://www.zjgsupress.com） 电话：0571-88904980，88831806（传真）
排　　版	杭州舒卷文化创意有限公司
印　　刷	杭州高腾印务有限公司
开　　本	880 mm×1230 mm　1/32
印　　张	9.125
字　　数	186 千
版 印 次	2023 年 12 月第 1 版　2023 年 12 月第 1 次印刷
书　　号	ISBN 978-7-5178-5847-8
定　　价	59.00 元

版权所有　侵权必究

如发现印装质量问题，影响阅读，请和营销与发行中心联系调换
联系电话　0571-88904970

自　序

回溯的感动与心酸

　　故乡吴岸，虽地处深山，却也曾"热闹繁华"。那里的人爱做梦，孜孜不倦地追求梦里美好的归宿。

　　回溯故乡，是一种感动。昔日，人们日出而作，日落而息，内心如大山一般宁静。改革开放的春风吹进了山村，在山民们平静的心湖掀起一阵阵波澜。他们或外出打工、经商、办厂，或开发村里有限的资源谋求发展，或在不同的岗位上发光发热。他们为实现自己的梦想谱写出一篇篇感人至深的创业篇章。

　　那里的人如大山一般坚韧、沉稳，男女皆是一条条"汉子"。《发光的金子》里的"我"，质朴、有才华，虽然毕业后被分配到最偏僻的山区任教，但不气馁，牢记班主任"是金子总会发光的"的嘱托，孜孜不倦地在工作岗位上不断地"发着光"；《梦与归》里的春晓，为追求幸福美好的生活，她嫁到城里后缝鞋包、做砖、养蟹、出国打工，屡败屡战，以坚韧不拔的毅力撑起一个家庭；《梅花朵朵开》里的梅朵，六岁时便与父母失散，流浪他乡，饱受煎熬，她在找到自己的母亲后克服重重困难，开起美容店，犹如一株傲雪枝头的"寒梅"……还有躺在棺材里守护故土的阿满（《守山》），为延续林家血脉而付出青春年华的耿芳（《后脉》），脚踏实地、走向成功的乡村教师（《疤痕》），在山里默默等待爱人的茶姑（《茶岭云开》）……

　　由于受到各种条件的限制，山民们的追梦历程无疑是艰难的、困苦的。"我"想在山村学校里发光，却总有一种无形的力量在侵蚀着"我"纯净的心灵，让"我"消沉迷茫（《发光的金子》）。阿满热爱故土，最终只能孤零零地在山里消逝（《守山》）。有人给在苦难中的梅朵的伤口上撒了一把盐，让她饱受肉体和心灵的折磨（《梅花朵朵开》）；春晓嫁到城里，却依然活得艰辛（《梦与归》）；还有山村里老一辈根深蒂固的传宗接代思想，让耿芳付出毕生的代价（《后脉》）；与世隔绝的茶姑，固守她那虚无缥缈的爱情（《茶岭云开》）。诸如此类，无不令人心酸，令人唏嘘不已。

　　心酸之余，作品里不乏一些令人感动的"配角"，让人们看到了"主角"未来的"光明"。梅朵在流浪生涯中，总能得到一些好心人诸如琼阿姨、四川夫妇、张老师等的帮助（《梅花朵朵开》）；《发光的金子》中坑口中学校长的人格魅力，让"我"的未来充满希望。还有《后脉》中面目丑陋但心灵美丽的"咱爸"，《茶岭云开》中豪爽的茶老板，《梦与归》中豪气的"真男人"谷峰，时时折射出人性的光辉。

　　在感动与心酸的交织中，我完成了《梦与归》的创作，聊以在野草蓬勃的故乡里找到一丝心灵的慰藉。在创作与出版的过程中，本书得到了文成县委宣传部、文成县文联、文成县作家协会等单位的大力关心与支持，还有诸多文友、同事的悉心鼓励，尤其是文成县委宣传部，将本书列入文化精品创作扶持项目。在此一并表示感谢。

我在山村里长大，一直从事教育工作，阅历不丰，文思愚拙，望各位读者不吝赐教。

胡加斋

2023年9月于文成

目 录

CONTENTS

梅花朵朵开	001
发光的金子	098
梦与归	155
后　脉	210
茶岭云开	233
守　山	244
疤　痕	262

梅花朵朵开

一

天边泛出淡淡的白光，冬女扛着一编织袋行李走出家门。梅朵紧跟在身后，她用手背擦了擦惺忪的眼睛说："妈，我困。"

冬女说："阿囡，忍着点。晚上就可以见到你爸了。"

木春正月出的门，已五个多月没回家了。冬女每月都能收到木春给家里寄来的钱。或许是冬女不识字的缘故吧，木春一直没有给她写信，村里又没有电话，夫妻俩便一直没有联系上。冬女从根发的老婆秋菊那里得知，木春在耒江青桥建筑工地上干活。冬女到底惦记着木春，怕木春干起活来没分寸，累坏了身子。如今农忙已过，冬女便请邻居大嫂帮忙照看几天家里的牲畜，自己与梅朵进城一趟去看看木春，顺便带上几件过冬的衣服和一些木春爱吃的腌菜。

冬女是福建南平人，她两岁时便成了孤儿，靠吃村里的百家饭活下来。冬女七岁那年，木春的父亲去南平贩松香，见冬女可怜，便把她带回坞里当"童养媳"养起来,那年木春才两岁。木春成年以后,父母便安排两人成了亲。第二年冬天,冬女生下了一个女孩,那时正值院子里的蜡梅树开出第一朵花,木春便给女孩取名叫梅朵。后来,木春的父母相继去世,为了让家里的日子过得舒坦些,木春便跟着村里的根发一同去耒江打工。

院子里的蜡梅树树影婆娑,梅朵踩到树上掉下的几颗青梅,便弯腰捡了两颗放进裙兜里。

梅树底下是梅朵长年惦记的地方。寒冬腊月,草木凋零,梅树光秃秃的丫枝上却绽放出一朵朵粉红色的梅花。花瓣飘飞之后,淡绿色的叶片中间便长出一粒粒豆大的梅子。梅子渐渐长大,到了四五月份便有拇指大小,椭圆形,颜色青翠。一夜风雨,无数颗梅子撒落在院子里。梅朵惋惜地看着地上,忍不住捡起一颗梅子放进嘴里,"咔嚓"一口咬下去,感到又苦又涩,便张开嘴巴皱起眉头"哈哈"地呼气。到了七八月份,梅子成熟了,颜色青中带红,吃起来又酸又甜,梅朵便整天像猴子一般待在树上摘梅子吃。

母女俩经过村口的土地庙,冬女放下编织袋,对着庙里的香炉拜了三拜,嘴里念叨:"土地公公啊,你一定要保佑我们一家人顺风顺水。"

冬女和梅朵翻下坞里岭,越过坞溪丁埠,爬上青格岭,到了青格的时候天已大亮。两人登上开往文溪县城的班车,一路颠簸,直到中午才到达县城。母女俩下了车,走进车站边的一家饭店。冬女买了两碗饭,向店里讨了一大碗开水,又从编织袋里抓出一把腌制好的咸菜放进碗里，母女俩便就着菜汤吧嗒吧嗒地吃了起来。不一会儿，饭吃完了，咸菜汤还留下半碗。冬女舍不得倒掉，便端起碗咕噜咕噜地灌进肚子里。吃完饭后，母女俩又急急登上了去耒江的客车。车厢里的旅客挤得满满的，车子便向耒江飞驰而去。

路上，冬女感到肚子憋得厉害，便叫司机停车下去方便一下。司机说路边没有厕所，再说车上的旅客都急着赶路，还是忍一下到车站再解决。旅客们也随声附和，冬女只好憋着，直憋得满脸通红。车子终于开进了耒江车站，一下车，冬女便把编织袋放在车站出口处的墙边，吩咐梅朵看着，不要走动，自己急着去找厕所。车站里乱成一锅粥，不识字的冬女看不懂厕所的标志，像无头苍蝇似的到处乱撞，找了好长时间也没找到厕所。冬女想找个角落随意方便一下，可每一处都是人。她问路过的人，那些人都忙于赶路，有的装作没听见，有的摇摇头，有的随意地指了指，最后冬女在一个车站清洁工的指引下才找到了厕所。

耒江的车站很大，冬女从厕所里出来以后便晕头转向地找不到原来下车的地方。她很是焦急，逢人就问。由于她不会说普通话，过路的人听不懂冬女"哩哩啰啰"说些什么。冬女拉住一位车站工作人员的手臂，用哀求的语气问出口在什么地方。工作人员用手指了一下便忙自己的事情去了。冬女跟着人流在车站里钻来钻去，一会儿进了售票厅，一会儿进了候车室，一会儿又从出口处绕回来，始终看不到梅朵的身影。天色渐渐暗了下来，车站里的旅客越来越少。冬女终于看到自己的编织袋孤零零地立在墙边，可梅朵却不知道去哪里了。冬女撕心裂肺地喊："梅朵，梅朵，你在哪里？"一位工作人员走了过来，冬女哭丧着脸说女儿丢了。工作人员把冬女带到车站警务室。警务室里的民警问冬女："你女儿多大了？穿什么衣服？扎什么头发？"冬女听不懂民警在说什么，民警不停地用手比画着，最终才大概弄清楚梅朵的基本特征。车站的工作人员立即分头去找，并在广播室里播出"寻人启事"，可工作人员找遍了整个车站和附近的街道也没看到梅朵的踪影。冬女呼天喊地地哭起来，工作人员问她在耒江有没有亲戚，叫他们一起过来找找。冬女想起木春，于是在车站工作人员的指点下乘上一辆出租车，飞也似的往青桥工地驶去。

冬女到工地的时候已是夜里十点多了，她看见工棚里亮着灯，便闯进去催命似的"木春木春"地叫。当时工棚里有几个工人在玩扑克牌，一个输了钱的工人骂道："吵什么，烦死了！"冬女急急地问："木春在哪里？"工人用手指了指隔壁。冬女来到隔壁房间里叫了几声木春，但里面没有回音。冬女想木春一定是睡蒙了，便一脚踹了门进去。冬女拉亮电灯一看，只见床上空空的没人。冬女又来到隔壁经理室门外，看见有一扇铁门，便擂鼓似的"咚咚咚"敲起来，大声喊："木春，木春，快开门！"

此时木春早已搂着艳云进入了梦乡，他被一阵急促的敲门声惊醒，还听见有人叫他的名字，急忙穿上衣服出来开门。一开门，见冬女泪流满面地站在门外，不由得打了一个寒战。

冬女拉着木春的胳臂一边哭一边说："阿春，梅朵丢了。"

木春听说女儿丢了，顿时变了脸色，惊愕地问："啊！在哪丢的？"

冬女抽泣着说："在车站丢的。"

木春急得像道士做道场一般在门外转起了圈子，不知怎么办才好。

冬女说："你还转什么？还不赶快一起过去找找。"

木春醒悟过来，赶忙跑到工人的寝室里跟工友们说："兄弟们，我女儿丢了，帮帮忙，一起过去找找。"

工友们齐声说"要得"①。

工地里的司机开来一辆五菱车，夫妻俩与工人们一同上了车，车子启动后急急向耒江车站驶去。

五菱车开到了车站，工人们立刻分路去找。找了一两个小时后又陆续回到车站，都说没有找到。

一个四川的工友说："怕是被人拐走喽！"

冬女听了双手拍着膝盖大哭起来："心肝宝贝啊，你在哪里呀……"

木春叫工友们先回去，免得耽误第二天上工。工友们走了之后，木春和冬女继续在车站周围找，一直找到天亮也没看到梅朵的影子。

天亮以后，木春和冬女来到车站附近的凤桥派出所报了案。派出所里一名年轻的女民警详细询问了梅朵的特征之后，便给周围的派出所打电话，叫他们协助寻找，然后让木春夫妇分别上了一辆警车，警车从车站出发，逐步向外边扩展。转了半天，仍然没看到梅朵的踪影。民警叫他们先回去，有消息了再通知他们。冬女执拗地要在车站里继续找，木春怕再丢了冬女，便硬拉着冬女上了出租车回到工地。

①"要得"，方言，表示好、同意的意思。

到了工地之后，冬女便明白木春昨天夜里睡在一个女人的房间里，就抓住木春的胳膊又哭又骂："你这个挨千刀的，竟然在外边偷女人。"木春铁青着脸，呆呆地站着。冬女想起丢失的女儿，便捶胸顿足地哭喊起来："宝贝啊，咱娘俩的命真苦啊！"

　　丈夫的背叛与女儿的丢失犹如两股恶浪交织在一起，形成一股洪流，彻底摧垮了冬女。冬女喉咙都哭哑了，一直哭到不省人事。木春只好把冬女送到工地附近的青桥医院里。

　　医生给冬女挂了点滴，冬女醒来之后，又是一阵撕心裂肺的哭叫。医生给冬女打了一针，冬女才渐渐睡去，可是一醒来又是大哭大闹。这样几天下来，冬女哭得心衰力竭，眼眶翻白，最后神志不清。医生摇摇头说："看来只能送精神病院了。"

　　无奈之下，木春只好把冬女送进耒江精神病医院里。

二

　　正月初八，木春与根发一起来到青桥建筑工地，每天与一班四川工友干着背水泥、拌水泥、挑砖各种粗活。一天下来，木春累得骨头要散架似的。

　　干一天活可以拿十元钱的工资，月末的时候统一到经理室结算。经理室在工棚的最左端，那里的门从不轻易打开，工人们只有在领工资的时候才可以走进去。由于工程规模不大，经理身兼数职，既管施工，又管财务。经理很少出现在工地上，所有的旨意都通过工头传达给工人。

月末的时候，木春走进经理室，一股浓烈的香水味飘进了他的鼻子。一抬头，只见办公桌后坐着一个三十来岁的女人，一头黑发披在肩膀上，鸭蛋形的脸颊像熟透的桃子一般白里透红，嘴唇涂成紫红色，宛如两片张开的玫瑰花瓣。

木春来工地已二十多天了，他整天与那些皮肤粗糙、腰肥体胖的工人做伴，内心如沙漠一般枯燥。如今眼前忽然出现一个天仙似的女人，他不由得瞪大眼睛怔怔地看着。经理"当当当"地用笔敲打着桌子，木春如梦初醒。经理白了木春一眼，推过一本工资名册叫木春签字。木春在办公桌前坐了下来，看了一眼名册，不知道签在哪个位置。经理伸出葱白纤细的手指，用染成深红色的指甲往一处空白的地方点一下。木春拿起笔哆哆嗦嗦地写上自己的名字。经理从抽屉里拿出一叠钱，"啪啪啪"地数着，每张都是全新的"十块头"。经理把钱递给木春，说总共两百块，叫木春数一下。木春接过钱走出经理室，心里噗噗直跳。

木春留下一些零用钱，把其余的都寄回家里。

自去过经理室之后，木春的眼前便时常浮现出经理迷人的身影。每到空闲的时间，木春便像被鬼牵着一般，不由自主地往经理室那边走去，可经理室的门总是关着，木春只能偶尔在窗帘被风飘起的一瞬间看到经理的身影。木春深深明白：癞蛤蟆终究是吃不到天鹅肉的，血气方刚的木春便用臆想排遣寂寞枯燥的时光，臆想的结果便是更加想念冬女。

根发是工地的监工，也算是木春的直接上级。木春向根发提出要回家去看看。根发说："这不行，工人们都是到过年才回家的。你既然来了，就得安下心来。"

由于要赶进度，工地一个月只给工人一天休息时间。晴天在室外上工，雨天在室内施工，有时夜里也要加班。一天上午，工地停工休息，根发对木春说："春弟，带你去城里见见世面。"

木春来耒江之后从没到市区逛过，便兴奋地跟了上去。

两人乘公交车来到市区最热闹的地方——石榴街。街上的人如蚂蚁搬家一般来来往往，挨挨挤挤。两人逛进一家服装商店，里面有西装、夹克、风衣，木春一看价格，都在三百元以上，有的要好几千元。木春想，自己辛辛苦苦干一个月，赚到的钱还买不到一件衣服。他看到墙上挂着一件紫红色的风衣，心想冬女要是穿上这件衣服一定会年轻很多，但他一看上面的标价，竟然要八百元。根发说："长见识了吧，这些衣服只有城里人才穿得起啊。"

两人又逛进一家珠宝店。店里厚厚的玻璃罩里摆放着金项链、金手镯、金戒指，在灯光的照射下好像早晨的太阳一般耀眼。木春看了一下价格，大多要好几千元。另一个柜台里是玉制的饰品，有手镯、耳坠，颜色有红的、绿的、白的，每样价格都在一千元以上。

一个身材高挑的女郎挽着一个胖胖的中年男人的胳膊走进店里。女郎穿着一件粉红色的旗袍，身材像起伏的山峦一般凹凸有致。木春想他们应该是一对父女。女郎来到玉器柜台前，售货员满脸堆笑地迎了上去。女郎指着柜台里的一只红色的玉镯。售货员把玉镯从柜台里拿出来,套进女郎嫩白的手腕。玉镯和手腕互相映衬,红的更红,白的更白。女郎撒娇似的对中年男人说:"给我买一只吧。"男人立即从腰里掏出钱包,拿出一叠钱递给售货员。售货员点完钱后,便把玉镯装进一个红色的盒子里递给女郎。女郎拿着盒子,挽着男人的手臂像风吹柳叶一般飘走了。

木春惊羡地看完眼前的一幕,轻声对根发说:"这对父女可真有钱啊!"

"瞎了你的狗眼,你看他们是父女吗?真是山头的乌龟没见过大海的深浅。"根发奚落了木春一番。

木春嘀咕着:不是父女,难道是"奸夫与妍头"吗?

此时已到中午,木春想自己来耒江多亏根发照顾,便决定请他吃一顿饭。两人走进石榴树底下的一家大排档里,木春点了猪肠炒青椒、生姜炒肉、爆炒螺蛳三个菜,外加两盆炒粉干,又要了一斤烧酒。菜上来以后,木春给根发倒了半碗酒,两人"砰"的一声碰了一下碗,各自喝了一大口。喝了酒之后,两人的脸色开始发红,话匣子也打开了。

由于刚刚游览了商场,两人内心的感触像寺院里的钟声一般余音袅袅。根发说:"春弟,你看人与人的生活也太不一样了,有钱的人钱多得没地方用,没钱的人连饭也吃不饱。"

木春没见过什么世面,他听了根发说的话之后便用"对,对""是,是"来敷衍,就像相声里的捧哏演员。

根发的喉结动了一下,又喝下一大口烧酒:"春弟,你可不知道，那些富人过的才是人的生活。不用干苦力，吃香的，喝辣的，出门开汽车，在外边还可以养年轻漂亮的女人。跟他们相比，我和你……猪狗不如。"根发喝了酒后，说话有点舌短，"春弟，我们也要争取……争取过上富人的生活。"

根发的话像一根刺，戳到了木春的痛处。他喝下一口酒，眉头皱成山峰的模样。他想起自己的家境，父母早死，日子能过下去就不错了，还期望过什么富人生活呢。

不一会儿，桌上的盆底敞天了，酒也喝完了。木春去付账，根发按住木春的肩膀说："我……我来付钱。"

木春推开根发的手，走到柜台里付了钱，一共是二十八块。吃一顿饭用去将近三天的苦力钱，木春不免有点心疼。

一天下午，工地上开来一辆黑色的小轿车，车上下来一位穿西装的男人。男人挺着大肚子，两鬓斑白，看模样已有六十多岁了。工人们都说是大老板来了。木春问：我们这里不是已经有一位女老板了吗？工人们说那是老板娘。木春嘀咕道："是老板的女儿吧。"一个工友带着浓重的四川口音说："哪里是女儿哦，是婆娘喽。""婆娘？"木春惊愕地睁大了眼睛。

根发过来大声呵斥道："别吃饱了没事干，快干活！老板看见了有你们好受的。"

大老板在工地上兜了一圈之后便钻进了经理室。木春怔怔地立在那里，像一个五岁的孩子想不通天上的月亮怎么不会掉下来一样，想不通这么漂亮的女经理怎么会嫁给一个老头。他悄悄地问根发，根发说："有什么想不通的，有钱呗。"

月末，木春进入经理室，由于内心有"鬼"，他心里不免咚咚直跳。他低着头径直走到办公桌前，往前瞄了一眼，只见办公桌后空空的。木春以为经理不在，转身便往外走。这时，身后传来轻轻的叫唤声："不要走，过来帮帮我。"木春转身一看，只见经理趴在办公室的地毯上，一根"T"形拐杖扔在一边。木春赶忙上前把经理扶起来，发现经理左腿的牛仔裤里空荡荡的。木春这才明白经理平常为什么总是蜗居在办公室里，原来是腿脚不便。

木春抱起经理，感到经理身体轻轻的、软软的，就像一只刚出生不久的小羊羔。木春把经理放到办公桌后面的椅子上，拿来拐杖放在椅子的旁边。经理轻声说了声"谢谢"。

木春领了钱走出经理室。

后来，木春从烧饭的吴妈那里了解到经理的底细。原来经理是江西人，名叫管艳云。艳云高中毕业后来耒江打工，在鞋包厂缝过鞋包，在酒店里当过服务员，后来到蓝天房地产开发公司当文员。公司里的巩老板看上了艳云，提出要娶她当老婆。老板比艳云大二十多岁，他的老婆患乳腺癌去世了。艳云竟然同意了。艳云跟老板成了夫妻之后，便经常一起开车出去跑业务。有一次，车子撞进了一辆大货车里，艳云的左腿被轧断了，截了肢。由于截肢的部位太高，没法安装假肢，艳云只能撑着拐杖走路。老板还算有良心，没有抛弃艳云。后来，蓝天房地产开发公司的业务越做越大，老板便叫艳云单独负责青桥建筑工地。由于艳云行动不便，便叫吴妈来照顾她的生活起居。吴妈是艳云的亲姨妈，她除了照顾艳云之外，还给工人们烧饭。

"那她有孩子吗？"木春问。

吴妈摇摇头说："没有。那次车祸后，医生说她不能生孩子了。"

木春这才知道，外表光鲜无比的经理竟然有如此不幸的遭遇，不由得发出一声感叹：世上的事情真像坞里山谷一般雾气腾腾，变幻莫测啊。

一天晚上，根发把木春叫到工棚外边说："兄弟，你的好运来了。我明天去云山工地当监工，也不知道你摸对了经理的哪根筋脉，她指明要你来接替我的工作。"

木春用不相信太阳从西边升起一般的语气对根发说："发哥，你别拿我寻开心了。"

根发用手指着天说："兄弟，你还不相信我吗？要是骗你，我被雷劈死！你明天早上去经理那里就知道了。"

根发又细细交代木春怎样管理工人，他说对工人要一手软、一手硬。在工作上要严格要求，在生活上要把他们当兄弟，这样他们才真心服你。木春至此才相信根发说的话是真的，心想以后再也不必像牛一样干粗活了，而且还可以拿双倍的工资，不由得精神振奋。

第二天早上，根发去了云山工地。木春来到经理室，轻轻地推开门。他看见经理正在办公桌前对着镜子抹口红。木春不安地站在一边，就像一个等待接受老师批评的学生。

"过来坐吧。"经理说。

木春轻轻地走到办公桌前，小心翼翼地坐在椅子上，身体像提线木偶一般僵硬。

"你的主要任务是管好那些工人，不要让他们偷懒。"

木春用副官回答司令一般的语气说："是。"

"你走吧，好好工作。"经理淡淡地说。

木春如释重负般地从办公室里出来。

木春当上监工之后，便单独住进原先根发住的小房间里，房间里还配备了一张办公桌。木春学着根发的样子，跟工人们相处，催促他们干活。起初他怕工人们不服，后来发现那些工人对他服服帖帖的，压根不敢吱声。

按照规定，木春每天收工后都要向经理汇报工作。当天晚上，木春搓了澡换上干净的衣服后向经理室走去。他想起经理冷冷的样子，心里不免有点紧张。他来到经理室门外，看到经理室里亮着灯，便伸手轻轻地敲了一下门，里面传出水一般柔和的声音："进来吧！"

木春推门进去，又听到经理说："把门关上。"木春便关上门。他怯怯地抬起头，一看办公室里没人，才知道经理的声音是从后面的房间里传出来的。经理说："进来吧。"木春便往办公室后面的房间里走去。一进门，木春便感到一阵目眩，只见眼前一片粉红：房间里的灯光是粉红色的，墙壁、天花板的贴纸是粉红色的，床上的被子是粉红色的，床对面的沙发是粉红色的，就连经理穿的睡衣也是粉红色的。

经理扭曲着身体半躺在沙发上，右手臂支着尖尖的下巴，头发如瀑布似的垂下来，半遮半掩地盖住布满红晕的脸颊。沙发前的玻璃茶几上摆着两只细脚伶仃的玻璃杯，杯子里盛满了红色的酒。

经理向木春招手道："过来坐吧，陪我喝一杯。"

木春木讷地移步到沙发前，在沙发里仅存的一点空位上坐了下来。他的手臂触到经理丝绸一般的头发，顿时感到全身痒酥酥的。

经理向木春妩媚地一笑，端起酒杯贴近嘴唇，那红色的液体便缓缓地流进她樱桃似的小嘴里。

木春小心翼翼地端起玻璃杯，他生怕一使劲就会把又细又高的杯脚捏断。木春咕噜咕噜地喝光了杯里的酒。他感到那酒又酸又甜，一喝进去，整个身体麻麻的。

经理又往杯子里倒上酒，两人端起酒杯轻轻地一碰，然后又仰起头喝光了杯里的酒。

经理醉态朦胧，脑袋歪下来枕在木春的大腿上。一股浓烈的芳香飘进木春的鼻孔里，木春感到自己的身体飘了起来，飘荡在空中……

三

梅朵坐在行李边等了很长时间，也没有看见妈妈回来。面对一张张陌生的面孔，梅朵既着急又害怕。她热切地盼望早一点回到妈妈的身边，便忍不住站起身朝冬女原先离开的方向走去。走了一步又一步,她始终看不见妈妈的影子。她忽然看到对面有一个弯着腰的背影很像妈妈,便欣喜地跑了过去。走近一看,原来是一位打扫卫生的阿姨。梅朵不甘心,继续向前走,结果越走越远,再也回不到原来的地方了。梅朵一边哭一边喊:"妈妈,妈妈。"路人的目光齐刷刷地向她射过来,梅朵吓得不敢出声,便抽噎着随人流走出了车站。

  街上的车辆像河水一般不断地流动。为了赶时间,路人趁着车流的空隙急速地往马路对面走去。梅朵刚一抬脚,有一辆黑色的轿车便向她冲了过来。梅朵吓得用双手捂住眼睛站在那里,车子"嘎"的一声在梅朵的身前停了下来。一名戴墨镜的司机从驾驶室里伸出脑袋骂道:"这么小的孩子就在马路上走,家里的人都死绝了吗?"梅朵慌慌张张地跑到马路的对面,她再也不敢过马路了,便往没车开动的地方走,最后走进一条小巷里。天色渐渐暗了下来,巷子里的路灯亮了,照出梅朵孤零零的影子。梅朵越走越害怕,她看见路边有一个长条形的箱子竖在那里。箱子上面有一个盖子,侧面有一扇小门,小门用一个插销锁着。梅朵拉开插销,里面咕噜噜地滚出几袋垃圾。梅朵伸手刨出箱子里留下的垃圾,便缩起身子爬了进去。梅朵拉上门,由于里面没有插销,门总是半开半掩的。梅朵歪着脑袋想了一下,便解下头发上的红发带,套住外面的插销往里一拉,门便被关上了。梅朵抽回发带重新系在头发上。箱子很小,仅能容梅朵坐下身子。箱子里残留着垃圾的气味,梅朵强忍着不让自己呕出来。巷子里不时有脚步声传来,梅朵躲在里面不敢出声。梅朵感到又饿又渴,她触到兜里的两颗青梅,便拿出来放进嘴里嚼起来。又苦又涩的梅子稍稍缓解了梅朵的饥饿，不久，梅朵便迷迷糊糊地睡着了。半夜的时候，梅朵被一阵咚咚的响声吵醒。梅朵听出那声音是从盖子上传来的，不由得吓得浑身发抖。梅朵屏住呼吸，忽然听见一声猫叫。梅朵想起一年前，爸爸从外地买来一只黑色的小猫咪。小猫咪时常会蹦到自己的怀里，有时候会钻到被窝里跟自己一起睡觉。小猫咪的身体暖融融的，身上的毛摸起来软绵绵、滑溜溜的。后来小猫咪不知吃了什么东西死了，梅朵一边哭一边把它埋在院子里。梅朵想，要是有一只小猫做伴就好了，便轻轻地推开箱盖，上面的那只小猫"喵"的叫了一声便跑走了。

梅朵想起了妈妈，便在箱子里轻轻地抽泣起来。

时间一分一秒地过去，箱子里终于透进一缕淡淡的白光，梅朵揉了揉眼睛，从箱子里爬了出来。巷子里静静的，梅朵感到又渴又饿，便一步一步地向巷子的另一头走去，一直走到了巷子的尽头，她看到对面有一个铺子里亮起一盏灯，走近一看，原来是一家包子铺，铺前一笼一笼的包子正冒着白汽。梅朵咽了一下口水，她明白那里的包子要用钱去买。她一摸衣兜，兜里空空的，什么也没有。她想起过年的时候爸爸曾给过她一元压岁钱，那一元钱她用手帕包着放在箱子底下。她想，要是那钱带在身上就好了。梅朵失望地离开包子铺往街道上走去，忽然看到地上有个小圆点闪着白光。梅朵蹲下身子一看，竟然是一枚一分钱的硬币。梅朵喜出望外地拿着硬币往包子铺里走去，把钱递给站在蒸笼后面的胖阿姨。胖阿姨摇摇头说："一分钱买不到包子啊。"然后把钱还给了梅朵。梅朵忍不住"哇"的一声哭了起来,泪水从眼眶里喷涌而下。阿姨叹了一口气,说道:"这孩子,怎么大人都不管她啊。"说着掀起笼盖拿出一个包子递给梅朵。梅朵一接过包子就往嘴里塞,被包子噎得喘不过气来,难受得直翻白眼。阿姨倒了一碗豆浆给梅朵。梅朵喝下豆浆后,卡在喉咙里的包子终于咽了下去。梅朵要走的时候,胖阿姨又递给她一个包子。梅朵舍不得吃,便把包子放进裙兜里,然后沿着街道继续向前走去,她想,妈妈或许就在前面什么地方等着她。梅朵走了一段路之后,只感到昏昏沉沉的,头重重的,好像戴着一个铁帽子一般,她想找个地方好好睡上一觉。梅朵来到一座桥上,她看到桥下的榕树边停着一辆车,车斗上有一块绿色的篷布叠放在那里。梅朵想,躺在那块布上一定能睡得很舒服,便下了桥来到货车旁边,沿着车头的踏脚爬到车斗,掀起篷布钻了进去。太阳暖暖地照着大地,梅朵感到有点刺眼,便把篷布拉过来遮住脑袋。篷布虽然有点硬,但比坐在垃圾箱里舒服多了。不久,梅朵便呼呼地睡着了。迷迷糊糊间,梅朵感到自己躺在爸爸做的摇篮里,晃晃悠悠的,一颤一颤的。

  梅朵被一阵尖厉的汽车喇叭声惊醒,她睁开眼睛坐起身子一看,发现自己正坐在一辆车上,车子如捣米筛似的颠簸着,呜呜地向前驶去,两边的树木呼呼地往后退。梅朵使劲抓住车斗边沿固定住自己,她明白随着车子的前进,自己将会离妈妈越来越远,但她又没办法让车子停下来。车子驶出城市,两边是望不到边的稻田,稻田里是绿绿的稻苗。车子驶进山里,陡峭的山崖和葱绿的树木迎面扑来。有时车子驶进山洞里,梅朵便感到自己的身体被裹在黑夜里。车子终于在路边的一块空地上停了下来。梅朵在篷布下透过车斗挡板的缝隙往外看，只见驾驶室里下来一个个子高大、满脸胡须的男人，脸颊上有一块斜着的刀疤，就像一条趴着的蚂蟥。梅朵感到这男人太可怕了，就像挂在家里门上的画像那样凶恶丑陋。

男人肩上挂着一条灰色的毛巾，光着上身、腆着大肚子向路边的一个棚子走去，梅朵想等男人走远了就下车逃走。只见男人俯下身子在棚子旁边的水龙头里洗了一把脸，然后面对着车子在一张椅子上坐下来。不一会儿，店里的一个大嫂端上一碗面，男人大口大口地吃着，梅朵似乎听到扑哧扑哧的响声。男人吃完面以后又点上一支烟，横叼在嘴里向车子走过来。梅朵一动不动地躲在车斗里。男人站在驾驶室旁边，吸完烟后便晃动着柱子一般粗大的脖子，脑袋便在空气里画了几个圆圈。然后，男人又上了驾驶室，车子又开动了，梅朵从篷布里探出脑袋，长长地舒了一口气。

梅朵感到肚子饿了，便从兜里拿出早上阿姨送的包子吃了起来。吃完包子后不久她又睡着了。梅朵醒来的时候，天空已布满了星星。车子停下来了，司机站在路边哗啦啦地撒了一泡尿。梅朵依稀地看到路边是一片树林，林间有小鸟不时发出一声声怪叫。梅朵感到自己后脊梁骨阴森森的，像爬过一条蛇，她不由得抓起篷布裹紧身体。梅朵感到又渴又饿，她模模糊糊地看到路边有一根树枝探进车斗里，便伸手摘下几片叶子，像小山羊一般把树叶放进嘴里嚼着。树叶又苦又涩，梅朵皱起眉头强咽到肚子里。不一会儿，车子又开动了。

四

梅朵再次醒来的时候,发现天上的星星不见了,天边漏出了几缕白光。车子静静地停在一块空地上,开车的男人已经走了。梅朵掀开篷布从车斗上爬下来,模模糊糊地看到不远处有一排白色的房子。梅朵便沿着一条水泥路往那排房子走去。水泥路的旁边是一片田地,田里的青蛙"呱呱"地叫个不停。梅朵不停地走着,感觉那片房子就在眼前,却总有走不完的路。天空上的黑幕渐渐被灰白色吞噬殆尽,梅朵双腿发软,脚掌磨出了水泡,肚子也凑热闹般地叫了起来。梅朵想哭,两天的经历让她渐渐明白:哭泣不能唤来妈妈,也不能消除疲劳与饥饿,什么事情都要靠行动去解决。

阳光给大地镀上了一层金色,梅朵终于走近了那片房子。只见街道上的人们忙忙碌碌,他们有开车的,有骑车的,有走路的。梅朵看到一个穿裙子的姐姐吃完包子后,把塑料袋扔进一个垃圾桶里。梅朵赶忙上去掏出塑料袋,袋里尚有一些没喝完的豆浆,豆浆仍然保持着热度。梅朵喝着剩下的豆浆,感到又香又甜。

梅朵沿着街道的边上走着。街边是一排排商店,有卖衣服的,有卖锅碗的,有卖烟酒的。梅朵看到一家店里的柜台上摆着一个个玻璃罐,罐里盛满糖果和饼干。梅朵摸出兜里的一分硬币,她明白一分钱什么也买不了,她希望遇到一位像包子店阿姨那样的好心人。梅朵走进那家副食品店,拿出硬币递给柜台后面的阿姨,手指着罐里的饼干。阿姨摇摇头,嘴里嘀咕着,最后还是从玻璃罐里拿出一块饼干递给梅朵。梅朵把饼干放进嘴里,"咔嚓"一声咬下去,饼干很快就在口腔里消失了,随着满口的唾液流进肚子里。梅朵走出副食品店继续往前走,一个男孩从身后追了上来。男孩跟她年纪相仿,小平头,眼睛大大的,穿一件方格子短袖衬衫。男孩把一颗糖塞到梅朵的手心里。梅朵感激地看了男孩一眼,剥开糖放进嘴里,泪水从眼眶里不断地涌出来。

太阳越升越高。由于过了早餐时间,梅朵再也没有找到吃的东西。她看见路边有一个花坛,花坛上开着一簇簇红色的杜鹃花。梅朵想起在坞里的时候曾经吃过杜鹃花,又酸又甜。花坛里的杜鹃树没有山里的高大,但花朵却开得很繁密,花瓣上还带着露水。梅朵忍不住伸手摘下一朵杜鹃花,去掉花蕊放进嘴里嚼着,感觉比山上的更酸更甜。梅朵在花坛边的一块石板上坐下来,旁边不时有小孩走过。他们拉着妈妈的手,嘴里吃着东西,脸上带着甜甜的笑。

一股诱人的香味钻进了梅朵的鼻子。梅朵抬起头,看见对面的饭店有人进进出出,便站起身向对面走去。梅朵知道自己没有钱,吃不了店里的东西,只好呆呆地站在店门外看着。她看到饭店里摆着一排排长条形的桌子,桌子后面坐满了顾客。顾客吃完了用手抹一下油油的嘴巴,付了钱便走了,桌子上留下了许多饭菜。梅朵不由得咽了一下口水,眼巴巴地看着那些剩菜剩饭被一个高个子阿姨收走了。

一个穿白裙子的大姐在门边的一个位置上坐下来。大姐把一个黑色的小皮包放在桌子上,悠闲地靠在椅子上等着店里给她上菜上饭。不久，那个高个子阿姨端上一小碗米饭、一碗汤、一盘肉、一盘青菜——那盘黄澄澄的肉，是梅朵家里只有在过节的时候才能吃到的。大姐每吃一口饭，便舀一口汤倒进嘴里，嘴唇慢慢地嚅动着。至于那一小碟的肉，大姐几乎没有夹过。大姐刚吃了几口饭便停下筷子，拿起一张纸擦擦嘴巴，然后便站了起来往柜台里走去，那只皮包则落在桌子上。梅朵想，她只要一伸手就可以拿到皮包，然后跑进旁边的小巷里躲起来，大姐就找不到自己了。那包里一定有很多钱，有了钱自己就再也不用挨饿了。

梅朵想起在家里的时候，有一次摘了邻居大婶家的一条黄瓜。妈妈发现了便叫她摊开手心，用竹片重重地打了一下。妈妈说："人要靠自己的本事吃饭，不能偷人家的东西。"后来，妈妈又带着她把黄瓜还给邻居大婶。想到这里，梅朵便打消了拿走皮包的念头。此时，那个大姐急匆匆地赶过来，拿起皮包转身便走了。梅朵的目光又停在那盘肉上，她终于忍不住走进店里，伸手抓起碗里的一块肉。梅朵刚把手缩回来，那个高个子阿姨便拿起一把扫帚赶了过来，瞪大眼睛呵斥着："走开！"梅朵急忙逃出饭馆，直跑到一个墙根下。梅朵正想把手里的肉往嘴里塞，忽然，一只又瘦又脏的手像蛇一般从背后伸过来，夺去梅朵快到嘴边的肉。梅朵转身一看，只见眼前站着一位头发乱成鸡窝模样的婆婆。婆婆瘦瘦的，脸和手都沾满泥巴，脚下穿着一双脏得发黑的红拖鞋，露出的脚趾黑黝黝的，像田里的泥鳅。婆婆拿起肉放进嘴里，嘴唇快速地嚅动着，嘴边的口水如丝线般挂下来，直挂到碎成棕榈叶般的衣服上。

梅朵愤怒地看着脏婆婆，委屈的泪水从眼眶里冒了出来。

脏婆婆吃完肉后，用手背擦擦嘴巴便离开了，梅朵鬼使神差般地跟了上去。两人拐进一条巷子里，直走到那家饭馆的后面。梅朵听到饭馆里面不停地传出"刺啦刺啦"的炒菜声和"砰砰啪啪"的盘碗相碰声，香辣味、葱蒜味不停地从里面飘出来。梅朵感觉自己的肚子里像水浪一般翻滚着，她看到那个赶她走的阿姨从门里出来，把剩菜剩饭倒进一个白色的桶里。阿姨走进店里以后，脏婆婆迅速跑了过去，蹲在桶边俯下身子，把头伸进桶里，双手捧起里面的东西吧唧吧唧地吃起来，梅朵感到脏婆婆就像一只正在喝水的乌鸦。脏婆婆吃饱了便撤到树底下，努努嘴示意梅朵过去。梅朵站在桶边俯下身子，一群苍蝇嗡嗡地从桶里飞了出来。梅朵管不了那么多了，她迅速地把手伸进桶里。桶里黏糊糊的，梅朵胡乱地捧起里面的东西塞进嘴里吞了下去。她说不出吃进去的东西是什么味道，有酸的、辣的、甜的，有硬的、软的、滑的。反复几次，梅朵便感到肚子胀鼓鼓的。

脏婆婆和梅朵吃饱了之后，便坐在饭店后面的那棵樟树底下的石板上休息。两人各自靠在树的一边，累了便呼呼地睡上一觉，渴了就到旁边的水龙头里灌几口。不知不觉到了傍晚，两人又掏了几把桶里的东西吞进肚子里。天色渐渐暗了下来，梅朵跟着脏婆婆离开饭店，走过几条小巷，又经过一条田间小道，便来到一个桥洞里。洞里黑漆漆的，梅朵的脚触到了一床棉被，棉被底下垫着稻草。梅朵想，这就是脏婆婆的家吧。脏婆婆掀起被子把身子探进去，一股恶臭飘了出来，梅朵想吐。不久，脏婆婆便打起了呼噜。梅朵睡不着，她静静地坐在脏婆婆的身边，靠在用石头砌成的洞壁上。一只萤火虫飞进桥洞里，梅朵伸手轻轻抓住它捂在手里。萤火虫在手心里慢慢地爬动，梅朵感到痒痒的。萤火虫的光透过指缝漏了出来，一闪一闪的。

梅朵想起在坞里的时候，每到夏天的夜里，一家人便坐在院子里乘凉。有很多萤火虫会飞进院子里，像天上的星星在闪烁。梅朵和爸爸便一起捉萤火虫，捉住了便放进鸡蛋壳里，壳里发出通红的光，照出爸爸黝黑的脸……

梅朵带着甜蜜的微笑睡着了，那只萤火虫从她手心里爬出来，飞出了桥洞。

夜里，梅朵醒来，感到脸上、手臂上辣辣地疼，一群蚊子嗡嗡地在身边飞舞。梅朵把身子缩进棉被里，被子里的臭气实在太难闻了，梅朵只好用手捂住鼻子，捂一下又松开，探出脑袋透一口气。梅朵的脚触到了脏婆婆的大腿。脏婆婆嘴里嘟哝着，一脚蹬了过来把梅朵踢到被子外边。梅朵只好不停地挥舞着小手赶蚊子，等脏婆婆睡着了又轻轻地把身子缩进被窝里。

天亮了，梅朵跟着脏婆婆离开桥洞，来到了街上，看见有吃的就抓过来塞进嘴里，有喝的就往肚子里灌，累了就坐到树底下休息一会儿。天黑了，俩人又回到桥洞里过夜。就这样，梅朵跟着脏婆婆过了一天又一天。

五

一天下午,梅朵跟着脏婆婆穿过一条马路,马路对面是一家新开的饭馆。马路不宽,但来往的车子却很多。梅朵看到一辆大客车向她驶过来,吓得一动不动地站在那里。脏婆婆跑过来用力把梅朵往前一推,梅朵便摔倒在路边。梅朵听到身后传来"嘭"的一声闷响,抬头一看,只见脏婆婆直挺挺地躺在马路上,她的身边流下了一滩血。梅朵吓得躲进了马路边的树丛里。

一辆警车"呜哇呜哇"地开过来。梅朵透过树丛的缝隙看过去,只见脏婆婆的周围站满了人,有一个警察"啪啪"地在拍照片。后来脏婆婆被装进一个黑色的袋子里,抬上一辆车运走了。梅朵想哭,又不敢哭出来。她再也不敢往回走了,便往路边的树丛深处走去。

梅朵走进一处公园,里面有亭子,有桥,有水,有树,有花,有草。阳光很强烈,很多人躲在树阴下和亭子里乘凉。梅朵看见一个跟自己年纪差不多大的女孩趴在亭子里的围栏上往池里扔东西,一群红鲤鱼从莲叶底下涌出来抢食,池里翻溅起一阵阵红色的浪花。梅朵不由得走进亭子里,那小女孩看到她,"哇"的一声便跑了。女孩待过的地方留下一个塑料袋子,里面还剩下几块小饼干,还有一个梅朵从未看见过的橙黄色的、圆圆的东西。梅朵剥开外壳把那东西放进嘴里,那东西便直往喉咙里滑了下去,滑进肚子里,嘴里留下一股甜味和香气。梅朵吃了饼干后感到有点口渴,便来到路边水龙头里喝几口水,顺便用小手擦几把脸。梅朵又转了好几个地方，吃了人们丢弃的食品。吃了东西以后，梅朵开始发困，她想找一个清净的地方睡一觉。梅朵向一片小树林里走去，她看见地面上长满了又平又矮的青草，脚踩在上面感觉就像踩在家里的棉被上一样软绵绵的。梅朵在一棵冬青树的后面躺了下来，树阴遮住了灼热的阳光。不久，梅朵便睡着了。

梅朵一觉醒来，发现林子外的水泥路上亮起了灯，有不少男女手挽着手从草坪边走过，留下成双成对亲昵的影子。也有的男女在草坪上坐下来，铺开一块布，从包里拿出啤酒、饼干、鸡腿之类的东西放在上面，凑在一起你一口我一口地吃喝起来。梅朵瞪大眼睛怔怔地看着，忍不住砸巴砸巴嘴。

男女们走了，收走了那块布，草坪上留下一些塑料袋和几个啤酒罐。梅朵从树底下爬了出来，一摸塑料袋子，里面尚有一些没吃完的饼干、兰花豆。梅朵放在嘴里嚼，饼干很甜，兰花豆很香。吃了饼干和兰花豆之后，梅朵感到口渴，便拿起啤酒罐子摇了摇，听到罐里发出咚咚的响声。梅朵一口气把罐里残留的啤酒喝完，啤酒凉凉的，又苦又涩，呛得梅朵不停地咳嗽。喝完啤酒之后，梅朵感到头晕晕的，便躺在草坪上睡着了。

半夜里，梅朵被一阵雷声惊醒。天空下起一阵急雨，硕大的雨点从树叶间漏出来。梅朵急忙起身离开草坪，浑身湿漉漉地来到池塘边的亭子里。亭子顶上正中亮着一盏昏黄的白炽电灯，几只虫子不停地围着灯泡旋转。亭子四周空荡荡的，风带着雨点呼呼地灌进来。一阵闪电雷鸣，照亮了亭子前面蓝汪汪的水池和远处黑黝黝的树木，整个公园似乎都摇晃起来，梅朵被吓得瑟瑟发抖。梅朵想起了脏婆婆的桥洞，觉得那里比亭子里暖和多了。如今脏婆婆没了，自己彻底失去了依靠，梅朵不由得伤心地哭了起来。

风夹带着雨水不断地灌进亭子里，梅朵蜷缩在柱子旁边，感到全身的关节都在阴冷中收缩。恍惚间，梅朵的眼前出现了一盆红红的炭火，梅朵欣喜地把手伸出去。一阵冷冰冰的雨点打在梅朵的手上，炭火没了，梅朵把手缩了回来。一口痰堵住了梅朵的喉咙，梅朵张开嘴巴急促地咳嗽起来。梅朵感到头昏脑涨的，她迷迷糊糊地看到妈妈一边喊着她的名字一边向她走来，便高兴地迎了上去。但妈妈似乎没有看见自己，从自己的身边飘走了。梅朵焦急地喊着"妈妈"，然后追了上去。

在直直的雨帘里，梅朵恍恍惚惚地走出亭子，走出公园，向街道上走去……

杂货店的老板杨达明早早地起床打开店门，看见一个小女孩躺在门外，他惊愕地把老婆天香叫了出来。天香凑近一看，只见小女孩穿着一身湿漉漉的连衣裙，脸色煞白，嘴唇发紫，说着胡话。天香连忙把小女孩抱进店里，放到床上，拿来自己的衣服给她换上。天香用手一探女孩的脑门，感到烫烫的似一个小暖炉。天香忙叫达明把女孩抱到附近一家诊所里。大夫一测梅朵的体温，竟有四十多摄氏度，便给她挂上了点滴。梅朵慢慢地苏醒了过来。大夫又给梅朵开了几包药，达明便把梅朵抱回杂货店里。天香又给梅朵喂了稀饭，梅朵的脸色渐渐红润起来，脑子也渐渐清醒了。

天香知道这是一个流浪的孩子，她问梅朵是哪里人，梅朵听不懂四川话，只是一味地摇头。天香伸出手指问梅朵几岁了，梅朵说六岁。天香问梅朵叫什么名字，梅朵说她叫"梅朵"。天香夫妇听不懂，以为她说的是"妹多"。达明说："什么妹多妹少的，不好听喽，还是叫多妹好。"于是达明夫妻就叫梅朵"多妹"。夫妻俩决定把梅朵留在店里，要是有人找来便还给人家，没人找的话就把她养大。虽然家里已经有了一对姐妹，如今正在老家上学，自己的经济状况也不是很好，但毕竟"救人一命胜造七级浮屠"啊。

达明夫妻是四川阿坝人，来丽州已有五年多了。达明扫过大街，当过建筑工人；天香当过洗碗工，做过保姆。后来达明患了肝病，干不了重活，于是夫妻俩便租下一间房子开起了杂货店。杂货店起初生意还好，后来街上开起了许多超市，生意便渐渐淡了下去。夫妇俩不懂技术，找不到好的工作，只好一天天苦苦支撑着。

杂货店是一间砖木结构的旧房子，一层，又矮又小，远看就像一个鸡笼。屋子前面部分当铺面，后面部分当厨房兼卧室。晚上睡觉的时候，夫妻俩挪动后面的货物腾出一块空地，摊开一张钢丝床，就睡在上面。梅朵来了之后，达明便在过道里铺一张席子躺在上面过夜。懂事的梅朵时常帮家里看店、整菜、洗碗、扫地。

第二年秋天，梅朵满六周岁了，达明夫妇便把她送到枫峪民工子弟学校上学。

枫峪民工子弟学校是当地政府为了解决民工子女上学问题而创办的一所九年一贯制学校。由于是初办，学校的条件十分简陋，校舍临时租用一家废弃的厂房。由于入学的民工子女多，每个班级都有五六十人。同一个班级里学生的年龄也不一样。在梅朵的班级里，有的六七岁，有的已经十几岁了。

学校的老师大多是临时聘用的，教梅朵数学的是一位姓杨的老头，头发花白，戴着老花镜，长得如芦苇秆一般又高又瘦。学生们背地里都叫他"杨老头"。杨老头说话声音嘶哑，还带着浓重的江西口音。上课时，学生听不清杨老头在说什么，因此教室里便乱糟糟的：有唱歌的，有跳舞的，有打拳的。杨老头气得脸色发紫，拿起黑板擦"梆梆梆"地敲打着讲台桌，放开喉咙喊："安静！安静！"有几个调皮的学生便学着老师的样子用手指敲打着桌子叫："安静！安静！"杨老头火了，便把那几个学生拉到黑板前面站成一排。教室里稍稍安静了下来，但过了一会儿又热闹了起来，被拉上去的学生便对着下面做鬼脸，引得下面的学生发笑。杨老头没办法，只好叫来班主任林老师。林老师是一位中年女教师，她一进门，教室里便安静了下来。林老师把那几个闹事的学生叫到办公室里批评了一通。往后，那些调皮的学生上数学课的时候就安排同学看着窗外，看见林老师从窗外走过便坐正身子，装出认真听课的样子；林老师走了之后，他们又翻天覆地闹起来。

紫月是梅朵的同桌，比梅朵大三岁，四川人，住在达明杂货店的对面。紫月的父亲在一家塑料厂里看仓库，母亲在宾馆里当服务员，因而夫妻俩经常不在家里过夜，紫月便叫梅朵过去做伴。两人以姐妹相称，像影子一样谁也离不开谁。

梅朵读四年级的那年寒假，紫月跟她父母回四川老家过年。由于年前是杂货店生意最好的时节，达明便趁机进了很多货物，有烟酒、糖果、干货、鞭炮、对联等。货物挤满了低矮狭小的店铺。为了腾出一块生活空间，达明一家人就像砌墙搬砖块一般把货物搬来搬去。白天，达明把干货水果之类的东西摆放到店门外，晚上，又把它们搬回店里。店铺里只留下一条让人侧着身体进出的走道。店铺里有一扇后门，天香白天把煤气灶搬到门外烧饭，晚上又搬进店里。睡觉的时候，达明把货物堆到厨房里，腾出一个位置放下一张钢丝床。

梅朵也忙忙碌碌的，帮忙卖东西、收钱、烧饭，夜里依然一个人去紫月的房间里睡觉。

除夕前一天夜里，梅朵迷迷糊糊地听到外面"哩哩啦啦"的响声。梅朵打开窗户一看，只见对面浓烟滚滚，火光冲天，原来是自家的杂货店着火了。梅朵连忙起床往家里跑去。店门前人声嘈杂，有人端起脸盆往店里泼水，无奈火势太大，店里的火越烧越旺。店里的铁门又紧紧地关着，梅朵哭喊着找爸爸和妈妈。不久，消防车来了，消防队员不停地往店里浇水，火渐渐地熄灭了。消防队员用工具打开了铁门，发现达明夫妻躺在铁门边，被烧成了骷髅。梅朵哭得天昏地暗，周围的人们也同情地流下了眼泪。

消防队员说，电线老化，连接处的电火花点燃了杂物，引发了火灾。由于里面堆的东西太多，火烧得很大，过道又被货物堵住，夫妻俩没能逃出来，最后被活活烧死在店里。

梅朵又无家可归了，她哭着向枫峪民工子弟学校走去，那里毕竟是自己最熟悉的地方。梅朵来到门口的时候，碰到了当年教数学的杨老头。

杨老头名叫杨再松，江西新余人。杨老师的妻子过世得早，他退休以后在家里闲着无聊，便想出去找点事情做。他听说丽州那边招聘临时教师，便与民工们一起来到丽州，当了枫峪民工子弟学校的老师。由于他管不住学生，只教了半年书便被学校安排到传达室看门。放寒假以后，其他老师都回家过年了，他依然留下来护校。

这天，杨老师正坐在传达室里，他看见梅朵哭哭啼啼地走进学校，便问梅朵发生了什么事情。梅朵哽咽地说家里被火烧了，爸爸妈妈也被烧死了。杨老师很同情梅朵，便安慰梅朵一番，然后留下梅朵一起过年。

除夕夜里，天空忽然飘起了雪花。寒冷的天气掩盖不了过年时喜庆的气氛，街上家家户户都贴上了春联，挂上了红灯笼，鞭炮声噼噼啪啪响彻云霄。传达室里冷飕飕的，杨老师便生起了一盆炭火，两人坐在一张小方桌前吃年夜饭。桌上摆着鱼、猪脚、青菜、饺子。杨老师给梅朵倒了一杯果汁，给自己倒了一杯白酒。梅朵想起刚刚死去的养父养母，想起自己不幸的经历，不由得"哇"的一声哭了起来。杨老师把梅朵搂在怀里，安慰她说："别哭，一切都会好的。"吃了年夜饭之后，杨老师把一个红包塞到梅朵的手里。然后两人对着一台黑白电视机看春晚节目。一直看到十二点钟，杨老师才把梅朵送到紫月的房间里。

正月初一的早上,地上积了一层厚厚的雪,街上的鞭炮又噼噼啪啪地响起来。梅朵来到传达室里,吃完早饭以后,太阳出来了,她和杨老师到学校操场上堆雪人。杨老师一铁锹一铁锹地把雪铲到梅朵的身边。梅朵先堆起了刚被火烧死的养父母:圆圆的脸,矮墩墩的身体,梅朵用火炭画上眼睛、眉毛、鼻子和嘴巴。然后,梅朵又堆起了自己的亲生父母,梅朵感觉亲生父母比养父母的个子要高一些,至于面容,在梅朵的脑海里只留下模糊的印象了。她只记得妈妈的脑后总是扎着两条长辫子。杨老师弄来棕榈的叶片,梅朵扎成辫子嵌在雪人的脑后。至于爸爸,梅朵只记得他的胡须硬邦邦的,很是扎人。梅朵便拿来火炭画上黑黑的八字胡。最后,梅朵还堆了脏婆婆。脏婆婆弯着腰,头发乱乱的,脸上沾满了黑色的泥巴和油渍,梅朵用火炭一笔笔画了上去。

不知什么时候,太阳消失了,雪花又在操场上空飞舞起来,簌簌地落在梅朵的身上。梅朵手指通红,面对着雪人呆呆地站着,在操场上足足待了一天。

初二那天,杨老师拉着梅朵来到公园里。梅朵看到池塘边有一座亭子,一群孩子正趴在围栏里看鲤鱼。梅朵想起当年在那里过夜的情形,便想起养育她的养父母,又想起自己的亲生父母,眼泪不由得簌簌流下来。杨老师拿来一包鱼饲料递给梅朵,梅朵把饲料抛到池里,池塘里的红鲤鱼便涌了出来,水面上不停地泛起一个个白色的小泡泡。梅朵无心欣赏,红着眼圈转身离开了亭子。

两人便沿着一条水泥小道走过当年梅朵过夜的草坪,梅朵看到草坪四周的树已落光了叶子，唯有那棵冬青树依然郁郁葱葱，似乎比以前长高了许多。

两人来到一块空阔的场地上，看见场地的一边有很多大人和孩子围在那里。杨老师拉着梅朵的手说："走，猜谜语去。"两人来到场地边，只见那里挂着一张一张纸条，上面写着谜面，有猜物品的，有猜成语的，有猜人名的，有猜字的。容易猜的都被人猜完了，剩下的都是难猜的。梅朵踮起脚尖看看这张又看看那张，一个也猜不出来。杨老师皱起眉头在一张纸条前伫立着，忽然一拍手，拉下纸条，拿出一支笔在上面写出谜底，叫梅朵拿过去领奖。梅朵拿着纸条递给一位阿姨，阿姨看了一眼便给梅朵一支牙膏。梅朵高高兴兴地回到杨老师的身边。杨老师又在另一张纸条前站了一会儿，摇摇头说："猜不出来了。"

杨老师还带梅朵去了丽山动物园。在那里，梅朵看到脖子长长的、比树还高的长颈鹿，脑袋上长着角的犀牛，比羊还大的鸵鸟。

初五那天，梅朵正在传达室里打盹，门口走进两个姑娘，怀里抱着两个四四方方的黑色木盒。梅朵一看才知这是四川达州的两个姐姐，她曾在暑假的时候见过她们。大姐流着眼泪对梅朵说："妹妹，奶奶叫我接你去四川，咱一起走吧。"梅朵想起自己的亲生父母，心想如果离开丽州，父母就更找不到她了，于是便摇摇头说："不，我要留在丽州。"姐妹俩抱着梅朵哭了一会，然后留下四川家里的地址便走了。

过了元宵节之后，学校又如期开学了。学校了解到梅朵的情况之后，减免了她上学的所有费用。后来学校与丽州市红十字会取得联系，梅朵得到了好心人的长期资助。

六

梅朵上初一那年，市教育局发文开展校际之间结对扶贫活动。枫峪民工子弟学校与丽州四中结了对子。

一天下午，校团委通知梅朵去学校会议室开会。会议室的桌子摆成"回"字形，一边坐着枫峪民工子弟学校的二十名贫困生，另一边坐着丽州四中家庭条件优越的二十名学生。由区团委牵头，梅朵跟一名叫邱大伟的男生结成了扶贫对子。大伟比梅朵大一岁，个子高高的，皮肤白皙，在丽州四中读初二，是班里的学习委员。梅朵当场收到邱大伟的资助款五百元。大伟说周末会接她去家里做客。

周六，大伟到学校来接梅朵。两人上了一辆出租车，穿街绕巷之后便来到一家副食品批发店门前。大伟领着梅朵走进店里，只见柜台上的玻璃罐里摆着饼干、糖果之类的东西。梅朵依稀觉得这地方她似乎来过，但始终想不起来是什么时候来的。

吃过午饭之后，大伟的妈妈琼阿姨带梅朵一起去逛街。梅朵看到路边有一个花坛，花坛里一簇簇红杜鹃绽放着。梅朵忽然想起当年初到丽州的时候曾在花坛里吃过红杜鹃的花瓣，便想起拿一分钱去店里买饼干的情形。她清楚地记得有一个男孩送给她一颗糖。梅朵感到那男孩有点像大伟，便跟大伟和琼阿姨说起那段经历。大伟说依稀还有点印象。梅朵没想到当年在自己最困难的时候，大伟和琼阿姨已经帮助过自己，眼眶里不由得噙满感激的泪水。

三人去逛服装市场，琼阿姨给梅朵买了一件过冬的棉衣，还嘱咐梅朵以后有困难随时跟大伟联系。梅朵含泪告别大伟和琼阿姨回到学校。

枫峪民工子弟学校生源很杂，有江西的，有四川的，有湖南的，有贵州的，这些学生大多对学业没什么要求，只想混到初中毕业之后方便打工。由于学生们没把心思放在学习上，便无端地生出许多事来，学校里经常出现打架斗殴、偷窃赌博、谈情说爱各类违反纪律的事件。学生们对外界普遍产生一种防御心理，便根据不同的省份形成地方帮派。紫月的年纪大，她是四川派的"首领"之一。

一天下午放学后，学生自发组织篮球比赛，四川派跟江西派对战。紫月、梅朵与一群女同学在场上充当四川派的拉拉队员。四川派领头的是初三（2）班的李大崇。大崇长得高大威猛，在双方的队员里就像一只大公鸡立在小鸡群里一般，在球场上跑起来虎虎生风，人们都称他"非洲雄狮"。由于没有老师当裁判，场上的队员经常为有没有犯规或者球有没有出界争得面红耳赤。一个半场下来，四川派18比12领先，大崇一个人就得了14分。偏偏江西派不服输，在下半场加强了对大崇的防守与拦截，有时候两三个队员围着大崇抢球。大崇运球上篮的时候，有一个江西的队员急了，伸出腿一绊，大崇便连人带球趴倒在地上。大崇急了，从地上爬起来揪住了那个队员的衣领。双方的队员便上前互相推搡起来。紫月手一挥说:"姐妹们,上!"四川的拉拉队便冲了上去。江西那边的拉拉队也冲上来了,结果球赛演变成了一场斗殴。紫月揪住一个女同学的头发不放,梅朵战战兢兢地躲在一边。由于四川派人多势众,江西派的有被抓破衣服的,有被抓破脸的,有被打出鼻血的,最后狼狈地撤走了。

为了庆祝胜利,大崇提议下馆子好好喝一顿。四川派的纷纷表示赞同。紫月和梅朵便跟着四川派的一起来到马路边一家排档摊。排档摊在一棵大榕树下,上面架起一块黑布,下面摆着桌凳。排档里零零星星地坐着几个打工的男人,他们喝着啤酒,吃着最便宜的菜。

四川派的落座以后,菜上来了,有青椒炒肉丝、麻辣豆腐、爆炒螺蛳……全都加了辣。啤酒也上来了,四川派的每个人都像打了鸡血一样兴奋。十几个人一边喝一边大喊过瘾,一个个喝得面红耳赤。梅朵也忍不住喝了两杯,感到头晕晕的。她忽然感到自己的大腿上似乎有虫子在爬动,低头一看,原来是邻座一个男生的手摸了过来。梅朵吓了一跳,又不好意思叫喊,便从座位上站了起来。

梅朵来到排档外边,此时天色已暗了下来,一轮圆月从天边升起。梅朵听到榕树下有一个女孩发出咻咻的笑声,定睛一看,原来是紫月和大崇靠在榕树上亲嘴。梅朵的心不由得怦怦直跳。

四川派的一直喝到夜里十点多才东倒西歪地离开排档,走进一条巷子。巷子里忽然窜出一群男人,啪啪地抓住四川派的乱打一气。梅朵抱着紫月退到一个角落里。四川派的毕竟不是成年人的对手,一个个被打得鼻青脸肿的。那伙人打完了便在夜色里消失了。

四川派的回去跟家里的大人一说，大人们都说是江西派的在报复，于是一场武斗就开始了。四川派的组织一班民工埋伏在江西民工回家的路边，看见他们出来就上去乱打一气。打来打去，双方各有损伤，有被打断手的，有被打断肋骨的，有被打破头的。最后，当地公安机关介入，说这属于集体斗殴事件，性质很严重，要一查到底，一直查到学校，最终，两个民工被判了刑，八个进了拘留所，五名学生被学校开除。大崇和紫月也在被开除之列。

紫月说："开除就开除呗！我早就不想读了。"

紫月的父母也不是很在意，他们想，紫月反正不是读书的料子，如今年纪也不小了，早一点到社会上去磨炼磨炼也不是坏事。紫月离开学校之后便去店里帮人卖衣服，晚上常常跟一群朋友去夜总会里唱歌跳舞。后来，她嫌在服装店里打工赚钱又少又累，便干脆去夜总会当了伴舞女郎。紫月的父母管不住她，只好任由她去了。

紫月每天都打扮得妖里妖气的：涂白了脸颊，抹红了嘴巴，修尖了眉毛，浑身透着香水气。她时常白天睡觉，夜里上班，还经常喝得醉醺醺的。梅朵问她在外边都做什么，紫月叫梅朵不要问，她说这年头反正男人的钱最好赚，实打实干活，又累又不赚钱。她说在现代社会做女人不能太保守，否则苦一辈子。

有一天傍晚，紫月对着镜子化妆。化好妆后，她把梅朵拉到镜子前，镜子里照出了两个不同身材的人影：一个高挑，一个娇小。紫月瓜子脸，头发披肩，嘴角有点上扬，洋溢着顽皮活泼的神情，比梅朵足足高出半个头。梅朵苹果脸，扎着一条马尾辫，一双水汪汪的眼睛泛着平静的秋波。紫月问："咱姐妹俩谁好看？"两人的面庞在镜子里一对比，梅朵感到化妆就像给一幅画上色一样，比不化妆好看多了。梅朵说："当然是你好看了，白骨精似的。"紫月便要拧梅朵，梅朵一边跑一边笑着。紫月追到梅朵以后，便搂着梅朵跳起了探戈。梅朵被紫月搂得喘不上气来。

两人玩累了，紫月把梅朵拉到镜子前，拿出化妆品给梅朵化妆。化妆后，梅朵对着镜子一看，感到自己变了个人似的。紫月说梅朵要是穿上漂亮一点的衣服，准能迷倒一大片男人。

梅朵问紫月："你与那'雄狮'怎样了？"

紫月说："什么'雄狮'，一个打工仔，谁稀罕他？"原来大崇被学校开除后找不到别的工作，最后到建筑工地做粗活去了。

"你不是跟他……那个了吗？"

"什么这个那个的，都什么年代了，谁还那么讲究。"紫月不满地白了梅朵一眼，拿起一只红色的皮包走了。

梅朵疑惑地看着紫月离去的背影，然后对着镜子反复地看着化了妆的自己，她觉得自己长得并不比城里的那些女孩差。往后，趁紫月不在的时候，她便悄悄拿出她的化妆品东抹西描，站在镜子前自我欣赏一番。

紫月去上班以后，梅朵感到很孤独，经常想起大伟。可是大伟忙于学习，很少来看她了。一个周六的上午，梅朵忍不住来到大伟的家里。琼阿姨跟梅朵说："你大伟哥在学习，你就不要去打扰他了。"然后拿了一袋饼干送给梅朵。

在梅朵的眼里，大伟哥是完美的：优越的家庭条件、俊朗的外表、非凡的上进心。她深知自己与大伟无法相比，只能仰慕罢了，此后梅朵便不再去找大伟。

没有亲密的朋友做伴，梅朵便更加想念自己的亲生父母。有一天夜里，梅朵梦到母亲笑盈盈地向她招手，于是便兴奋地向母亲跑过去。一高兴，梦醒了，发现自己一个人躺在空荡荡的房间里，梅朵不由得在被窝里失声痛哭起来。

梅朵初中毕业以后决定不再读高中了，她要去找自己的亲生父母。亲生父母究竟在哪里呢？梅朵的脑海里就像失去信号的电视机一般，屏幕上一片雪花。梅朵不知道自己出生在哪个省哪个县哪个乡，只记得自己的老家一眼看去都是山，名字叫"坞里"，她也不知道是哪个"坞"、哪个"里"。她不知道亲生父母叫什么名字，只记得人们叫妈妈"阿女"，叫爸爸"阿春"。她还记得自己和妈妈是去城里找爸爸的时候走散的，走散以后，她坐了一天一夜的车来到丽州。她丝毫不知道与妈妈走散的那座城市的名称。梅朵想，只有先找到那座城市才有希望找到自己的家，或许爸爸妈妈还在城里等着她呢。梅朵搜肠刮肚地去寻找过去的记忆，但记忆犹如一个水潭的水，由于不断地有新水涌进来，旧水便被挤走了。但梅朵不愿意放弃，她觉得只要不停地找下去，总有一天会实现自己的愿望的。

出发前，梅朵想找人合计一下。她想起了大伟哥。在梅朵的心里，大伟哥是世上最聪明的人。当时大伟已考上了丽州重点高中，如今恰好放假待在家里。

梅朵来到大伟的家里，跟琼阿姨说起要找父母的事。琼阿姨说："你还这么小，怎么能找到父母呢？还是先读书吧，等高中毕业后再去找吧！"琼阿姨还说，现在美容专业很吃香，她先送梅朵去职业高中学美容技术，以后可以当美容师，还可以开美容店。她又说，以后万一梅朵找不到父母，她会把梅朵当作自己的女儿一样照顾。梅朵知道琼阿姨家境优越，自己在她的照顾下可以过上安逸的生活。可梅朵一心想回到自己亲生父母的身边，便谢绝了琼阿姨的好意。琼阿姨非常理解梅朵的心情，便和大伟一起合计具体的寻找方案。大伟说，如果能找到当时那位司机就好了。梅朵记得自己当年是在郊外下的车，那位司机个子高大，满脸都是胡子，脸上还有一块刀疤。琼阿姨说，原先离市区城南两三千米处的确有一个停车场，可是随着市区面积的扩大，如今那里已经成了居民区。城南是丽州的交通要道，往北通向山东，往西通往安徽，往南通往上海和浙江。梅朵不知道自己究竟是从哪个方向过来的。

大伟让梅朵把以前的记忆都说出来。梅朵忽然想起自己曾吃过又苦又涩的青青的梅子，琼阿姨和大伟便推断出梅朵一定是从南方过来的。大伟拿来一张地图仔细看了看，根据一天一夜的路程推算，大伟说梅朵走失的城市应该在浙江一带。但江浙地区交通发达，有好多条公路相通，何况梅朵记忆中乘车的时间也只是一个模糊的印象，加上车速、路上耽搁的时间等因素的影响，测算出的距离与实际可能会相差很大。大伟在地图上标出几座城市，叫梅朵一个个去找，特别是车站那些场所，或许到了那里会想起什么。

离开大伟家的时候，琼阿姨给了梅朵一千元钱，让梅朵带着路上用。梅朵噙着泪水与大伟和琼阿姨告别。

紫月听梅朵说要离开丽州，便抱住梅朵大哭起来。紫月拿出三百元钱给梅朵，含着泪说："咱姐妹一场，这是前世修来的缘分。以后要记得常常联系我。"

第二天清早，梅朵便悄悄地起床了。她深情地看了一眼熟睡中的紫月，便走出房间，向丽州车站走去。

上车以后，梅朵透过车窗回望丽州，近十年的经历宛如电影一般，一幕幕地浮现在她的眼前。她想起为了救她被车轧死的脏婆婆、宛如亲生父母一般养育她长大的达明夫妇、一起跟她过年的杨老师、无私帮助她的大伟一家、率直粗犷亲如姐妹的紫月，还有帮助自己渡过难关的枫峪民工子弟学校。想着想着，泪水便模糊了眼睛。

七

梅朵乘车先后来到宁州、云城、泉阳这三座城市，她到城里的车站和主要街道仔细地转了一遍，都没有找到曾经来过的感觉。由于这几座城市人口多、面积大，梅朵在每座城里都待了六七天的时间。

梅朵又乘车来到耒江。她一下车，抬头便见"耒江车站"四个字，梅朵似乎看到过这个跟"来"字很像的"耒"字，于是便决定在耒江驻扎下来。离开丽州已二十多天了，住宿、吃饭、乘车，梅朵兜里的钱快用完了。梅朵想：没有收入，就是有金山银山也经不起花啊,她决定一边打工一边寻找父母。梅朵准备在车站附近找个工作,她想在那里遇到父母的几率会大一些。

梅朵听紫月说过,找工作先要找到职业介绍所。车站附近临街的地方有好几家职业介绍所。梅朵递上自己的身份证,上写着"林多妹,女,汉,1985年5月12日,江苏省丽州市枫峪民工子弟学校"。(农历五月十二是梅朵的生日,每到生日那天,妈妈便会给她煮一碗鸡蛋面,自己的生日梅朵永远忘不了。)这身份证是杨老师花了九牛二虎之力才办下来的。杨老师在跟梅朵一起过年后的那个暑假就回江西去了。

介绍所的阿姨非常专业,她一看身份证便摇摇头说:"未满十六周岁,不能介绍。"梅朵问了别的介绍所的阿姨,她们也是这样说的。梅朵想,自己只能去碰运气了。她问了几家公司,公司里都说不缺人,有的问她是哪所大学毕业的。梅朵明白,凭着自己的年龄和资历是进不了正式公司的,看来只能干苦力活了。她来到了一家饭馆里,店主一看梅朵柔弱的样子便摇摇头说:"吃不消,不要。"梅朵又去了鞋包厂,看到那些女工熟练地踩着缝纫机,她觉得自己肯定干不了那种活。梅朵转了好几天也没找到工作,兜里的钱快用完了,她想,要是再找不到工作就要流落街头了,自己如同活在沙漠里的蜥蜴一样,生存艰难。为了尽量维持自己的吃和住,梅朵只好尽量节省用钱,夜里住最便宜的旅馆,每餐只吃一个包子,常常饿得头昏脑涨的。

兜里的钱一块块减少,梅朵烦躁地在街道上徘徊着。她忽然看到路边的一根水泥柱上贴着一张"招工启事",仔细一看,原来是一家皮鞋作坊要招工,于是便顺着启事上的地址找了过去。

梅朵一路辗转,最终在一条小巷里找到了那家皮鞋作坊。作坊里有几名工人正在叮叮当当地劳作着。

梅朵对工人说要找老板。一名戴着眼镜、皮肤白皙的年轻人走了出来。梅朵乍一看,这年轻人的外貌很像丽州的大伟哥。

老板问:"找我有什么事?"梅朵觉得老板说话的声音也像大伟哥。

梅朵说:"我是来应聘的。"

老板细细地打量了梅朵一番,问:"几岁了?"

梅朵说:"十六岁了。"

老板说:"这样吧,我看你细皮嫩肉的,也干不了重活。你就帮我点点料子、记记账、装装箱子,每月工资三百元。"

梅朵听紫月说,这年头去打工每月至少能赚五百元。

"那要看什么工作。"老板面无表情,然后用手指着那些敲敲打打的工人说,"他们也只有五百元,给你三百元已经很不错了。"

梅朵连吃饭的钱都快没有了,没办法,只好应承了下来。

天色渐渐暗了下来,工人们都收工了。老板说:"你怎么还不走啊?"梅朵问:"你这里难道没安排住的地方吗?"老板说:"这是不可能的,我们这里的员工都是自己安排食宿的。"

梅朵摸了一下兜里,只剩下十几元钱了,看来连住店的钱也付不起了。

梅朵怯怯地问:"那……能不能预支我一个月的工钱?"

老板摊开双手说:"这也是不可能的。我们公司里有规定,员工是不能预支工资的。我是跟人家合伙的,我不能破坏规矩。"

"那……能不能借给我五十元钱?"梅朵无奈地问。老板摸了一下兜里,又摊开双手说:"本来可以,可是今天恰好没带钱。"

梅朵急得直流眼泪。老板说:"如果你愿意,就在店里将就一夜吧!我不勉强你。"

"那你呢?"

"我也住这儿,难道你还叫我住街上吗?"

梅朵呆呆地立在门口。天色越来越暗,街道上亮起了灯。老板关了店门,梅朵的心里"咯噔"一下。

老板在沙发前摊开一张桌子,拿出塑料袋里的食物摆在上面,有烤鸭、饼干之类的食物。老板从桌底下拿出两罐啤酒,"扑哧"一声打开一罐。梅朵不由得动了一下嘴唇。老板叫梅朵也吃点。梅朵迟疑了一会儿,然后不由自主地挪动身子,来到桌子前。由于没有多余的凳子,梅朵只好与老板并排坐到沙发上。

老板又"扑哧"一声打开一罐啤酒,递给梅朵。梅朵接过啤酒,仰起头喝了一口,然后又吃了几块饼干。老板拿起啤酒跟梅朵碰了一下,梅朵又喝了一大口。不久,一罐啤酒便被喝光了,梅朵感到脑袋有点晕。

老板又打开一罐啤酒递了过来,梅朵仰起头又喝了一口,感到身体燥热起来,便不由自主地翻了一下衬衣领口。老板的眼睛往梅朵的胸前扫了过来，不怀好意地说："这样吧，我正想处个对象，我看你长得不赖，你就做我女朋友吧！""做你女朋友？"梅朵抬起头怔怔地看着眼前这个陌生的男人。梅朵感到自己很累，急需有一个可以依靠的男人，眼前这个男人值得信赖吗？梅朵的脑袋里一片空白。

老板把手放在梅朵的大腿上，梅朵预感到下一步会发生什么事情，浑身如爬满蚂蚁似的不自在起来。她想起身离开店里，但她又不知道自己该去哪里。

老板搂住梅朵的腰，梅朵浑身瑟缩着。自从紫月去夜总会上班之后，梅朵便知道凡是女人的那一天总会到来。她想这一天应该是给男朋友的，眼前的这个男人能成为自己的男朋友吗？或许老板跟大伟相似的缘故吧，梅朵感到眼前这个男人并不让她很讨厌，至少不属于装腔作势的那一种。精疲力竭的梅朵就像被一双无形的大手推上了赌桌一般，最终只能赌上一把。

第二天，老板早早起床，站在床边跟梅朵说："美女，我们除了夜里睡在一起，别的依旧各过各的。工作上你还是我的员工。"梅朵愣了一下，然后点点头。

上午八点，工人们按时来上班，他们来领皮子、工具，梅朵拿出本子一一记上。不久，作坊里便发出"唰唰"的刀子割皮的响声、"嗤嗤"的缝纫机缝皮子的响声、"哒哒"的木板敲鞋帮子的响声。在工人们的摆弄之下，一双双乌黑闪亮的皮鞋做好了。梅朵清点之后把皮鞋一一装进纸箱里。老板则大部分时间在外边进货、送货。

梅朵放本子的时候，看到抽屉里有一张白色的名片，上面写着

"李悦悦，悦悦皮鞋公司总经理"。

到了中午，梅朵身上连吃饭的钱也没有了。她又丝毫没看出悦悦要给她安排活计的迹象，便只好再次向悦悦提出要借钱。

悦悦说："按规定员工是不能预支工资的，看在你是我的女朋友的份上，我破例预支给你一百元。""我是你女朋友吗？"梅朵心里嘀咕道，便想起昨天夜里发生的事情，顿时感到喉咙里堵着一口痰似的喘不出气来。

梅朵拿了钱到街上去买饭吃，又去街上转了一圈，她想租一间房子住下来。她问了问，每月至少要两百元钱，都是在住进之前就要交的。梅朵叹了一口气，又回到作坊里。

一个月过后，悦悦跟梅朵结算工资，拿给梅朵一百五十元钱。梅朵问：还掉一百元不是还有两百元吗？悦悦说，你睡在店里也要支付五十元钱。梅朵屈辱地流下泪水，泣不成声地骂道："你混蛋，我给你白睡还要我付租金吗？你的良心被狗吃了！"

悦悦说："睡觉是你情我愿的，是对等的。房子是跟人合伙租的，我做不了主。""对等的？"梅朵感到悦悦说的话天衣无缝，她没法反驳，自己就像被网在罩子里一般憋得喘不出气来。

悦悦究竟有没有合伙人，梅朵无法考证。梅朵在皮鞋店一个月的时间里，没见到什么合伙人来过。

"这样吧！你要是想多赚钱，我给你介绍一个地方，你白天在我这里工作，晚上可以去那里上班。"悦悦说。

"什么工作？"梅朵擦干眼泪问。

"这个，你去了就知道了。"悦悦拿出一张纸刷刷地写下一个地址递给梅朵。"记住，老板向你要身份证你就说丢了，你填表格时把出生年月提前一年。"

吃了午饭以后，梅朵便来到悦悦指定的地址：西河街 150 号。梅朵到那里一看，是一家酒吧，店名叫"云梦会所"。梅朵看到柜台后站着一个涂着口红、烫着头发、穿着时髦的女人，她估计那女人就是老板。梅朵跟老板说想来上班。老板看了梅朵一眼，叫她拿出身份证看看。梅朵说身份证丢了。老板问梅朵几岁了。梅朵说十七岁。老板便拿给梅朵一张表格，表题是"云梦会所工作人员登记表"。表格里包含姓名、出生年月、籍贯、住址、文凭、身高、体重、健康状况等栏目。梅朵填姓名的时候依了身份证上的名字填了"多妹"，出生年月填上 1984 年 5 月 12 日，出生地填了"江苏丽州枫峪"。

梅朵填好表格以后递给老板。老板看了一眼之后便把表格放进抽屉里，叫梅朵晚上就过来上班，先交一千元份子钱。梅朵不明白，去上班怎么还要交钱。

梅朵回到皮鞋作坊里，悦悦问她找工作的情况。梅朵说还好，只是要先交一千元钱。悦悦说这钱可以交。梅朵说自己没钱。悦悦说这钱可以先借给她，不过要一分半的利息。梅朵说"好"。悦悦便拿给梅朵一千元钱，叫梅朵写一张借据给他。

晚饭后，梅朵来到云梦会所交给老板一千元钱。老板把梅朵带到一个小房间里，拿出一套粉红色的裙子叫梅朵穿上。梅朵穿上裙子后，感到浑身凉丝丝的，不由得瑟缩了一下。

老板说："你要是想来赚钱的话，就不要扭扭捏捏的了。"然后又拿出一些化妆品给梅朵抹上，画好眉毛，涂上唇膏，喷上香水。

老板说："以后要自己化妆。这是你的化妆品，钱从提成里扣。"

梅朵问："我上班的工资怎么算？"

老板说："我这里不发工资。你的工作就是陪客人喝酒，你要靠客人给的小费和喝酒的提成赚钱。客人给的小费归你自己所有，喝酒的提成是百分之三，也就是客人每消费一百元你可以得到三元，能不能赚到钱就看你自己的本事了。你每月要上交一千元份子钱。你记住：客人越开心，你得到的小费就越多；客人喝的酒越多，你的提成也就更多。但是在包厢里，你不能出台。"

梅朵觉得老板说的话比枫峪民工子弟学校的社会老师讲得还简明扼要，让人一听就清楚明了。

"'出台'是什么意思？"梅朵问。

老板说："这你也不懂。我们这里是正规的消费场所。"说完后，老板把梅朵带到另一个房间里，上面写着"云梦工作室"。房间里的灯光把里面的人照得红彤彤的。一张红色的沙发上斜靠着五六个跟梅朵年纪差不多的姑娘，穿着跟梅朵一样的粉红色裙子。每一条裙子上都编了号。梅朵的号码是7号。

由于梅朵是新来的，老板便安排她跟"5号"一起出去陪酒。

5号是一个皮肤白皙、身材非常丰满的姑娘。梅朵跟着5号一起来到一个包厢里。包厢里坐着两个四十多岁的男人，桌上摆着几样菜和酒。梅朵和5号一进包厢，那两个男人便招呼她们坐过去。梅朵和5号便分别坐在男人旁边的座位上。梅朵看到自己身边的男人白白胖胖的，像一个洗净的白萝卜。

5号一坐下去，身边的男人便搂住她亲了一口。5号便站起来拿起酒瓶往男人的酒杯里倒酒，端起酒杯喂进男人的嘴里。5号自己也倒了一点，端起酒杯一饮而尽。

梅朵坐在那里傻傻地看着。忽然"白萝卜"肥肠一般的手从底下伸了过来拦住梅朵的腰，紧跟着"白萝卜"的嘴巴也凑了过来，梅朵连忙把脸往一边撇过去。"白萝卜"扑了一个空，便生气地说道："你怎么啦？"

梅朵的心噗噗直跳，不知怎么回答，便红着脸尴尬地坐在椅子上。5号说："老板别见怪，她是新来的。"5号示意梅朵给老板倒酒。梅朵连忙给"白萝卜"倒酒，自己也倒了一点。

"白萝卜"说："哦！新来的，那更要好好表现，我不会亏待你的。"

梅朵端起酒杯学着5号的样子把酒喂进"白萝卜"的嘴里，自己也倒了一点喝了进去。梅朵从没有喝过高浓度的白酒，她感到一条火龙穿过喉咙钻进肚子里，浑身的血液似乎都燃烧了起来。梅朵忍不住用手捏住喉咙咳嗽起来。

"白萝卜"说："你都不会喝酒，怎么还来陪酒啊？真扫兴！"说着把酒杯"砰"的一声放到桌子上。

梅朵看到那边的5号正坐在男人的大腿上，两人喝起了交杯酒。

梅朵看"白萝卜"的酒杯空了,便又给他倒酒。不想"白萝卜"的手又伸了过来。梅朵连忙放下酒瓶,伸手把"白萝卜"的手推开。"白萝卜"站起来气呼呼地走到门口,叫了声:"老板,换人!"

会所的老板带着6号走进包厢,满脸堆笑地对"白萝卜"说:"对不起,你大人大量,我给你换一个。"然后示意梅朵离开。

梅朵离开包厢回到工作室,工作室里的姑娘向她投来鄙夷的目光。梅朵默默地坐到沙发上。

老板来到梅朵的旁边,梅朵赶忙站直身子。老板大声呵斥:"你来这里上班还装什么淑女啊!都像你这样,我这生意还怎么做?再不好好表现就滚蛋!"

梅朵像古装戏里被太太训斥的婢女一般,低着头站在那里。

工作室里还剩下梅朵和2号。不一会儿,2号也被人叫走了。梅朵孤零零地坐在那里,她想要是有下一个客人就轮到自己了,心里不由得又紧张起来。幸好有几个姑娘陪完酒后又回到了工作室,整个晚上,梅朵都没有去陪酒。十一点过后,梅朵精疲力竭地回到皮鞋作坊里。

一进门,悦悦就急切地问:"赚到钱了没有?"

梅朵摇摇头说:"没有。"

"怎么会呢?"悦悦失望地看着梅朵。

梅朵说:"我不想去那里赚钱了。"

"那怎么行?你那一千元份子钱不是白交了吗?"悦悦生气地说。

梅朵想，要尽快摆脱悦悦。想到那一千元份子钱，她不得不重新考虑自己的决定。"做女人不能太保守"，梅朵的耳边响起紫月的那句话。

第二天晚上，梅朵又来到云梦会所工作室。不一会儿，梅朵便被叫了号。梅朵咽一下口水，极力让自己的心情平静下来，挺直腰身走进包厢。包厢里坐着一个五十多岁的秃顶男人。男人一见梅朵，脸上的笑容便像向日葵对着太阳一般绽放开来。男人招呼梅朵说："宝贝，来来来，陪大哥喝一杯。"梅朵走近秃顶男人，男人迫不及待地拉住梅朵的手往前一拽，梅朵便坐到男人胖乎乎的大腿上。男人夹起一块鱼肉塞进梅朵的嘴里。梅朵吞下鱼肉后，便给男人倒了一杯白酒，自己也倒了一点。梅朵跟男人碰一下杯子，然后仰起头喝了下去。喝了酒后，男人的手便很不安分地在梅朵的屁股上摸来摸去。梅朵挡住男人的手，妩媚地看了男人一眼，撒娇说："老板，别这样，人家害羞呢。"男人说："别害羞，我不会亏待你的。"男人便拿出一百元钱塞进梅朵裙子的小兜里。梅朵又倒了一杯酒喂进男人的嘴里，男人便更加放肆地在梅朵的身上摸来摸去。梅朵强忍着，不断地给男人喂酒。最后男人喝了两瓶白酒，喝得脑门上不停地冒汗。男人醉醺醺地问梅朵出台不，给她一千块。梅朵想起会所老板"不能出台"的话便拒绝了。男人也不勉强，站起身子晃晃悠悠地走了。梅朵晕晕乎乎地从包厢里出来。

梅朵到前台算一下提成，财务说六十元，月末一起结算。梅朵推算一下，那两瓶酒竟值一千八百元。梅朵惊讶得半天合不拢嘴。

梅朵想，陪一次酒总共得了一百六十元，这钱的确比做别的工作来得快。到了下班时间，梅朵又回到皮鞋作坊里。

悦悦立即问："赚到钱了吗？"梅朵点点头。

悦悦说，要是出台更赚钱。

"老板不是说不可以出台吗？"

"你傻啊，在包厢里不可以出台，下班后谁管得住你啊？"

梅朵想，出台与陪酒毕竟不是一码事，做事要有分寸，还是谨慎一点好。

五天以后，梅朵连本带息还掉悦悦的一千元钱。她深深地喘了一口气，便拿起行李离开了皮鞋店。由于身上一贫如洗，梅朵当天晚上便跟一个六十多岁的男人睡在宾馆里。第二天，梅朵在街上租了一间房子住了下来。

梅朵没有忘记来耒江找父母的目的。她白天到城里各处去转，夜里去会所上班。

八

冬女从精神病院出来以后，便去工地上找艳云闹，说艳云是"狐狸精"。木春把所有的责任都揽到自己的身上，阻止冬女去工地。冬女性格刚烈，眼睛里揉不进半粒沙子，无论木春怎样认错，无论工友们如何百般劝解，她都像吃了秤砣一般铁了心，不跟木春一起生活。由于双方都无意另组家庭，便没提离婚的事情。木春也不想离开艳云的公司去别的工地干苦力活，于是夫妻俩便僵持着各过各的日子。

冬女一心惦记着梅朵，她想，只要梅朵还活着，长大了一定会找回来，于是便在耒江车站附近的快餐店里找了一份洗碗的工作，一边打工一边等着梅朵回到耒江。

房地产的景气使南山房地产开发公司蓬勃发展，随着资产的不断扩大，艳云与老巩的两个儿子之间产生了不可调和的矛盾。老巩深知自己年迈体衰，无力把控局面，无奈之下便把公司一分为三，让艳云、两个儿子各自经营，他自己则安心待在云山别墅里养老。

艳云继续在耒江参与房地产开发，聘请木春当工地管理。艳云知道木春是一个值得信赖的人，便把一应事务都交给他去处理，自己则从孤儿院里领养了一个女孩在家里悉心照顾。随着年岁的增长，艳云原先放荡不羁的心也像结了冰的湖面一样渐渐安稳下来，后来竟然迷恋上了吃斋念佛，与木春见面的次数也越来越少了。木春心里记挂着冬女，一心想跟她重归于好，便极力约束自己不与艳云见面，两人的男女情感日趋冷淡，后来仅存工作上的上下级关系。由于与冬女和好不成，又与艳云疏远，木春的心就像荒原上的枯草一般飘零寂寞，便偶尔光顾娱乐场所消磨时光。

一天晚上，木春来到云梦会所。他进入包厢要了一瓶五粮液，老板给他叫了一个陪酒姑娘。木春见这姑娘娇羞可爱，便忍不住搂在怀里亲近一番，给她一百元钱的小费。喝完了五粮液，木春精神亢奋，便要姑娘出台。姑娘点头答应了。

木春一进入宾馆的房间，便走进浴室躺在浴缸里。一天的劳累，让木春感到全身的骨头似乎被拆开一般，他叫姑娘进来给他按摩一下。姑娘坐在浴缸的边沿上，轻轻地捏着木春肩上的肌肉，木春双目微闭，感到浑身舒爽。由于岁数的增大，木春的身体已微微发福。姑娘用拳头轻轻地给木春捶背，木春不由得想起梅朵小时候给自己捶背的情景，一滴眼泪从脸颊边垂落下来。姑娘累了，便脱掉衣服站在木春的旁边冲澡。木春躺在浴缸里细细地欣赏着，宛如一位画家正在欣赏自己刚刚创作完成的一幅美丽的山水风景画。忽然，木春看见姑娘的肩背骨下面有一块圆圆的黑斑，仿佛是茫茫的雪海上漏出的黑色的崖壁。木春不由得想起梅朵肩背骨后面的胎记，便脱口而出："你……"姑娘向木春妩媚一笑，轻声问："怎么了？"木春向姑娘挥挥手说："你继续吧。"

木春的脑海里像海浪一般翻滚起来：莫非这姑娘就是梅朵？岁月可以改变人的体貌，但胎记无法改变，姑娘肩背骨下面的黑斑正好与梅朵的胎记相吻合，还有那尖尖的眼角也很像梅朵小时候的模样，她们的年纪也相仿。木春想：要是这姑娘真是梅朵，那无疑是一家人天大的喜事。可是自己偏偏在这种地方遇见她，以后父女俩该怎样面对啊？

饱受生活磨炼的木春再也不是以前的那个愣头后生了，他的思维也渐渐缜密起来。他努力抑制住自己的情感，决定私下了解姑娘的底细，于是便从浴缸里爬了出来，穿上衣服，借故离开宾馆，临走前留给姑娘一千元钱。

回家后，木春躺在床上，内心像茶壶里烧开的水一样翻滚着，翻来覆去，一夜睡不着。

第二天早上，木春来到云梦会所。他找到了老板，查看了梅朵的资料：多妹，1984年5月12日出生。多妹，梅朵；1984年5月12日，1985年5月12日，出生时间刚好相差一年；肩背骨后的胎记，虽然出生地点不合，那是由于走失后户籍落到别的地方。木春断定7号姑娘就是自己失散多年的女儿梅朵，他抑制不住内心的激动走出云梦会所，对着街道大喊一声，街旁行道树的叶子在木春的呐喊声中颤抖起来，路人向他投来惊异的目光。冷静下来之后，木春的内心如被无数钢针扎进去那般难受。木春想，自己日思夜想，想与女儿团聚，两人竟然在那种地方见了面。虽然自己对女儿没有做出那种禽兽不如的事情，但梅朵若是知道真相，心底一定会留下不可磨灭的创伤和万劫不复的屈辱，以后她在世上怎么活啊！

此时天空下起了一阵急雨，豆大的雨点噗噗地落在水泥地上，弹起一阵灰尘，溅起一片水花。木春心力交瘁，他精疲力竭地靠在一棵木棉树上，任由雨点从树叶间落下来敲打在身上。木春举起双拳不停地捶击着自己的脑袋，好让自己如灌满炽热的岩浆一般沸腾的思绪平静下来。木春想，现在唯一的办法就是在梅朵的眼前消失，彻底抹去那天夜里父女见面的阴影，让女儿以后扬眉吐气地在世上活着……

晚上，梅朵来到三号包厢，她看见里面坐着一个三十多岁的矮墩墩的男人。梅朵站在矮男人的旁边，男人给梅朵倒了一小杯酒，他自己则倒满一大杯，然后端起酒杯与梅朵碰了一下，便仰起头喝得一干二净。梅朵也喝了一口。"姑娘，再来一杯。"男人又倒了一杯酒喝了下去。梅朵感到奇怪，往常的男人找陪酒的女郎，无非是想占点便宜，让自己喝得更尽兴，而这个男人的手总是不离开他的酒杯，一个劲地自己喝，好像这酒舍不得给别人喝似的。不一会儿，男人说话的舌头便短了，最后醉趴在桌子上。梅朵想，遇到这种客人真是倒霉，不仅不给小费，还耽误自己做生意的时间。为了让男人早点离开包厢，梅朵只好去工作室倒了一杯水喂进男人的嘴里，还拿来湿毛巾敷在男人的额头上。

过了半小时左右，男人渐渐清醒过来。他一醒来，便向梅朵道歉，像日本女人似的不停地说"给你添麻烦了"，说得梅朵挺过意不去的。

男人离开会所的时候跟梅朵说："这样吧，明天中午我请你吃饭，你一定要接受我的邀请，否则我一辈子不安的。"男人真诚地看着梅朵，好像一个孩子哀求父亲答应给他买糖吃似的。

梅朵想不出拒绝的理由，便答应了下来。

男人说："明天中午十一点我在这里门口等你，不见不散。"

梅朵说："明天中午我不在这里，我在家里。"

"你家住哪里？我去接你。"男人急切地问。

"新和巷73号。"梅朵说。

第二天中午，梅朵一走出房间便看见昨夜喝酒的那个矮男人，心想这男人还挺讲信用的。男人一见梅朵，便兴奋得好像在陌生的地方遇到密友一般，拉着梅朵的手上了一辆出租车。一上车，男人便说："今天要请你好好吃一顿。你说是去吃西餐还是去吃海鲜？你挑吧，别在意钱。"梅朵说："随便吧。"

"姑娘你没吃过西餐吧？那就去吃西餐。师傅，去新湖街欧雅酒店！"司机应了声"好嘞"，出租车便向新湖街驶去。

梅朵被男人的热情弄得有点不自在，便说："随便吃点，别太浪费钱。"

"说什么呢！我一个堂堂的业务经理，还怕花钱吗？对了，见了你这么久我还不知道你叫什么呢，不叫名字，显得有点生分。"

一般干这行的姑娘都不愿意透露自己的真实姓名。梅朵想这男人并不坏，便轻轻地说："叫多妹。"

"多妹，多妹，真好听。多妹，妹多，多妹，妹多，不过我倒觉得叫妹多更顺口。"男人开玩笑似的说。

梅朵想说"我本来就叫梅朵"，又想没有必要把自己的所有底细告诉这个素昧平生的男人，于是话到嘴边又咽了回去。

出租车在豪华的欧雅酒店前停了下来。业务经理拿钱付费的时候立即不安起来，他东捞西摸，最后从裤袋里拿出一百元钱递给司机。业务经理尴尬地摇摇头说："真是倒霉透了，忘了带钱包。你看你看，我的记性真是糟透了。"然后又嘀咕着，"幸好兜里还有一百元钱。否则连出租车的钱也付不起了。"

梅朵说："大哥，真的不要麻烦了，还是回去吧。"

业务经理立即说："天底下哪有回去的道理。不过真对不起，今天只能请你吃快餐了，下次再请你吃大餐。师傅，去车站大道吧，那里的快餐好吃。"

梅朵心想，这业务经理跟皮鞋作坊的老板一样，也是一个抠门的人。现在的男人真是不可理喻，喝酒找女人一掷千金，不想花钱的时候如铁公鸡般一毛不拔，还装模作样。

出租车在耒江车站旁边的一家快餐店前停了下来。梅朵想起前段时间为了找父母已经逛过这里。

司机给业务经理找了钱。两人下了车，业务经理便拉着梅朵的手走进快餐店，找到一个位置坐了下来，然后便去点菜。

不一会儿，菜端上来了：一碗番茄蛋汤，一盘四季豆，一盘茄子，一盘豆芽，两小碗饭。梅朵想，敢情是到这里吃素来了。

业务经理问："梅朵，要喝点酒吗？"

梅朵不满地说："我叫多妹，我不喝酒。"

业务经理说："哦，你看我，你喝酒的机会多着呢！你看我又叫错名字了。不过我觉得还是叫梅朵好听，多妹，梅朵，姑娘，不好意思，叫梅朵叫顺口了。你说，哪个好听？"业务经理拉住一个女服务员问。

服务员讨好地说："多妹，妹多，两个都好听。"

就在这时，洗碗池里传出"咣当"一声脆响，一个盘子掉到地上打摔了。一个中年女人从里面跑了出来。女人脑后扎着两条长辫，穿着印花衬衫。

"姑娘，你叫梅朵吗？"女人拉住姑娘的手臂问。

业务经理指着梅朵说："她叫多妹，我觉得还是叫梅朵好听。大嫂，你说呢？"

梅朵呆呆地看着中年女人，只觉得这女人好像很面熟。

"姑娘，你叫梅朵吧！"女人重复了一遍，然后突然掀开梅朵肩膀后的圆领，肩背骨下露出一块黑色的胎记。

"姑娘，你就是梅朵，你是坞里人。我是你妈冬女，你爸叫林木春。"冬女喋喋不休地念叨着。梅朵傻傻地看着冬女的辫子，看着冬女的印花衬衫。两行热泪挂下来，扑通一声跪在地上，叫了声："妈……"声音凄厉，响彻整个快餐店。母女俩抱头痛哭。

业务经理嘀咕着："母女相见，这顿饭钱你付。"说完便扭头走了。

下午，冬女带着梅朵来到耒山建筑工地。母女俩走进经理室，一位年轻的工作人员接待了两人。冬女说要找木春。工作人员说："我们经理出差去了。"

梅朵着急地说："我是她的女儿，请告诉我你们经理的手机号码，我有很重要的事情找他。"

工作人员看了梅朵一眼，便在纸上写下一串号码递给梅朵。

梅朵拨了木春的电话，但木春的手机一直处于关机状态。母女俩只好先回到家里。

夜晚，漆黑如墨，一辆黑色的桑塔纳小轿车沿着耒山公路盘旋而上。桑塔纳开到山顶，"嘭"的一声撞开护栏，像一块陨石般坠落到海里，消失在万顷浪涛之中。

三天以后，蓝天房屋开发公司董事长艳云接到报告，说工地已好几天联系不到林经理了。

艳云立即赶到耒山建筑工地，发现工地里的那辆桑塔纳不见了，由此可以断定木春是开车出去的。艳云立即与交警大队取得联系。交警队调取各路口的监控，始终见不到桑塔纳的影子。木春连同那辆桑塔纳犹如地球上的一缕水汽，被蒸发得无影无踪。

就在一家人即将团聚的时候，木春却神秘地消失了，冬女与梅朵不由得陷入深深的忧虑之中。冬女想：或许苦命人自有天相，木春有一天也会如梅朵一样突然出现在眼前。

一个月以后，一个赶海的渔民发现耒山海湾漂来一辆桑塔纳的残骸。渔民感到蹊跷便报了警，警察立即赶到现场。警察联系到蓝天房屋开发公司，经耒山工地的建筑工人指认，那残骸正是与木春一同消失的桑塔纳的一部分。

冬女与梅朵得知消息后立即赶到耒山海湾。耒山海湾的天空一片瓦蓝，灼热的阳光投射到黑黝黝的桑塔纳的残骸上。天空忽然飘来一朵白云，像人的灵魂，上升着，变换着，游游荡荡不知去向何处。海风吹来，撩起了冬女的鬓发，像飘起了一面黑色的旗帜。海面上浊浪滔天，发出一声声狂吼，淹没了一阵阵撕心裂肺的哭喊声。

交警到耒山建筑工地附近的耒山公路勘察，发现公路最高处的围栏被冲破，有车翻落的痕迹。耒山海湾是耒江的出海口，那里的悬崖如刀削斧劈般陡立，足有一百多米高，而崖底的水势无比凶险。警方走访了工地，都说木春平时待人和蔼，为人诚实，几乎无他杀的可能。死者出事前一段时间情绪稳定，也无自杀的可能。由于生不见人死不见尸，警察也无法得出结论，初步推测木春由于操作失误导致车辆冲出围栏坠入海里，尸体被大海吞噬了。

母女俩的心情从相见时的欢喜一下子跌到失去亲人的痛苦之中，犹如从天堂一下子坠入十八层地狱。

母女俩去耒山工地清理木春的遗物，打开工棚的房门一看，只见房间里凌乱不堪，席梦思上随意放着被子和衣服。房间靠墙处摆着一个布制的柜子，柜子里挂着一套西装和衬衫，还有几件过冬的衣服。柜子的旁边摆着一张办公桌，桌子中间的抽屉锁着。冬女从木春西装的衣兜里找到了一把钥匙，打开抽屉一看，里面有一个信封，信封里装着一本存折，存折里夹着一张纸条，纸条上写着：存折里的钱归冬女所有，密码是梅朵的生日。梅朵拿到银行一查，存折里竟然有二十万元的存款。

二十万元在当时对一个家庭来说无疑是一笔巨款，冬女知道这是木春用自己的血汗挣下来的。冬女对梅朵说："阿囡，咱要靠自己的本事活下来，不靠你爸的钱过日子。"母女俩决定好好保存这笔钱，不轻易去动用它。

九

母女俩重逢之后，梅朵便不再去云梦会所上班。但不去会所去哪里呢？梅朵想起琼阿姨的话，便准备去学美容技术。梅朵从一个和她年纪相仿的美容师那里打听到,凡做美容师都要有当地劳动部门颁发的"上岗证"。"上岗证"由两种途径获得,一种是读职业高中,另一种是去劳动部门举办的美容培训班参加学习。梅朵已错过上职业高中的时机,便费尽周折找到了当地劳动人事部门,幸运的是正好赶上劳动人事局举办美容培训班,梅朵便报名参加了培训。

清明节,外出的人们陆续回家上坟。冬女和梅朵与根发家的秋菊母子俩一同回到坞里。

一心想过富人生活的根发当了几年监工之后便离开了南山房地产开发公司,自己成立建筑公司承包工地。为了生活方便,根发一家人都来到了耒江,住在工地上。儿子建敏到工地附近的学校读书,后来考上了大学,学的是建筑专业,毕业后便去艳云的公司当了助理。

梅朵已十多年没有回坞里了,家乡的一切在她的脑海里犹如云雾弥漫的山峦一般模模糊糊。一伙人来到青格岭头,梅朵看到直尺般探到谷底的山岭,山岭两边刀削斧劈似的山崖,双腿便不由自主地颤抖起来。冬女不满地对梅朵说:"你是山里的孩子,哪有这般娇贵?像大家小姐似的。利索点,你这般磨洋工似的,到坞里天都黑了,下午还要给你阿公阿婆上坟,还要祭祖先哩。"

秋菊说:"别怪孩子,她走不惯。还不如我们俩先走,让建敏陪梅朵在后头慢慢走吧,这样既不耽误祭祖先和扫墓,也不为难孩子。"

冬女应了一声,便同秋菊飞风似的直下青格岭,梅朵则扶着建敏的肩膀一步一挨地走下青格岭。好不容易到了谷底,前面便是坞溪丁埠。丁埠由十来块狭长的石头砌成，犹如朝天的谷耙。此时正是春水漫涨的时节，溪水哗哗地从丁埠的石头间流过，丁埠只剩下石头的顶尖，如老人扣在头上的帽顶。不远处是一个幽深不见底的水潭。梅朵双腿哆嗦着不敢踩上去，她求救似的看着建敏。建敏伸出手拉着梅朵一步步地向对岸走去。两人又爬爬歇歇上了坞里岭。

这边冬女来到坞里以后，打开家门草草收拾一番，然后烧了菜和饭放进篮子里，便往后山走去。她来到木春父母坟前，细细地拔去坟里的杂草，摆上祭品，烧上纸钱。坟地上被烧过的纸钱一会儿被风扬了起来，一会儿又落下去，像折了翅膀的小鸟。

天空阴云密布。冬女泪如雨下，她想起自己来到坞里之后，木春的父母像对待亲女儿一样把她养大，什么事情都依着她。成家以后，木春对自己像店小二一般唯唯诺诺。可如今木春没了，连个尸身也见不着。她懊悔自己生前对木春过于残忍，让他饱受孤独的煎熬。由于后悔，冬女心里像被锯子拉着一样的疼，泪水从她红肿的眼眶里不停地涌出来。

傍晚时分，梅朵终于来到坞里老家。一进院门便看见院子里的那棵蜡梅树郁郁葱葱地挺立在那里，梅树上的叶片中间挂满一颗颗指尖大小的青青的梅子。梅朵便依稀回忆起小时候在梅树上摘梅子吃的情形。想起十几年的流浪经历，梅朵的脸上不由得挂下了两行泪水。此时冬女已从坟地上回来，正在锅台前烧菜准备祭祖。冬女责怪梅朵磨蹭，梅朵说："妈，这路实在太难走了。特别是溪里的那道丁埠，窄窄的真是吓死人，要是修一座桥就好了。"

"修桥？"冬女想，如今梅朵好不容易回来了，往后自己一定要多做善事，让后代平平安安地活下来。

"修桥补路，修心积德"，这是农村里的千年古训。如今梅朵无意间提起了"修桥"二字，或许正是天意让自己捐钱修桥吧。

晚上，冬女来到坞里村主任林大坤的家里。大坤正坐在院子里的石凳上抽烟丝，他见冬女母女来了，便示意两人坐在旁边的凳子上。

冬女一落座便跟大坤说，自己想捐二十万元在坞溪上修一座桥。

大坤吐了一口烟，抬头看了一眼冬女，说："修桥，那敢情好啊！坞溪那里早就该修桥了，当年的大梗就是过丁埠时被水冲走的。修桥这事我都跟政府提过好几次了。政府说上面正在规划扶贫迁村，以后坞里的人都要搬走。搬走，哪能那么容易啊！就是搬了，那条路也是要走的。不过你们母女也是很不容易的，还是把钱留下来自己花吧。"

冬女想：二十万元的确不是一笔小钱，自己在城里就是打一辈子工也很难积攒下来。二十万元可以在耒江郊区买一间简陋的房子，可以开起一家美容店。有了这二十万元，自己和梅朵以后的生活就会轻松很多。木春留下二十万元，一定是想让家里人过得好一点。

此时，院子里已聚集了几十口人。大伙都说村主任的话在理，劝冬女不要捐。

冬女斩钉截铁地说："我已铁了心，你们就不要再劝了。我只想用木春的钱为林家积点德，让后代顺顺溜溜地过下去。只求乡邻们帮个忙把修桥的事情办妥，我们娘俩就千恩万谢了。"

冬女想到伤心处不免抽噎起来，村里的大婶大嫂赶忙过来劝慰一番。

秋菊一边安慰冬女一边跟大坤说："他大伯，难得冬女妹子有心，你就帮这个忙吧。"

大坤"啪"的一声磕掉烟窝里的灰烬，说："好，既然弟妹有这份心意，我们再拒绝便没有情理了。这事就交给我办吧。"

冬女擦干眼泪，捏着梅朵的手心说："快谢谢坤大伯。"

梅朵腼腆地站起身子轻声对大坤说："谢谢大伯。"

村人们看着梅朵，想起梅朵的经历，想起木春，不由得发出长长的叹息。

建敏在一边说："坤大伯，造桥跟造房子可不一样，技术含量高，一定要请个施工队过来才妥当。"

大坤说："这个自然。木春兄弟赚钱也不容易，我们不仅要把桥修结实，还要尽量节省。你们年轻的只管在外边赚钱，我们这些留在村里的都算义务工。还有妇女，给施工队烧个饭自然也不去计较。"

村人纷纷说好。

冬女拿出存折递给大坤。大坤说："这个不忙，到时候联系到施工队需要钱的时候再叫你汇过来也不迟。"

大伙都说不忙，冬女只好把存折收了起来。

清明节后，大坤便着手筹办造桥的事情。他去县里请来了施工队。施工队与村里签订了合同，便在坞溪丁埠上勘测、设计。一个月以后，施工队正式入驻坞里。工人们运来钢筋、水泥等建筑材料，然后开始造桥基、扎钢筋、铺水泥，一切工作有条不紊地进行着。村里的老人们纷纷到工地上做粗工，工钱折合在工程款里。

到了秋天，清溪河上便立起了一座单孔水泥桥，取名叫"木春桥"。木春桥高约八米，长十米，宽两米。大坤给冬女拨去电话，说桥修好了，叫她回来看看。冬女说不必了，反正明年清明要回家的。大坤说造桥总共用了十六万五千元钱。冬女叫大坤把两条岭也修修，最好浇上水泥。大坤说好。

十

梅朵美容培训结业后，又到美容店里实习，一年以后获得了初级美容师的资格证书。梅朵便去一家美容店当美容师，结果发现店里给的工资和提成少得可怜，店里的利润大多被美容店的老板占了，于是便想自己开一家美容店，但开店需要大量资金，那时候父亲的钱已经捐出去了。由于没去上班，自己的积蓄也快用完了。梅朵感到自己如进入荒漠一般，前途一片迷茫。

冬女拿出一本存折说："阿朵，咱有钱。"十多年的打工生涯，冬女省吃俭用积蓄了五万多元钱。梅朵激动地扑倒在冬女的怀里，说："妈，谢谢您。"

夜里，梅朵琢磨着开美容店的事情，由于自己从没开过店，就像猫看到刺猬那样，不知从哪里下手。梅朵想，还是再去附近的美容店转转吧，或许那里可以找到一些门道。

梅朵便到街上去转，发现有的美容店生意非常红火，有的却冷冷清清。梅朵来到一家名叫"靓影"的美容店外，只见店里的顾客进进出出，生意很好，她站在店门外入神地看着。

店里走出一名与自己年纪相仿的女郎，和颜悦色地向梅朵打招呼："美女，进来做个美容吧！"梅朵想起开店的事情，便走进店里。

梅朵躺在美容床上，跟那名女郎聊起开美容店的事情。女郎说自己刚到美容店上班，也不知道开店的事。门后走出一个四十多岁的男人，梅朵估计他就是这家美容店的老板。老板问梅朵："美女，你想开店啊？"梅朵点点头。"开店可不是件容易的事，程序多着呢！"老板说。梅朵说："是啊，我不知道怎么开呢！""哦，那过会进来坐坐吧！"

梅朵做完美容后，便走进房间后面的办公室里。办公室里显得有点凌乱，老板正靠在椅子上抽烟。梅朵在一张沙发上坐下来，老板热情地给她递上一杯茶。"开店哪有这么容易哦，光程序就要跑个半年。"老板强调。"是啊，我什么也不懂。"梅朵说。"这样吧。最近我老家要拆迁，忙不过来，我想把店暂时租出去，不知道你有没有意向？"老板的脸上显出无奈的表情。

梅朵想，自己不知道如何开店，租过来适应一下确实是好事。便急切地问："那你想出租多长时间，租金多少？"

老板转一下眼珠，说："我准备出租半年，每月租金五千。"

"你的店利润高吗？"梅朵问。

"还行，每月净收入至少一万吧！你要是不信的话，明天可以到店里跟着看看。"老板自信地说。

梅朵的眼里放出光来。她知道生意场上是可以讨价还价的,便为难地说:"我信,只是我没有那么多钱,你降点租金吧。"

"那你说多少?"老板问。

梅朵想了一会,便说:"半年两万元吧,再高了我出不起。"

"两万元?这也太低了吧。"老板摊开双手皱起眉头说,"不过……不过我正急着要回家。算了,两万元就两万元吧。只是你要利索点,迟了我就租给别人了。"

"好吧。"梅朵从沙发上站起来,又补了一句:"那就这样说定了。"她走出美容店,兴冲冲地来到出租房里,拿起妈妈的存折往银行里走去。

取了钱后,梅朵心想这毕竟是妈妈赚的钱,而且数目也不少,于是便乘车来到冬女的快餐店里。

冬女正在店里忙着洗碗,梅朵站在一旁跟冬女说出租美容店的事情。冬女问:"可靠吗?可不要给人骗了。"梅朵说:"不会的。""那你自己决定吧!"冬女说。

梅朵走出快餐店,又心急火燎地往"靓影"美容店赶去,走进了办公室里。

办公室里弥漫着烟雾,老板依然坐在办公桌后吸烟,他见到梅朵后,赞赏地说:"真利索,小小年纪这么有魄力,将来肯定能干大事。"

梅朵递上两万元钱,叫老板写张字据。老板说:"这个自然。"

老板便在电脑的键盘上敲打起来，不久，打印机上便刷刷地滑出一张纸来，上面端端正正地写着几行文字，落款是"靓影美容店"，然后递给梅朵叫她看一下。梅朵低头细看，里面包含"租期六个月，租金两万元，租期内所有收入归梅朵所有"字样，便说"没问题"了。老板说："那好，你明天就过来管理吧，我跟员工们说下，叫她们听你指挥。"说完便把店门口的一串钥匙递给梅朵。

第二天早上，梅朵早早地来到美容店里，拿出钥匙打开美容店的门，发现老板已经走了。梅朵走进办公室里，她不知道办公桌上的电脑怎样操作，便静静地等着员工来上班。

八点钟后，员工们陆续来到美容店里，总共有五个，她们全然不顾已经换了老板，只是一丝不苟地为上门的顾客做美容。梅朵则按价格表向顾客收钱，一天下来，竟然收了一千多元。梅朵暂时算不清净收入有多少，她想扣除员工的工资、化妆品的钱和其他费用，应该不少于五百元吧。

第三天早上，梅朵又喜滋滋地走进办公室里。不久，店里便走进一伙人，他们把门口的招牌撤了下来，换上新的牌子叫"倩影"，然后走进店里，把新的营业执照挂了上去。梅朵摸不着头脑，问："你们这是……"

一位胖胖的中年男人说："你还不知道吗？这店以后就归我了。"然后就走进办公室里。

"怎么会归你呢？不是租给我了吗？"梅朵急得直冒汗。

"笑话，我什么时候租给你了？合同呢？"

梅朵拿出原先老板写的字据。中年男人看了一眼，不屑地说："这算什么啊？他早就跟我签合同了。"说完便拿出盖着指印和公证处公章的合同书给梅朵看。

梅朵丈二和尚摸不着头脑，问："那老板给我立的字据是怎么回事？"

中年男人说："姑娘，你受骗了。不信，你去工商所问问。"梅朵听了立即走出店门，向街对面的工商所走去。

工商所的一位四十多岁的女工作人员接待了梅朵。她查阅了"靓影"美容店的资料，发现原来的美容店已经盘给现在的老板了，业主和招牌都已经更换了，程序都是合法的。"盘掉了？生意这么好，为什么盘掉？"梅朵急得直掉眼泪。工作人员说："这说不准，说不定是欠他钱呗。这年代欠人家钱是寻常的事，比如赌博啦，做生意亏啦，总之说不清楚。"梅朵知道自己受骗了，便哭着说："我那两万元钱怎么办？"工作人员说，那老板属欺诈行为，只能向公安机关报案了，于是梅朵又急急地走进派出所。

派出所的民警说："你说他欺诈，有证据吗？"梅朵拿出字据。民警一看便摇摇头说："你这算什么字据啊，连个签名和手印都没有，在法律上是无效的。即使找到他，他也会否认的。"梅朵懊悔地流下了眼泪。民警又向工商所打了电话，要了老板的身份证号码一查，发现老板的户籍竟然远在河北。民警摇摇头说："这就更难了。"

梅朵哭着回到家里，把自己关进房间里，心想妈妈辛辛苦苦赚来的钱，一下子就被人骗走了两万，不由得大声哭了起来。

冬女回家后，梅朵立即扑进妈妈的怀里。

冬女紧紧地搂住梅朵，说："孩子，别哭，只要人健康就行。那些骗人的，一定会被天打雷劈的。"

梅朵受骗以后，她仍然不想放弃开美容店的事。她想，自己一个人开店力量太单薄了，得找个搭档才好，于是便想起了紫月。她只身前往丽州，先来到琼阿姨的家里。琼阿姨很高兴梅朵找到了自己的妈妈。

梅朵在原先的出租房里找到了紫月。紫月一脸憔悴，她抱着梅朵伤心地哭起来。原来紫月在夜总会上班的时候认识了一个帅气的男士，说要跟她处朋友，紫月便答应了。谁知那帅哥是一个花花公子，好赌懒做。紫月不仅怀了孕，还被榨干了身上所有的钱，最后那帅哥却一走了之。紫月欲哭无泪，只好打掉了肚子里的孩子，准备在家里休养一段时间再去上班。

梅朵说："这年头，男人是靠不住的，要靠自己的本事吃饭。"

紫月说："本事，我哪有什么本事？"

"你会化妆，这就是本事。"

"我的妹妹，这年代女孩子谁不会化妆啊？"

"会化妆容易，但化好妆就难了，须接受专业培训。"梅朵便把一起去耒江办美容店的想法说了。

紫月说："开美容店哪有这么简单啊！要很多钱的，你有吗？我可是一分钱都拿不出来了。"

梅朵说："钱的事我想办法解决，你先去培训，以后到店里当美容师。这样咱姐妹俩就可以天天在一起了。你觉得不好吗？"

"那好，我参加。"紫月说。

第二天，紫月便打点行装跟梅朵一起来到了耒江，然后又报名参加美容培训。

晚上，梅朵、紫月、冬女商量开美容店的事情。冬女心有余悸地说："这年代什么人都有，可不能再上当受骗了。"梅朵说："妈，你放心，这回咱走正常途径的。"紫月说，最好请教一下懂门道的人。梅朵想来想去，最终想起了建敏。心想建敏虽然年轻，但他经常为公司跑里跑外的，说不定懂得开店的门道。

梅朵拨通了建敏的电话，建敏回话说："这个……具体我也不太懂，你找工商部门问下就可以了。"经建敏一点拨，梅朵幡然醒悟，开店还有政府部门管着呢！心想要是早点跟建敏联系上，自己就不会像没头的苍蝇一般乱撞了，或许就不会上当受骗了。

第二天，梅朵去了工商所，找到了上次遇到的那位女工作人员。工作人员详细地向梅朵介绍了开店的流程，梅朵才知道政府对开美容店管得非常严格，工商、消防、卫生、税务等部门要依次审批。梅朵想，先把店面租下来再说，于是便去街上找店面。结果转了一天才找到两家要转租出去的店面：要么就是租金太高，要么就是地点太偏。

傍晚，建敏主动打电话问梅朵店面的事情。梅朵一一说了情况。建敏笑着说："你这样找相当于瞎猫抓耗子，就是找一年也找不到合适的店面。你得先找介绍所。"

第二天早上，建敏开着车子早早等在梅朵家门外，两人在西河街找到了一家房屋介绍所。介绍所除了介绍房屋买卖之外，还介绍店面出租。介绍所的老板打开电脑，翻出五六十处店面出租的资料。他询问了梅朵的基本要求，经过筛选后选出二十来处，然后又把资料打印出来，派了一名年轻人跟梅朵一起去看店面。

建敏开着车子在老河街53号前停了下来。一下车，梅朵的心便冷了，嘀咕道："这么偏僻的地方怎么开店啊？"介绍所的年轻人说："一年三四万租金的就是这种地方，外边的都要十几万呢，二十几万的也有。不过偏僻也有偏僻的好处，偏僻的地方周围的店少，竞争的压力也小。'酒香不怕巷子深'，只要店的声誉好，就不愁没有顾客。"

梅朵和建敏觉得年轻人说的话也有一定的道理。

建敏又开着车子转了几处地方，最后与梅朵分析一下，还是觉得老河街53号更合适。于是又开车回到老河街。

老河街是一条古老的小街，街道两旁都是两层楼的老房子，房子前的树木由于年代久远，树干的皮肤褶皱成鱼鳞模样，茂密的枝叶斜压过来，如伞一般遮住了房子和街道，整条街沉浸在古色古香的气息里。介绍所的年轻人给房屋主人打了电话，主人立即赶了过来。房主人是一个二十多岁的年轻人，在单位上班，由于在别处买了套房，老房子便空了出来。原先老房子租给一个外地人开饰品店，后来由于附近开了超市，饰品店便开不下去了。

梅朵问："能不能降点租金？"年轻人说："这不行，一年三万五千元，一分也不能少。"年轻人很是老练地说："你要不要？

不要我走了。"梅朵只好说:"要。"

房主人与梅朵一起回到了介绍所。介绍所的老板拿出租赁合同让双方签字。梅朵拿起笔不由得迟疑起来。她想如今母亲攒的钱只够付一年的租金,以后装修、买器材、买产品的钱从哪里来?梅朵无助地看了建敏一眼。建敏点点头,梅朵便签下了字。介绍所作为中介人,也在合同上签了字。

梅朵当场交了租金,然后又给了介绍所二百元介绍费。

房子租下来以后,建敏说下一步要一边装修店面一边"跑证"。装修店面要找装潢公司,跑证要跑公安、卫生、工商、税务等单位。

梅朵找了几家装潢公司,权衡一下价格之后便与一家公司签订了合同。整个店面装潢需要三万元钱,工期为一个月。根据合同的要求,开工之前要先付一半钱作为材料费。此时梅朵和冬女只剩下五千多元了,还缺一万元怎么办?梅朵想去银行贷款,但梅朵到耒江各大银行一问,才知道银行对贷款把控得非常严。母女俩既没有耒江户口,又没有资产,银行都不愿意贷款给她。最后冬女回到了坞里,在大坤的担保下在当地信用社贷了一万元钱。梅朵给装潢公司付了钱之后,店面装修就开始了。

梅朵担心美容店开张之后,自己和紫月忙不过来,便想起了四川的两个姐姐,便给姐妹俩写了一封信。十天以后,二姐丽华便来到了耒江。丽华说大姐因为要生孩子就不过来了。梅朵便叫丽华跟紫月一起去美容培训班学习。

晚上,冬女提来一串串鞋包放在房间里,说:"姑娘们,来来来,赚点生活费。"说着拿出针线缝了起来。

紫月说："阿姨，你这是做什么呢！你白天还嫌不够累吗？"

冬女说："反正闲着，缝一双一角钱，缝十双就有一元钱啊！"

梅朵说："妈，你就好好休息吧，反正也不缺你那几元钱，累坏了身体就更不划算了。"

冬女也不反驳，拿来鞋包低头默默缝着，眼里泛着泪花。丽华凑了上去，向冬女请教怎么缝。房间里灯光暗淡，两人的影子被拓在墙壁上，像沉默的皮影戏。两人一直缝到半夜才睡觉。

趁着店面装修的时段，梅朵跑了卫生、消防、工商、税务等单位，足足跑了二十多天才把相关的证照办了下来。梅朵给美容店取名叫"一朵梅花"。此时店面装修工作快结束了，梅朵又开始为下一步的资金发愁。眼下一万五千元的装修费要付，往后还要购买床、蒸脸器、空调等器材以及美容产品，所需资金不少于五万元。这些资金从哪里来呢？

冬女说："早知这样，还不如去美容店里上班，上班稳当多了。"梅朵低头无语，她感到自己的处境就像老鼠钻到风箱里一般，进也不是，退也不是。

房间里有点闷热，几只蚊子嗡嗡地围着梅朵叫。梅朵烦躁地一巴掌拍了过去，但蚊子早已闻风而逃。

紫月说："算了，还不如让我去求那些有钱人吧，他们可有用不完的钱呢！"

梅朵明白紫月去求人背后的付出。她想紫月刚从火坑里跳出来，再也不能把她往里推了，于是坚决地说："不行，就是饿死了也不求他们。"

房间里一阵死寂。过了许久，紫月说："要不，你去找一下丽州的琼阿姨吧，五万元钱对她来说也不算难事。"

梅朵说："不了，琼阿姨已经帮了我那么多忙，就不要再麻烦她了。"

"这也不行，那也不行，那究竟怎么办啊？"紫月急了，声音也不由自主地大了起来。

梅朵说："别着急，总会有办法的。"然后便一头闷到被窝里。

夜里，梅朵躺在床上辗转反侧，心里像被猫抓了一般烦躁。梅朵想，还是得从银行那里寻找突破口。

第二天，梅朵来到建新区工商银行信贷部。一个年轻的信贷员对梅朵说："你去找我们分管的领导吧。"梅朵找到了分管贷款的副行长。副行长是一位中年男人，他怜悯地看了梅朵一眼说："我知道你有困难，但是我们银行是有规定的，我也不能带头违反啊！"副行长给梅朵泡了一杯茶，然后拿出银行的文件指给梅朵看。梅朵心底燃烧起的希望又像肥皂泡一般破裂了。副行长对梅朵说："这样吧，你的店营业以后再过来申请，到时候我们派人过去勘查一下，如果我们觉得合适，就给你发放贷款。"副行长的话又让梅朵看到了黎明前的一缕曙光。梅朵想：只要扛过这段时间，店里营业后就会有转机。

梅朵离开工商银行去了别的银行，直接找分管贷款的领导，结果别的银行的领导基本上跟工商银行的态度差不多。

梅朵无可奈何地回到了店里。无奈之下，梅朵想起了建敏，她想建敏或许可以给她点拨一下。但就在梅朵店面租下来不久，建敏父亲的公司便出事了：工地上发生了脚手架坍塌事故，摔死了三个工人，根发被抓进了牢里。她明白，建敏也很不容易。

晚上，梅朵去市场里买了五斤苹果，然后上了一辆出租车。出租车向郊外驶去，足足开了半个多小时才到建敏家门口。

建敏一家租住在一间破旧的矮房子里。梅朵敲了敲门，秋菊出来开门。梅朵叫了声"菊伯母"。秋菊把梅朵迎进房间里。房间里灯光昏暗，梅朵仍能看到秋菊头上的丝丝白发。

梅朵在一只塑料凳上坐了下来。凳子旁边摆放着一串串黑色的鞋包。

秋菊端上一碗茶，问："你妈怎样？"

梅朵说："还好，她还在快餐店上班。"

秋菊说："我和她都是苦命的人。早知这样，还不如老老实实地待在山里。"

梅朵想起自己流浪的经历，想起死去的爸爸，眼泪就像断了线的珠子一般滚落下来。

秋菊告诉梅朵，建筑公司倒闭以后，幸好蓝天房屋开发公司把建筑工地转了过去，解决了一些遗留的问题。由于死了三个工人，家里的所有积蓄都赔光了，还欠了二十多万元的债。出事之后，银行就再也不愿意放贷了。这些钱都是亲戚帮他借的。她和建敏上班的工资只够付利息和维持生活。为了早一天还清债务，秋菊除了白天在公司里打扫卫生之外，晚上还在家里缝鞋包赚生活费。建敏一下班就到宾馆里去当服务生。

秋菊说："我们穷人就像一只鸡，爪子扒出血来才有东西吃。"梅朵不由得靠在秋菊的身上伤心地哭起来。这一哭就像盛在瓶里的水被打破了一样，收不回来了。

两个女人一把眼泪一把鼻涕地聊着，一直聊到建敏下班回家。梅朵想起建敏一家的艰难，便绝口不提开美容店资金欠缺的事。

梅朵起身告辞，建敏送梅朵走出屋外。两人经过一条幽暗的小巷，梅朵看到建敏疲惫的身影，便忘情地拉住建敏的手。建敏把梅朵拥入怀里，两个不幸的年轻人忍不住紧紧地抱在了一起。

十一

店面装修即将完工，但装修和购买器材的资金还是没有着落，梅朵就像上了蒸笼的活蟹一般饱受痛苦的煎熬，人也瘦了一圈，饭也吃得少了。冬女看了心疼得直流泪。

由于事情不顺利，房间里的空气似乎也要凝固了，女人们每天都板着窦娥一般的苦脸。紫月经常夜里很迟才回家，有时干脆彻夜不归。梅朵问她怎么回事。紫月说："你别管。我都这么大了，你放心，丢不了的。"

就在店面装修结束前一天晚上，紫月从兜里拿出五万元钱递给梅朵。梅朵眼前一亮，立即又阴沉着脸问："这钱是从哪里来的？"

紫月说："借的。"

"从哪儿借的？"

紫月说："你就别问那么多了，反正不是偷的，等店开张以后赚到钱还掉就行了。"

"不行，你不说清楚这钱就不能用。"

在梅朵的逼问之下，紫月吞吞吐吐地说出这钱是向一个包工头借的。

梅朵生气地说："我不是叫你不要去求男人吗？装修费可以向老板请求宽限几天，如果没有买材料的钱，最多迟几天开业。"

紫月流着眼泪说："你去求装修店的老板不也是去求男人吗？如果店不及时开业，那我们吃什么？"

梅朵无言以对，内心像压着铅块一般沉重。

店面装修完成之后，梅朵拿紫月借来的钱付了装修费，然后又购买了器材和产品。梅朵想，一定要早点开业，早点到银行办好贷款把紫月借的钱还掉，让她早日脱离包工头的"魔爪"。

半个月以后，"一朵梅花"开业了。在建敏的策划下，店门外挂起红气球，摆上花篮。一阵鞭炮声噼噼啪啪响起，周围的人们争相前来观看。丽华站在门口带着浓重的四川口音放开喉咙喊："顾客们，来做美容吧！本店开业，来做美容一律八折。"

梅朵似乎在人群中又看到了那个身材矮小的业务经理的身影，可是一晃又没了。

一辆黑色的轿车停在店门前,建敏走出驾驶室,打开后座的车门。艳云在建敏的搀扶下走出车子,拄着拐杖走进店里。艳云戴着墨镜,依然如年轻女郎那般花团锦簇。艳云轻轻地说:"梅姑娘,我来做美容。"

艳云成了"一朵梅花"的第一个顾客。有人通过那支精致的拐杖认出了艳云的身份,于是便发出啧啧的赞叹声。不少在门外徘徊的顾客便跟在艳云的身后进入店里。

"一朵梅花"开业的第二天早上,梅朵发现店门外摆着一个大花盆,花盆里新插着一根梅树的枝条。梅朵感到稀奇,她想或许是哪户人家随意抛弃在门外的。梅朵决定好生料理梅花枝条,期望它长大了开花结果,给美容店增添一道亮丽的风景。

梅朵着手去办银行贷款的事情。银行的领导说:"还不行,要等你们店里的业务稳定下来才可以。"

"那要等多长时间呢?"梅朵像参加高考的学生想知道自己的成绩一样急切地问。

银行里的人说:"一两个月吧。"

"能不能快点啊?"

"已经算快了,我们对你信任才加紧的,否则非一年半载不可。"

梅朵从银行里出来,心想紫月借的钱可怎么办,自己开店可不能苦了紫月啊。

一天早上,梅朵打开店门,发现门底下有一张名片,上写着"刘记借贷"四个字,下面写着借贷的地址和联系电话。梅朵依着名片上的地址一路找过去，在一条巷子的拐角处看到"刘记借贷"的牌子。

梅朵走进门，只见屋里是一间敞亮的办公室。办公桌后面坐着一个块头硕大、面目狰狞的男人。男人满脸胡子，左脸颊上斜着一道伤疤，好像一条蚂蟥趴在上面。梅朵想，这便是"刘记借贷"的老板了，总感觉似乎在哪里见过他。

老板靠在办公椅上打盹，梅朵不敢上前打扰他。老板睁开眼睛看到了梅朵，便转了转粗大的脖子，似乎想用脑袋当笔在空间里画一个圈。这动作梅朵感觉非常熟悉，梅朵忽然想起当年在车斗上看到的那个司机的动作，她又看一眼老板脸上的刀疤和胡子，不由得打了一个冷战：天哪，老板竟然就是她十几年前遇到的那个货车司机！

梅朵想，人生多么像一条环环相扣的链子，每一环都充满着偶然与戏剧性，决定着人生发展的轨迹。当年母亲在耒江车站里去一次厕所，导致了自己十几年的流浪生涯；眼前这个丑陋的男人的一次出车，竟把自己带到了丽州，酿成一段刻骨铭心的经历。梅朵感到自己就像男人手上的魔圈，抛出去后转了十几年又回到他的眼前。梅朵不知道是该感谢还是憎恨这个男人，感到人生难以把控，就像一个孩子骑在牛背上想控制一头疯牛一般困难。

老板露出生意人惯有的微笑，脸上的刀疤向上移动，颇像一截腰带往上提起。老板问："姑娘是想借钱吗？"

梅朵说"是"。

办公室后边走出一个年轻的女人，笑盈盈地端来一杯茶放在梅朵面前的茶几上。

"姑娘在哪里高就？"老板问。

"在老河街53号，开美容店的。"梅朵说。

"姑娘要借多少？"

"五万元。"

老板随即从抽屉里拿出一捆钱递给梅朵，叫梅朵点一下。梅朵接过钱，只见那钱用皮圈箍着，全是红彤彤的百元大钞，里面总共有五叠，每叠都用纸条整整齐齐地捆着。梅朵感到老板好像事先已经知道她要来借钱似的，一切程序就像小学生写作文一般直奔主题，没有半点铺陈和过渡。梅朵想，没必要再点了。

老板从电脑里打出一张借据给梅朵签字，上面写着：今向刘金荣借人民币伍万元。月息百分之二，一个月内连本带息还清。底下是借款人签字和借款时间。

百分之二的月息，是银行利息的两倍多。梅朵想，短时间内利息高点，店里还是能撑过去的。但是一个月内要连本带息还清，要是还不清会怎样呢？梅朵的身体不由得打了一个寒战。但梅朵立刻又想起了紫月，想起她满脸抑郁的表情，便毫不犹豫地在借据上签上了自己的名字，按上拇指印。

整个借钱过程看起来如秋天的湖面一般风平浪静，梅朵却处处感到暗流涌动，漩涡密布。就如猎人的陷阱一样，表面上看起来坦荡如砥，实际上却杀机四伏、险象环生。梅朵心想，老板之所以那样爽快，连身份证也不看一下，恰恰显示出他对她的藐视。一只狼是无须考虑一只小羊羔会耍什么花招的。想到这里，梅朵不由得毛骨悚然。

梅朵走出"刘记借贷"的时候，那个神秘的业务经理的身影似乎又在她眼前闪了一下，但她定睛一看却什么也没有发现。

梅朵把钱拿给紫月，叫她赶快把包工头的钱还掉。

紫月问："这钱是从哪里来的？该不会也是向有钱人借的吧！"

梅朵说："我才不会像你那样傻呢！"

"一朵梅花"开张不久，客源不多，店里的利润只能维持各种日常运作。时间一天天地过去，还款的日子一天天迫近，但银行的贷款却始终发不下来，梅朵就像掉进米汤里的蚊子一般饱受煎熬。

还款的日子终究到了，可梅朵却依然囊空如洗。无奈之下，梅朵只好请求"刘记借贷"的老板宽限几天。梅朵来到"刘记借贷"门外，咽一下口水，晃几下脑袋定了定神，这才大踏步走进门去。

老板坐在办公桌后面抬头看了梅朵一眼。梅朵感到老板的目光像箭一般向自己射过来，便不由得缩紧身子。

老板示意梅朵坐下来说话。梅朵便战战兢兢地坐在老板对面的沙发上。办公室后边的那个年轻女人给梅朵送上一杯茶。

梅朵刚落座，老板便发出与身材极不协调的低音："姑娘是还不起钱了吧？"

梅朵点头说"是"，请老板宽限几天。

老板说"没关系"。老板把原先的借据还给梅朵，然后又拿出一张借据叫梅朵签。由于加了一个月的利息，借据上的本金变成了五万一千元，月息还是百分之二，还款期限是半个月。

梅朵签了字以后走出了"刘记借贷"，像离开阎罗殿一般深深地呼了一口气。想起又有了十五天的期限，她感到自己就像一个掉进大海里的人被海浪冲出水面一样，可以暂时得到几秒钟的解脱。

夜里，梅朵躺在美容店二楼睡觉，忽然听到窗玻璃发出"砰"的一声响。梅朵拉亮电灯一看，只见窗户里一格玻璃碎了，房间的地面上落下一块拳头大的石块。

梅朵打开窗户一看，街道上悄无声息，毫无踪影。

梅朵说要报警。紫月说："报什么警啊，人都跑了，你就不要折腾警察叔叔了。"

冬女和丽华从里间跑了出来。冬女打开窗户，将脑袋探出窗外，大声骂起来："扔石头的贼儿听着，我们跟你前世无冤后世无仇，你以后再扔九代都死绝！"

梅朵赶忙把冬女拉进来，说骂起来不好听，影响店里的声誉，然后便催大家睡觉。

梅朵躺在床上百思不得其解：自己又没有得罪什么人，怎么会凭空抛进一个石块呢？

梅朵起床以后，叫来玻璃店的人装玻璃。隔壁的老伯站在楼下抬头看着，梅朵看他嚅动着嘴唇，似乎有话要说。

老伯是一个退休老人，由于思想传统，看不惯年轻人花钱梳妆打扮，再说美容店开张以后影响了他宁静的生活，因而老伯对美容店非常反感。在平常的日子里，老伯对梅朵从没有好脸色，仿佛欠了他二十箩筐的租一般。梅朵想做生意要以和为贵，于是每次遇到老伯都很友善地跟他打招呼。老伯总是不耐烦地回了一句，像宫廷剧里的皇太后，端足了架子，紧蹙眉头，来了句"跪安吧"一般。

梅朵想老伯一定知道里面的玄机，便想找个机会跟他聊聊。

老伯每天总是坐在门前的一棵木棉树底下，和一个头发花白的老者下象棋。那天中午，老伯下赢了棋，便喜滋滋地站在树底下，另一个老者闷闷不乐地走了。梅朵趁机凑了上去，向老伯请教昨夜玻璃被砸的事情。

也许老伯还沉浸在赢棋的欢乐之中，这次老伯并没有不耐烦，他神秘地看了梅朵一眼，说："你一定是借了刀疤刘的款没有还上吧！"

梅朵说："是啊，老伯真是神了，看事情真准。"

老伯摇摇头叹了一口气说："唉，惹上他就麻烦了。"

梅朵给老伯递上一杯茶，老伯喝了一口茶继续说："刀疤刘原先是跑运输的。年轻的时候经常跟人打架，结果脸上留下一个手指长的刀疤。他不仅打架，还拐卖过孩子，像你这样大的女孩子也拐。"老伯用手指着梅朵。

拐卖孩子？梅朵听了老伯的话，不由得打了个冷战。

每当梅朵向人们说起当年的流浪经历时，人们都说她没有遇到人贩子是不幸中的万幸。要是被人贩子卖到深山老林里去，那就再也没有跟亲人相见的机会了。可当年自己竟然在人贩子的眼皮底下待了一天一夜，这情景真如盲人骑着瞎马在悬崖边走一般惊险。

老伯一边喝茶，一边斜着眼睛看着梅朵。他看到梅朵惊悚的表情便不说话了。梅朵带着劫后余生般的心情问："后来呢？"

"后来刀疤刘被抓进牢里关了起来。"老伯继续说，"从牢里出来以后继续跑运输，还做起放款赚利息的生意。他觉得放款来钱既稳当又省力，后来干脆连车也不开了。这样做了几年之后，刀疤刘便发了。他专给那些急于用钱的人放款，利息是银行的两倍。借钱的人如果到期还钱便没事，如果还不起那就惨了。你别看他表面上跟你和和气气的，内心可毒得很。有一个开店的外地人借了他的钱，超过十五天期限仍然还不起。结果你猜怎么着？"老伯故意卖了一个关子，一双老眼紧紧地盯着梅朵。

梅朵不安地问："怎么着？"

老伯像清洁工扫尘一般挥舞着布满青筋的手说："刀疤刘便叫人把店给砸了。那店开不下去了，只好低价转给别人，还了刀疤刘的钱。"

梅朵想自己开的店颇似那家外地人的情状，全身的毛孔不由得像喇叭花一般张开来。

"那昨夜砸玻璃跟他有关吗？"梅朵问。

"当然有关，百分之百有关。"老伯伸出食指指着天用赌咒似的语气说，"他是警告你小心点，到时不还钱便没有好果子吃。"

老伯说完后便钻进自己的屋子里。梅朵不由得浑身颤抖起来，心想无论如何要在十五天之内还掉刀疤刘的钱。

梅朵又跑了几大银行，银行还是不能确定给她放贷款的时间。

"怎么办？怎么办？"梅朵急得团团转。

店里玻璃被打破的第二天，梅朵发现木棉树底下多了一个瘦小的老头。老头不土不洋的，大热天头上戴着一顶鸭舌帽，下巴蓄着一绺花白的胡子，一晃一晃的好像老山羊似的。那老头起初只是静静地坐在旁边观战，后来便加入了作战的队伍，因而那里由原先的两人大战变成三人轮流作战。老头说话喜欢咬文嚼字，旁边的人叫他"老孔"。由于老孔棋艺不佳，总是输多赢少，常常遭到另两个老人的奚落。偏偏老孔不服输，黏着两个老人要拼个高低，还夸下海口说："你俩别得意，再过几天必将是我的手下败将也。"老孔中午的时候也不回家吃饭，要了一碗盒饭坐在木棉树底下吃，准备吃了饭以后继续作战。吃着吃着，老孔被饭噎住了，伸长脖子连连打了好几个嗝。梅朵连忙给他送去一杯开水，老孔连连道谢。

几天下来，梅朵和老孔渐渐熟悉了。梅朵觉得老孔是一个和蔼慈祥的老人，往后便叫丽华把老孔的盒饭也一起带了过来。

刀疤刘的高利贷期限即将到来，梅朵的忧愁也像雨前的乌云一般一层层地加厚。梅朵感到自己已陷入致命的泥沼里，无论如何挣扎也难以脱身。

一天中午，梅朵给老孔送盒饭，老孔拉住梅朵的手说："姑娘，我看你心事重重的样子，必有为难之事，可否与我这老头子一说？"

梅朵看老孔真诚的样子，便把向刀疤刘借高利贷的事情说了。老孔随即说："区区小事，不足忧虑。姑娘莫愁，我来帮你解决。"梅朵想或许老孔跟业务经理一样是一个喜欢说大话的人，于是便敷衍似的说了声："那就谢谢了。"没想到第二天上午，老孔真的拿来五万元钱放到梅朵手里。叫梅朵写一张借据给他,月息百分之一,期限三个月,到时候自会上门讨取。梅朵的眼里噙满了感激的泪水。

梅朵深深地感到,每当自己到了穷途末路的时候,冥冥之中总有一股力量把自己从绝路上拉了回来。或许老天爷在给世人降下灾难的同时必有眷顾的一面吧。

梅朵拿着五万元钱和店里的利润还掉了刀疤刘的高利贷。不久,梅朵又从工商银行那里贷到了款,还掉了老孔的钱。梅朵顿时感到自己就像卸了磨的驴一般轻松自如。她想好好请老孔吃一顿饭,表达自己对他的谢意,但老孔像一阵风似的消失了。梅朵问两个下棋的老人,他们都说不知道老孔是从哪里冒出来的。

十二

虽然"一朵梅花"的消费价格比别处低,但生意却总不见好。店里除了几个老顾客之外,很少有新的顾客上门。店里的收入只能勉强维持税收、水电、银行利息等各种支出,连梅朵的生活费都要由冬女承担。梅朵想,这样长期下去非关门不可。

建敏当时已和梅朵确立了恋爱关系,见此安慰她说:"别着急,你一定要服务好现有的顾客,再由她们向外宣传,就像崖壁上的苔藓一般慢慢地向外发展,扩大客源。"

一天中午,建敏开车来到"一朵梅花"门外,从车上搬下一台电脑。

丽华说:"我的妹夫,我们正为生意上的事情发愁呢。你搬来这玩意儿做啥？"

建敏说："这东西用处可大呢，接上网线以后你们就知道了。我好说歹说才从公司里借来的，买新的要四五千元呢。你也别闲着，快把服务器搬进去。"

建敏和丽华把电脑搬进店里。不一会儿，电信局的人来了，给电脑接上网线。

建敏打开电脑，登上了QQ。QQ便不停地发出"啾啾"的声音，好像有好多只百灵鸟在里面欢唱。店里的人都好奇地围了过来。

建敏说："有了电脑，店里就可以及时跟客户联系了。可以用来做账，还可以建立客户档案。大经理，你说这块工作交给谁负责？"

梅朵说："交给丽华吧。"

由于丽华还没有上岗证，只能在店里做一些接待客人、购买物品、收银记账等各种杂事。

丽华把头摇得像拨浪鼓似的说："不行，不行，这玩意儿我弄不来。"

建敏说："弄不来可以学。来，你坐下。我先教你开机和关机。"

丽华如木偶似的坐在凳子上。建敏给丽华示范开机关机，紫月和梅朵也围在旁边看。

建敏叫丽华操作。丽华按动服务器的开关后电脑便开了起来。关机的时候要操作鼠标，鼠标的箭头像田里的小蝌蚪一般在电脑屏幕上东奔西逃的。丽华的手指僵硬如柴梗，总是对不准要点的地方。丽华急了，便想去拔电源插头，建敏忙拉住丽华的手说："不能拨,不能拨,拨了程序就乱了。"旁边的人都失声笑了起来。

建敏又在旁边指点了一番,丽华才关掉了电脑。建敏又申请了一个QQ号码,取名叫"一朵梅花美容店",然后教丽华怎么加好友,怎么聊天。

丽华说:"我不会打字,怎么聊啊?"

建敏说:"你只要在键盘上把拼音输进去,字就出来了。"

建敏坐在电脑前啪啪地用手指敲打着键盘给丽华作示范,然后叫丽华操作。

丽华坐在凳子上,眼巴巴地盯着键盘,伸出食指一个个地点。建敏说:"手指放松点,不要种豆子似的。"众人又是一阵哄笑。

丽华终于敲出了一个字,便自豪地对着大家笑笑。建敏叫丽华继续练,然后便回公司上班去了。

丽华坐在电脑前练打字。忽然,电脑里的QQ闪动起来,丽华急得不知道怎么办才好。大家也围过来东点西点的。最后,丽华还是给建敏打了电话。建敏说:"你先不要管他。先练打字。以后再过来教你。"

第二天中午刚吃完饭,建敏便出现在店门口,丽华赶忙把建敏拉到电脑桌前,叫建敏教她打字、聊QQ。建敏耐心地指导着。

往后,丽华一有空就在电脑上练打字、聊天,有时夜里很迟才睡觉。渐渐地,丽华打字的速度也快了起来,跟网友聊天也得心应手了。丽华便加了不少附近的女性好友,跟她们聊美容方面的知识,邀请她们到店里来做美容。

第二天，有几个 QQ 客户找上门来，丽华得意地向梅朵一笑，颇像领到个人先进证书一般自豪。丽华热情地接待了她们，她们便成了店里的客户。

建敏说："还要加大宣传力度。"

"还要怎样宣传啊？总不能天天到街上去喊吧。"梅朵说。

建敏说："那是最原始、最落后的方法。时代在变，宣传的手段也要变。只是还要花点钱。"

梅朵感到这几年社会的变化的确很快。前几年连电话都很稀少，现在很多人都用上了手机。再看街上，原先人们骑的都是自行车，现在很多人都开上小轿车了。人们的穿着也越来越时髦、越来越艳丽了。梅朵感到自己已被整个世界撂下了，犹如山里的黄瓜总是赶不上大棚里的上市脚步一般。

听说要花钱，梅朵心里又开始不安起来。

建敏说："舍不得孩子套不住狼，先花点小钱，以后会有回报的。"

建敏说，要印一些店里的宣传资料到街上去发给路人，还要在显眼的地方挂一些广告牌。

梅朵问："那要花多少钱？"

"三四千元吧。"

冬女说："别，三四千元我洗五六个月的碗才能赚回来。你们可别瞎糟蹋啊。"

建敏说："不是瞎糟蹋，这叫打广告。你们看过电视广告吧，一秒钟就要花好几十万元呢！几百万元的也有。"

梅朵想了一会,说:"好,就这么做。"

建敏拿出一张纸,站在店门外东看看西看看。

紫月问:"建敏,你做什么呢?"

建敏说:"你别打岔,破坏我的灵感。我在做广告策划呢。"建敏皱起眉头沉思一会,然后东描西画,好像裁缝裁剪布一般。

建敏画好以后便跟梅朵一起去了广告公司。广告公司派了一个年轻人到店里拍了几张照片之后便回去了,说两天后把宣传单送来。

第三天早上,广告公司运来一纸箱的宣传资料,说要两千两百元钱。梅朵付了钱,看了看纸箱里的广告资料,有点心疼。

大伙拿出资料一看,上面写着:"一朵梅花,永葆青春。"底下便是文字介绍,介绍店里的服务宗旨,还有店面的地址、电话、QQ号。上面还印着店面及梅朵和紫月为顾客服务的照片。那照片色彩鲜艳,比原貌好看多了。

丽华噘起嘴问:"我的照片怎么没有印上去?"

建敏说:"紫月和梅朵的优势是身材好,一个高挑,一个娇小。你的优势是皮肤好,但在广告纸上显示不出来,要在现实中才能看出来。"丽华看了看自己滚圆的腰身,不作声了。

建敏说:"下一步就要去街上把资料发出去,发给那些年轻的穿着时髦的女人。"

梅朵叫丽华去发。丽华嘀咕道:"累的事情都让我去干。"

建敏说:"我也觉得丽华去最合适,丽华的皮肤好,最能吸引顾客。"

丽华便拿着宣传资料来到街上。她看到年轻的穿着好一点的女人就往她的手里塞。有些女人拿了资料看了一眼便随手丢进垃圾桶里，有些女人则仔细地看了起来。

建敏还叫广告公司在路口显眼处摆了几个"一朵梅花"的广告牌。

"一朵梅花"的广告宣传取得了应有效果，店里不断涌来新客户。梅朵不由得像刚出土的草芽一般深深地舒展了一下身体。

细心的梅朵发现，丽华自从用了电脑以后，人似乎变了一个模样。整日穿上好看的衣服，还穿上一双高跟鞋，晚上店里关门以后还直往外跑，有时很晚才回来。姐妹们问她，她说去逛街了。

梅朵猜想，丽华可能谈恋爱了。

紫月说："谈恋爱是她的自由，你就不要多管了。"

梅朵说："怕就怕她单纯，上了男人的当。"

紫月说："不会吧！都这么大的人了。"

后来发现，丽华的 QQ 里加了不少男网友。丽华在电脑前不仅跟顾客聊，还跟男人聊，有时还跟男人视频。只要梅朵和紫月一接近电脑，丽华便把视频关掉。夜里，丽华躺在床上，还用手机跟人家发信息。

梅朵对丽华始终不放心，但又不好直接发问，怕她难堪。

有一天晚上，下班后，梅朵看丽华出去了，便悄悄地跟了上去。

梅朵看见丽华上了一辆出租车，连忙也上了一辆出租车跟上去。出租车东拐西拐，在一家咖啡店前停了下来。梅朵看到丽华和一个男人下了车，那男人的背影看着很熟悉。丽华挽着男人的手臂走进了咖啡店，又走进一个包间里。梅朵透过褐色的玻璃，看见梅朵和那男人在一张桌子前坐了下来，然后一边喝咖啡一边聊天，聊得很开心的样子。梅朵忍不住走进包间，一看那男人竟然是皮鞋作坊的老板悦悦。

丽华看到了梅朵，惊奇地问："阿朵，你怎么来了？"

梅朵不理丽华，走到悦悦的跟前，说："大老板，今天怎么又换女人了？"

悦悦看到了梅朵，露出了惶恐的神色，随即又镇定下来，不紧不慢地说："我们就是聊聊。"

梅朵说："聊聊？恐怕不止吧！你少来骗我姐姐。"

悦悦说："我怎么是骗她呢？都是自愿的，我们是对等的。"

梅朵想起以前在皮鞋店的经历，屈辱感像巨浪一般涌上心头，便端起桌上的咖啡往悦悦身上泼去。悦悦的脸上立时沾满了褐色的液体。

悦悦气急败坏地说："你这女人，疯了！"

梅朵拉起丽华的手就往外走。路上，丽华说："阿妹，你干什么呢？"梅朵说："你还不赶快离他远点，你知道他是什么人吗？"

"他是本地一个老板，说要跟我处朋友。"丽华轻轻地说。

"你还是醒醒吧，他纯粹是个骗子。"梅朵便把自己在悦悦皮鞋作坊打工的事情跟丽华说了。丽华听了以后像高粱一般涨红了脸，大声骂道："这死男人，敢骗我，我要找他算账。"说着就要冲进咖啡店里。

梅朵拉住丽华的手："你现在找他有什么用？怪你自己太相信别人了。"

原来悦悦在网上加了丽华的QQ，两人便聊了起来，还互相视频。悦悦夸丽华漂亮，丽华感到悦悦长得帅气，两人越聊越投机。悦悦说自己是耒州人，是一家公司的老板，今年二十五岁了，还没有女朋友，说自己非常喜欢丽华。丽华感到悦悦条件好，人又帅，于是便动心了。之后两人便经常见面。

丽华回到店里之后，立即开了机，把悦悦的QQ拉黑了。她说以后再也不跟网上的男人聊天了。

一天中午，紫月红着眼圈对梅朵说："我接到妈妈打来的电话，说爸爸得了胃癌需要动手术。我要回丽州了。"说完便呜呜地哭了起来。梅朵和丽华也忍不住流下了眼泪。

紫月说："我回去了便不打算回来了。我决定待在父母身边，在那边开一家舞蹈培训班。你这里店面不大，你和丽华能应付得过来。反正丽华不久就拿到等级证书可以上岗了。如果忙不过来，还可以去美容学校找个实习生过来帮忙。"

梅朵点点头。她觉得紫月确实不应该像青蛙一样蜗在自己的小店里，她要像大雁一样在广阔的天空里翱翔。只是两人在丽州一起长大，感情深似姐妹，就这样分开了有点不舍。

当晚，梅朵一伙人来到酒店里给紫月饯行。梅朵特意把秋菊接到酒店里，不过建敏出差了。

一群不幸的女人集中在酒店包厢里。紫月的离开成了人们情绪的导火索,每个人都想起自己不幸的经历。包厢里不时传出抽泣声,丽华忍不住"哇"的一声哭了起来。

梅朵眨了眨眼睛,强忍着不让自己的眼泪流出来。她开了一瓶葡萄酒,给每个人都倒上。梅朵端起酒杯说:"我们都要坚强点,不哭,一切都会好起来的。"

秋菊说:"是啊,我们每个人的肩上都压着一副重担,哭是没用的,我们要挺直腰杆才能撑过去。建敏说,过几年等他爸从牢里出来以后,一定要重建根发建筑公司。"

梅朵想,自从紫月来耒州之后,整日为店里的事情揪心,没过上一天舒心的日子。如今店里有了起色,她却要走了。梅朵感到非常对不起紫月。

紫月说:"没什么的,我到耒江还是很有收获的。我在这里学到了开店经验,这也是为以后铺路啊。"

梅朵感到紫月历经磨难之后,比以前成熟了许多。

每个人都端起酒杯给紫月敬酒,祝愿她父亲早日康复,也祝愿紫月开辟出一片新的天地。

包厢里的气氛有点悲凉,紫月说:"我给你们跳个舞吧。梅朵,你来唱《一剪梅》。"

梅朵轻轻地哼唱着:

真情像梅花开过,

冷冷冰雪不能淹没。

就在最冷枝头绽放,

看见春天走向你我。

雪花飘飘北风萧萧，

天地一片苍茫。

一剪寒梅傲立雪中，

只为伊人飘香……

歌声悠扬，如泣如诉。紫月和着梅朵的歌声，缓缓起舞。她穿着一件粉红色的衬衫，紫色的牛仔裤，身段柔美，像傲立枝头的一朵梅花。她张开手臂，那朵梅花正在盛情开放；她收拢身体，那是一朵含苞欲放的花蕾。

第二天早上，紫月早早起床去赶车，梅朵把紫月送到车站。在候车室里，紫月向梅朵挥挥手，然后便在检票处的门口消失了。

梅朵走出候车室，抬头便见"耒江车站"四个大字。梅朵想这是一处与自己的命运休戚相关的地方，自己的噩梦从这里开始，也从这里醒来。这个"耒"字很像一个人被捆绑在一根柱子上，让这人受尽折磨。这个"耒"字又像一束花，让人们的生活充满着希望。

一阵江风吹来，梅朵打了个寒战。

梅朵回到老河街，看到街上的老树向街心挤压了过来，街道便成了一个深深的圆洞，让人感到有点气闷和压抑。但街边的一处健身场地里却是另一番场景，那里有一群退休的阿姨冒着冬天的寒气参加晨练，她们或跳舞，或做健身操，或打太极拳。从她们的身上，梅朵感受到了一股生机、一股活力。不少阿姨已进入"一朵梅花"店里，她们要让自己靓丽的青春无限地延长。

梅朵回到"一朵梅花"店门外,发现门口花盆里的那棵小梅树开出了第一朵梅花,花朵旁边的枝条上布满了花骨朵。梅朵兴奋地叫了起来:"妈,丽华姐,快来看啊,梅树开花了!"冬女和丽华从店里跑了出来。

阳光下,那朵梅花在褐色的虬枝上开得正盛。

发光的金子

在某师范学校的毕业晚会上,班主任陶老师说:"是金子总会发光的。"我家一穷二白,不曾拥有过金子。有一次,我不经意路过一家金店,便用羡慕的眼光看着柜台里的金子。那金子已被制成各种饰品,在灯光的映照下熠熠生辉。我想,如果金子表面沾满灰尘,或者掉进阴沟泥沼里,它还会发光吗?

一

天空阴沉沉的,也无风雨也无晴,我挑着一担行李来到骆门乡校。学校里没有围墙,两幢古老陈旧的楼房在山湾里呈阶梯式上下排列。校园里见不到一个人影,整座学校看上去就像一个被废弃的蚁巢。我把行李放在上一座楼房前的操场上,心想现在最要紧的是找到学校里的某个人,先把行李安顿下来,于是便顺着屋后的石阶走到下面那座房子里。

这是一座低矮的两层木质楼房,屋檐像伞一般遮盖下来,盖住了二层的走廊。我怯怯地走进后门,感到楼房里的每一处都阴森森的,似乎走进了一座千年古宅。我走上木板楼梯,楼梯发出"吱呀吱呀"痛苦的呻吟。

二楼走廊的板壁上有几扇玻璃窗反射出微弱的光,在屋檐下极像偷窥的眼睛。我透过一扇玻璃窗往里看,发现里边是一个办公室。办公室的窗户边坐着一个正在看报纸的中年男人。这男人身材高大,几乎遮住了整个窗户的光线。我虽说已二十岁了,但仍有点怯生。我轻轻地推开办公室的门走进去,或许这男人正被报纸上的某则新闻所吸引,他压根儿没发现有人进来。我为如何称呼他而纠结。我想把职位叫得高一些准没错,便低声叫了声"校长"。

中年男人抬起头,看了我一眼,冷冷地问:"有事吗?"我说我是来报到的。中年男人迅速站起来,屁股底下好像装了一只弹簧。他放下报纸,伸出大手紧紧地握住我的手说:"好,好!欢迎,欢迎!"然后又作自我介绍,"我叫徐立明,是这所学校的校长。以后我们就是同事了。"

我问住的地方在哪里。徐校长走进隔壁房间拿出一把钥匙,示意我跟他走。我跟在徐校长后边走过走廊,走下楼梯,上了屋后石阶,来到操场上。徐校长走起路来虎虎生风,我跟在后边有点气喘。徐校长看到我的行李,便拎起放在肩上,通过一道狭窄的木楼梯走到上一座房子的二楼。这是一座砖木结构的楼房,底层是教室,教室之间用砖墙隔开。二楼的地面用木板搭成,一有人走动便发出"咚咚咚"的响声。我和徐校长来到走廊最左边的房间门外。徐校长放下行李，拿出钥匙打开一把锁。门开了，徐校长把我的行李提进房间，带着愧疚的语气对我说："你就住这里吧，这里原是一位代课老师住的。哎，实在是太简陋了，没办法。你打扫一下，晚饭到我家将就一下。"

徐校长走后，我便进入房间。这是一间面积约十平方米的房间，相对于长期居住在集体宿舍里的我而言，这空间已足够宽大了，只是房间略显粗糙陈旧了些。地面的木板凹凸不平，我脚一踏上去整个房间便颤抖起来，让我担心地板下不甚牢固的抬梁会不会由于增加了我的重量而坍塌下去。房间墙上的白灰由于年代久远已变成蜡黄色，有几处已脱落，露出暗红色的砖块，颇似人体上正在溃烂的疮疤。窗格子里有几块玻璃已经破碎，原来的主人临时用刻钢板的蜡纸粘住。房间里摆放着一张办公桌、一把椅子、一张木床和一张学生桌。

由于整个暑期没人居住，房间里弥漫着一股霉味。我赶忙打开窗户，立时有一股清新的空气扑面而来。我把目光投向窗外，只见那里是一片竹林，林子里幽深灰暗，林间不时传来几声山鸟的叫声。

我拿起脸盆想找一些水来打扫一下房间。但找遍整座房子也没找到一滴水。我只好走下屋后的石阶来到下一座房子。楼梯旁边是厨房，厨房里有一口用石条砌成的水缸，缸里有一条水管嗒嗒地往下滴水。水管里流出的水很细，因而缸里的水也便像女人哭泣的眼泪那样珍贵。

我把水端进到房间，打扫了地面，又用抹布擦洗了床、桌子、椅子。然后就拆开我的行李，让担子里的东西各得其所：搬出碗筷，放在学生桌的抽屉里；拿出毛巾，晾在墙壁的一条丝线上；又从箱子里搬出书本，摆在办公桌上；见木床的水迹已经干了，便把棉被铺在上面；把木箱放在床底下。

看到家当如数归位，我长舒了口气，便关上门，躺在床上休息。由于劳累的缘故，不久我便进入不知"今夕是何年"的状态了。

迷糊中，我被一阵急促的敲门声惊醒。我从床上爬起来，打开门。门外出现一个熟悉的身影，我揉了揉有点迷糊的双眼，定睛一看，竟然是当年读初三时的老同学廖挂春。

廖挂春一进门，便一掌把我推了个趔趄，带着质问一个犯了严重错误的学生一般的语气问我："你怎么了，你这个师范毕业生怎么也到这山沟沟里来了？"我低声说："这是组织上的安排，我也没有办法。"

不管怎样，廖挂春的出现，让我内心的惊喜不亚于在一个陌生城市里遇到一个挚友。

廖挂春初中毕业以后，正好赶上他母亲退休，于是就"顶职"当了老师，分配到骆门乡校任教。如今已有三年教龄了。

我为以后吃饭的事情担心。廖挂春说："有我在，饿不死你！"廖挂春说，饭可以拿到厨房里去蒸，菜可以在小锅灶里烧，两人合伙吃。有了廖挂春的安排，我的心稍稍安定了下来。

廖挂春叫我别像坐月子的女人一样窝在床上，说要带我去村里逛逛。我出门的时候要锁门，廖挂春生气地说："锁什么，就是整个搬走也值不了几个钱，谁会偷呢！"廖挂春口无遮拦，这是我与他一起读书时就领教过的。

我跟在廖挂春的身后来到操场上，抬眼望去，只见村子四周满眼都是绵延起伏的群山，郁郁青青。山巅上云雾缭绕，莽莽苍苍。我们又顺着一条满是黄土的机耕路走出去，只见两边零零散散地立着几座瓦房。

骆门乡地处深山，人口稀少，全乡不到两千人。乡政府所在地骆门村就坐落在一处山脊上，人口不足三百人。

我与廖挂春在村子里转了一圈，然后去供销社买了两斤面条，预备早上煮着吃。

回到学校以后，徐校长叫我和廖挂春吃饭。两人走进徐校长的房间，房间里一边摆着吃饭的桌椅；另一边搭着一张床，床上挂着白色的蚊帐。师母身材瘦小，缚着拦腰招呼我和廖挂春在椅子上坐下。师母是学校的炊事员，专门给学校师生蒸饭。

我坐在靠墙的一张椅子上，看到桌上摆着四样菜，有荤有素有汤。我不知道师母有没有因为我和廖挂春的到来而增加菜肴。徐校长拿出一瓶二锅头问我喝不喝。我说"不会"。他问廖挂春"喝不喝"，挂春也说"不喝"，徐校长便自斟自酌起来。一杯酒下肚之后，徐校长的脸色便开始发红，额头也闪亮起来，话匣子也打开了。

廖挂春与徐校长天南地北地聊着。我生性寡言少语，只顾低头吃饭。大约徐校长见我默不作声，便主动问起我的家庭情况和学习经历。我便像一个接受面试的学生一般一一作答。吃了饭之后,师母整理桌上的碗筷,我和廖挂春便起身离开。

天色渐渐暗下来,徐校长叫我去开会。我便来到下午遇见徐校长的办公室里。

办公室由四张办公桌围成,低矮的天花板中间亮起一盏白炽电灯,昏暗的灯光投下几个影影绰绰的人影。我们围坐在办公室里,感觉有点像当年地下党在召开秘密会议。或许是学校艰苦的条件所致吧,每个人的脸都绷得紧紧的。

徐校长坐在办公室靠窗户的一端,我坐在他的右边首位。开会之前,徐校长把我介绍给大家。我就像会议主席台上被介绍的领导一样站起来向大家微笑致意,可在座的并没有给我掌声,只是抬起头看了我一眼,或许他们都认为到这种地方是不值得鼓掌的。我尴尬地坐下来,脸上火辣辣的。

徐校长又依次给我介绍其他五位老师。

坐在我对面的是骆青峰,四十岁左右,个子矮小,皮肤白皙,貌似一个养尊处优之人。他是学校的教导主任。骆青峰的下首便是廖挂春,廖挂春是学校的总务。廖挂春的下首是张秀秀。张秀秀是一名身材高挑的女孩,齐耳的短发包裹着一张充满稚气的脸。秀秀毕业于少体校,是学校的体育老师。我的下首是骆青峰的爱人吴艳梅。吴艳梅三十多岁,是学校的音乐老师,苹果脸,杏眼,长得娇小玲珑,她的外貌很容易让人想起著名的电影演员陶慧敏。吴艳梅的下首坐着郑丽芳,鸭蛋型脸,脑后扎着两条辫子。

学校里只有我和徐校长、廖挂春是正式编制教师，骆青峰是民办教师，艳梅、秀秀、丽芳都是代课教师。

　　那时我正值青春勃发的年龄，我的目光便时常集聚在三个女性身上。看到这三位风姿绰约的女性，我便想起一句话："明珠出深山。"

　　会议开始了，徐校长首先传达上级的精神，要求我们遵循党和国家的方针政策，兢兢业业地干好教育工作。办公室里的每个人都静静地听着。骆青峰则不停地抽烟，从他嘴里喷出的烟雾在办公室狭小的空间里不停地盘旋着，呛得我不停地咳嗽。

　　上级的政策传达完毕之后，徐校长简单安排一下人事，说让我担任少先队辅导员，会场里同样没有掌声。徐校长讲完话后便由骆青峰宣布老师的任课。学校一至五年级共有五个班级，除了徐校长和骆青峰各自担任一个班级的数学教学之外，其他老师都要担任一个班级的语文教学和班主任，有的老师还要兼任数学老师。我教三年级的语文和二年级的数学，恰好跟丽芳搭班，每周共有十九节课。

　　班主任定下来之后，廖挂春便布置第二天的注册工作。

　　散会之后，我回到了房间。房间里灰暗的灯光投下我孤单的影子，住惯了学校集体宿舍的我有点不适应。我躺在床上，窗外时有"吱吱吱"的蟋蟀声传来，这声音勾起了我的回忆和遐想。

　　我出生在柳林乡的一个偏僻山村里，兄弟姐妹众多，全靠父亲一人到生产队里攒工分粮食过日子。家里的粮食时常接济不上，我经常看到父亲拿着一个布袋到邻居家借番薯丝度日。我深知家中不易，上学后用心读书，成绩总是名列前茅。初中毕业后我考上了师范学校，如愿以偿地端上了"铁饭碗"。自此我便成了家里和亲戚们的骄傲，他们希望我如古代金榜题名的状元一般光宗耀祖。如今我已走上工作岗位，成为国家正式工作人员，可以领国家发的工资了，这是许多同龄人梦寐以求的事情，因而我感到兴奋和自豪，但我又为工作分配的事情感到失落。上学期我回文县县小学实习，了解到文县很缺正式老师，就连县小都有代课老师，下面的区小就不用说了。我原以为我至少能被分配到区小工作，没想到最终被分配到文县最偏僻的骆门乡校。接到分配通知的时候，我的心便像掉进冰窖里一般，感到冷飕飕的。

陶老师真是先知先觉的哲人啊，他预感自己的学生走出校门以后会遇到各种不如意的事情，就用"是金子总会发光的"这句话来安慰和鼓励我们。如今我只能用陶老师的话来激励自己：努力工作，总有一天会出人头地的。

二

第二天，我早早起床，去廖挂春房间外的小锅灶里煮了一碗面条，吃了以后便去教室里等学生来报到。

各村的学生陆续到来。我一一开票、收费、发书，直到傍晚才结束。我数了一下，总共有三十五名学生。晚上，我便坐在办公桌前细细对账，所幸没出差错，我把钱与发票一并交给廖挂春。

第二天，学校开始正式上课，我拿起书走进三年级教室。由于我是新来的，徐校长先走进教室，把我介绍给学生们，学生们鼓掌对我表示欢迎。徐校长走后，我便对学生进行始业教育。学生们两手交叉放在桌面上，一个个瞪大眼睛好奇地看着我。我给学生们讲"凿壁借光""悬梁刺股"的故事，鼓励他们好好学习，将来为社会做贡献。

始业教育结束之后，我采用民主推荐的办法，选出了班里的干部。

第二节课，我组织学生大扫除。我根据在师范学校当劳动委员的经验，把学生分成三个小组，各组由班干部担任组长。我把具体的任务落实到每个小组里：一个小组扫地，一个小组擦玻璃，一个小组擦桌子和黑板。大扫除开始了，学生们提水的提水，扫地的扫地，擦桌子的擦桌子，各小组都有条不紊地进行着。一节课之后，教室被学生们打扫得干干净净。

下午，我又上了一节语文课，一天的工作就算完成了。放学以后，骆青峰的小儿子杰杰过来叫我到他家里去吃饭。骆青峰的两间小洋房坐落在学校的对面。骆青峰是个活络的人，他跟人家合伙做木材生意赚了不少钱。骆青峰在村里也有很高的威信，他还被选为区里的人大代表。

我来到骆青峰的家里，艳梅笑盈盈地迎了上来。艳梅身穿花格子上衣，系着拦腰，有点像革命现代京剧《沙家浜》里的阿庆嫂。

饭菜端上来之后，我才知道骆青峰晚上单请了我一个人。我感到有点不自在。

骆青峰非常健谈，他善于顺着我的话题扩展聊天的内容，就像帮我打开水渠的闸门一样让我的话源源不断地流出来。艳梅也非常热情,让我觉得骆青峰一家人非常好相处。

吃了晚饭以后,艳梅给我泡上茶。骆青峰便拿出一本函授的数学书在桌子上做题目。骆青峰正在函授中等师范学校文凭,中等师范学校毕业是民办转正必备的条件。骆青峰只有小学毕业,做起题目来非常吃力,遇到难题时便向我请教。我看那些题目大多是上初中时就学过的,我轻而易举地解了出来。

堂前间里不断有人进来,不久,就满满地挤了一屋子。有人去隔壁房间打麻将。据说骆青峰是打麻将的高手,只是现在要拿文凭,没有时间去玩。

我对麻将扑克之类的向来不感兴趣。只是骆青峰家里人多,艳梅也热情,我在那里还可以听到各种稀奇的事情。于是我无聊的时候,便时常去骆青峰的家里坐坐。

开学第三天早上,我被操场上的一阵嘈杂声吵醒。我仔细一听,里面好像夹杂着徐校长粗大的嗓音。我立即披衣起床,走出房间来到走廊上,只见操场的正中摊开一张簟,一个七十来岁的老伯拿着簸箕准备往簟里撒稻谷。徐校长按住簸箕不让撒。徐校长说:你们占了操场,学生怎么活动啊?老伯说:这地方本来就是村里的,晒一下稻谷有什么关系呢?

徐校长和老伯就这样僵持不下。这时,一个小伙子赶了过来。他一来到操场,便凶巴巴地抡起扁担要打徐校长。

徐校长说:"有本事你打呀。"

我怕徐校长吃亏，急忙跑到操场上，按住那年轻人的扁担对他说："兄弟，别冲动，有事好商量。"

操场上的人越聚越多，有学生，有老师，有村民。有起哄的，有劝解的，操场上乱成一团。就在双方僵持不下的时候，骆青峰慢腾腾地来到操场，他环视一下四周，场面上立即安静了下来。骆青峰眼睛一瞪，大声呵斥："阿东，你想干什么？还不放下！"那个叫阿东的就乖乖地放下扁担。我松了一口气，感觉手臂酸酸的。阿东转身要走。骆青峰喊道："还不把稻谷挑回去！"阿东就乖乖地把稻谷挑走了。

原来那时正值秋收时节，村民急于把收回的稻谷晒干，但场地有限，于是就有不少人打起了学校操场的主意。那老伯便是骆门村村主任骆青林的父亲，阿东是青林的儿子。骆青林又是骆青峰的叔伯兄弟。当徐校长与爷孙俩闹得不可开交的时候，骆青峰一出现就化解了这场风波，自此我对骆青峰佩服得五体投地。

三

开学后的第四天下午，我正准备去教室里上课，只见一辆黄色的吉普车开进学校旁边的乡政府大院里。车上下来两个男人，手里拿着黑色的公文包走进校园里。廖挂春说："刘副区长和林主任来了。"刘副区长看上去五十多岁年纪，秃顶，身材矮小，身体微微发胖。当时实行分级办学，刘副区长分管全区的教育工作。林主任身材高大，四十来岁，据说当兵出身，曾担任过乡里的书记，后来不知什么原因调到区教育办公室任职。按照上级教育部门规定，区教办掌管全区各小学的人事、教学、财政拨款以及民办转正等事务。

我曾见过林主任一面，那是暑假我拿通知书去教办报到的时候。当时林主任正在办公室里看文件，我把报到通知书递给他，他头也不抬，只是"噢"了一声，叫我等待分配工作。我低声说："听说区小缺老师，请您安排我到区小工作吧。"林主任看了我一眼，说："这个，商量商量再说。"

我当时以为林主任会考虑我的请求，毕竟区小是坑口区龙头学校，优先考虑区小的师资力量是理所应当的，但结果却令我大失所望。根据后来透露出来的消息说，自刘副区长分管教育之后，他把教育的人事、财政包括民办转正等事务都牢牢地抓在手里，区教办只管业务。刘副区长安排人事喜欢"让年轻人先到艰苦的地方锻炼锻炼"，让我感到纳闷的是刘副区长为什么不把我分配到我的老家柳林乡校工作，那里的条件也很艰苦，正式老师也很缺。后来才知道刘副区长分配师范毕业生还有一个原则，叫作"就远不就近"。一是为了避免师范生受到家庭的困扰，不安心在单位工作；二是"外地的和尚好念经"，分配到外地更有利于工作的开展；三是防止师范生与当地人拉帮结伙，干扰学校正常的教学秩序。

我上完课从教室里出来的时候，正好遇上林主任，我怯怯地叫了声"林主任"。林主任"哦"的一声，然后伸手拍拍我的肩膀说："年轻人，好好干，将来会有前途的。"我连忙点头说"是，是"。

林主任背着双手在操场上踱了一圈,然后便向办公室走去。

由于视察工作尚未完成,刘副区长和林主任就在骆门过夜。骆门没有旅店,乡政府和学校也没有客房,考虑到骆青峰家里比较宽敞,学校就把刘副区长和林主任的食宿安排在骆青峰家里。

晚上,徐校长叫我们去办公室开会,听取领导的指示。

办公室里挨挨挤挤的,天花板上的灯光似乎由于领导的到来明亮了许多。刘副区长坐在以往徐校长的位置,他的右手边坐着林主任。这一大一小形成了鲜明的对比,就像一根藤蔓攀附在一棵大树上,只是主宰者是藤蔓而不是大树。我想真是人不可貌相啊,刘副区长这小老头主宰着全区几百个老师的命运。

会议由林主任主持,大家正襟危坐。徐校长首先致辞感谢刘副区长和林主任百忙之中来学校指导,接着便汇报学校的开学工作,强调"一切正常"。然后林主任请刘副区长作指示,办公室里立即响起一阵热烈的掌声。

我们每个人都像鹅一样伸长脖子等待刘副区长讲话。刘副区长端起茶杯喝了一口水,艳梅赶紧拿起开水瓶给他续水。刘副区长清了清嗓子,然后便发出嘶哑而有磁性的声音。他说"也不是什么指示,就是提点希望"。听说要"提希望",我们每个人便翻开笔记本握紧笔杆竖起耳朵准备记录。刘副区长说:"这几年来,骆门乡校在徐校长的带领下取得了不少的成绩。"说到成绩,刘副区长的脸上便露出了笑容,然后"呵呵"地笑了几声,我们也跟着"呵呵"了几声。这一笑,增添了刘副区长不少亲和力。刘副区长笑完之后,接着说:"但是也存在不少问题,比如学校管理问题。"说到问题,刘副区长收敛了笑容,眉头皱成山峰模样,浑身透出威严之气。我感到刘副区长脸上的表情就像陈佩斯表演小品那样收放自如。刘副区长转头看着徐校长说:"立明,你说是不是啊?"徐校长点点头说"是,是",我们也跟着说"是,是"。刘副区长又说问题是暂时的,只要努力,一定会解决好的。办公室里的每一个人都好像公鸡啄米一样不停地点头说"是,是"。最后刘副区长问学校还有什么困难没有。徐校长说没有,我们也应和着说"没有,没有"。

刘副区长扫视一下办公室,然后转头对林主任说:"小林,既然没有什么事情就散了吧,大家也够累的,让他们早点休息。"刘副区长叫林主任"小林",让人油然产生一种亲切感。林主任接过话茬说:"好,会议到此结束。大家谢谢刘副区长的指导!"办公室里又响起一阵热烈的掌声。

回到房间以后,我才知道由于刚才开会的时候肌肉过于紧张,脖子有点酸,掌心有点发热。我转动一下脖子,颈椎似乎发出"咯咯"的响声。

我躺在床上,或许是由于晚上的会议花费了我过多的精力,我一躺到床上就进入了半睡半醒状态。迷糊间,我听到有人敲门。我问"谁",门外应答"是我"。我听出是廖挂春的声音。我起床开门,廖挂春进来后,示意我别出声,他说"让你看好看的"。

"有什么好看的啊?"我躺在床上不想起身。廖挂春把我从床上拉起来,然后又把我像提线木偶似的拉出房间。我满心疑惑地跟在廖挂春的身后悄悄地走过房间外的走廊，正想下楼梯的时候，听见楼下教室的门"吱呀"一声打开了，教室里走出一个人，幽灵似的通过屋后的石阶向下一座楼房走去。月光映出一个矮小的男人身影，秃顶的脑袋闪着亮光。那不是刘副区长吗？我正想开口说话，廖挂春赶忙伸手捂住我的嘴巴。

不一会儿，教室里走出一个女人，身材娇小，月光在地上投下一个婀娜的倩影。我一看那女人走路的神态，便知正是学校里的代课老师、骆青峰的老婆艳梅。

他们在教室里做什么？等艳梅走远的时候，我向廖挂春提出疑问。"你这个木鱼脑袋，他们在里面做什么还用想吗？都怪你，磨磨蹭蹭的，原本可以看到好看的。"廖挂春不满地说，然后愤愤地向他自己的房间走去。

我躺在床上，心怦怦直跳。单纯的我一直以为男女幽会只有夫妻和恋人之间才可以有的，至于电影以及小说里那些偷情的故事大多是为了吸引观众或者读者而虚构出来的。刘副区长一个满脸正气的干部怎么可以干那种事情呢？艳梅究竟为了什么跟一个小老头做那种事情？我百思不得其解。

四

几个星期之后，我渐渐适应了学校的工作，闲暇下来思绪便像被风吹动的云雾一样四处漫游。

在平县读师范的第一个学期,我被选为班里的劳动委员,紫云被选为卫生委员。我和紫云的共同目标是给班里同学创造一个整洁的环境,为班级争得卫生锦旗。工作任务是分配和督促班里的同学认真做好教室和公共场地的卫生工作。紫云穿着一件印花上衣,披着齐肩的短发,浑身透着质朴之气,或许我和她都出生在农家,我们并不讨厌班级里这个最累最脏的职务,相反我们都感到能为班级同学出力而感到自豪。由此我和紫云对工作认真负责,密切配合,工作成绩也很出色。每周一学校值周老师做总结的时候,班长总能从台上领来"卫生优胜班级"的锦旗。班主任陶老师对我们的工作也非常满意。每学期班干部改选,我和紫云总是雷打不动担任原来的职务,一直到毕业为止。班里的同学也没有埋没我和紫云的功劳,每次推荐学校先进,总是少不了我和紫云。三年时间里,我和紫云多次被评为学校的优秀团员和优秀班干部。

我和紫云虽然很少交流,但由于长期合作,彼此了解,以至达到了"心有灵犀一点通"的境界。两人时常不约而同地拿着扫帚出现在教室里、公共场地上,为没有认真做好值日的同学补扫,俨然成为班级里最亲密的朋友。渐渐地,我的心里对紫云也泛起了爱的涟漪。内向的我始终不敢打开自己的心扉,总是担心我的草率和冲动会打破我们之间那种美妙的和谐。我只把那份爱深深地隐藏在心底,结果让表白的机会一次次地溜走。一直到毕业前那一天,我意识到这是最后亲口向她表白的机会了。于是我便下决心在毕业晚会之后约她出来,向她倾诉我对她的那份刻骨铭心的情感。可是那天晚上，我却没见到紫云的身影。班长说紫云因身体不适提前回家了，就这样，紫云像天边的云一样在我的眼前消失了。毕业后，我和紫云各奔东西。虽然我和紫云生活在同一个县里，但由于山里信息闭塞，我并不知道紫云被分配到哪一所学校。

我拿起笔想给紫云写封信，但我又理智地想到，如今我被分配到这样的山沟沟里，前程渺茫，如果在一起能给她带来什么呢？我想起一位作家说过的话：爱一个人，并不是为了要占有她，而是要让她过得更好，活得幸福。我想既然不能给她幸福，那就不要无端地打扰她的生活，也不要让这种情感升温发展，以免伤了自己，也害了别人。我无奈地放下笔，叹了一口气，眼前一片茫然。

一个星期三的晚上，学校安排老师下村家访，督促学生完成家庭作业。骆青峰说自己学习忙就不去了。下村要走山路，夜里女老师不敢走。学校便把男女老师搭成一组，三男三女恰好分成三组，分三条线路下村。我跟艳梅分在一组，去山底村家访。

吃了晚饭以后，各条线路的老师相继出发。我和艳梅走过几里山路便来到山底村，那时天已经暗下来了。村里人家劳作繁忙，许多学生家里才收工吃饭。我们一户户地走，直到九点多才起身回校。

天空散落着几颗星星，山间不时传来猫头鹰"喔喔"的叫声，艳梅说有点吓人。当时我和艳梅只带一盏手电筒，艳梅在前面走着，我拿着手电筒在后面跟着。山路崎岖狭窄，路面凹凸不平，我和艳梅小心翼翼地前行着，手电筒的光芒不时投射出艳梅婀娜多姿的身影。秋风吹过，艳梅身上的香水味不时地向我飘来，一种莫名的冲动像血吸虫一样依附上我的心头。正在我神思荡漾之际，我的脚被石头一绊，一个趔趄往前扑去，直扑了个嘴啃泥，手电筒抛出去不知去向。艳梅问："怎么啦？"我艰难地从地上爬起来，感到脚踝处传来钻心的疼痛。我说"脚崴了"。艳梅扑哧一声笑出声来："哈哈，一个大男人怎么这么没用？"

此时月亮悄悄地潜入云层里，我和艳梅只好借着地面微弱的反光摸黑前进，黑暗、山路、崴脚，几乎让我失去前进的能力。艳梅见我跟不上她的脚步，便过来给我当拐杖。我扶着艳梅的肩膀，一瘸一拐地向前走着。艳梅耻笑我一个大男人还要一个小女子扶着走，让人知道了会笑掉大牙的。艳梅说话的声音娇滴滴的，我扶艳梅肩膀的手不由得越抓越紧。艳梅回头轻轻地对我说："你弄疼我了。"闻着艳梅嘴里呼出的气息，我的心血不断往上涌，不由得把脸越凑越低，脸颊不时蹭到艳梅柔软的耳朵。"啪"，艳梅轻轻地拍了一下我的脸颊，"年轻人，你想干吗？"艳梅轻启嘴唇，然后便发出"哧哧"的笑声。这又尖又细的哧笑声忽然让我想起那天晚上与廖挂春在走廊上听到的情形，我的脸颊便像同性的磁铁相斥一般与艳梅的脸庞弹开一点距离，紧握艳梅肩膀的手也松开了。

不久，一缕耀眼的光线在我的眼前晃过。我抬头一看，那是乡政府门前的路灯发出的光芒。

五

周前会上，秀秀说："十一月，县体育局举行小学生排球比赛，我想带一个男队去试试。"秀秀在少体校练的是排球。徐校长问："你有把握比得过人家吗？"秀秀说："有把握。"

徐校长叫大家发表意见。骆青峰说："带队去参加是好事，不过……"骆青峰颇懂辩证法，看问题总是一分为二，"不过……"骆青峰吸了一口烟继续说，"我们山里的小孩没有排球基础，供挑选的队员也少，很难比得过人家的，我看还是算了吧。"

廖挂春接过话茬说："是啊，参加比赛还要耗费大量的人力和物力，如果到时候又比不赢那就不划算了。"廖挂春是管学校钱物的，自然要精打细算一番。

秀秀见骆青峰和廖挂春都不赞成带队，急得涨红了脸。她说："队员基础差可以练，别的学校也不一定好。"

徐校长看着我，问："小胡，你的意见呢？"由于我进校不久，缺乏工作经验，因而平常不怎么发表意见。我见徐校长问我，不由紧张得有点语塞："这……我觉得可以试试看。"没想到徐校长立即说："那就试试吧！"

秀秀面露喜色说："好，我一定尽力。不过最好安排一个领队，跟我一起训练。"

"那就叫小胡当领队吧。"徐校长看着我说。我在师范学校读书的时候打过排球，于是就点头应承了下来。

第二天，秀秀便从四五年级里挑选出十名个头长得相对高的，看上去比较机灵的男学生组成了一支排球队。由于时间紧迫，当天下午放学后就开始训练。山里的孩子有一股野劲，他们参与训练的积极性很高。我和秀秀决定让队员们从最基础的垫球练起。秀秀指导队员垫球的姿势和动作。当时学校只有两个排球，我们就分开两组进行训练，我和秀秀各负责一组。那时候太阳还很猛，队员和教练都练得满头大汗。这样练了三四天，队员们基本上能接住球了。秀秀又指导学生发球，可是当时学校还没有排球网。徐校长说让他想办法解决。

到了下个星期一，徐校长果然找来了一个旧的排球网，还带来两个排球。徐校长说是向区小借的。徐校长亲自动手在操场中间竖起两根木架子，把排球网支起来。我发现球网中间有好几个破洞，秀秀找来麻线把洞补起来。秀秀摊开皮尺在操场上量出排球场的长度和宽度，徐校长从厨房里拨来炉灰撒成一条线，一个排球场地就画好了。秀秀在球场的一端给队员们示范发球，然后叫队员们反复地练。练了几天之后，秀秀又组织队员分成两拨模拟比赛，在比赛过程中指导队员们掌握比赛规则以及简单的战术。队员们天天练，我和秀秀天天指导，队员们排球水平有了很大的提升。二十天后，比赛的时间到了，我和秀秀雇了一辆拖拉机带着队员前一天早上就出发，先到达坑口，然后又乘面包车来到县城，那时候已经是下午了。为了省钱，我们住进一家私人旅店，吃的也由店里负责安排。我和队员们住在一个大房间里，秀秀单独住进一个小房间里。

第二天，我们吃了早饭后便来到少体校的室内排球场里，场地里已挤满了人。我看了一下《比赛程序册》，总共有八支球队参加。分成A，B两组，我们被分在B组。先小组循环，各组取前两名成绩好的参加交叉淘汰赛，取胜的进入决赛。我们找了一个角落先进行热身，然后便参加正式比赛。由于这是县体育局举办的首届小学生排球比赛，各队的水平都不高，一方的队员只要把球发过去，另一方的队员大多接不住。一天下来，我们竟然连赢三场，以小组第一名的成绩进入淘汰赛。我、秀秀和队员们对比赛充满了信心。

淘汰赛阶段，我们的对手是A组第二名林西区小队。进场之后，我一看对方队员的个头几乎比我们的队员高出一大截，我心里嘀咕道："这次我们可遇到真正的对手了。"我们山里的孩子没有见过大的世面，一遇到强一点的对手心里就紧张，结果发球频频失误，第一局14比21输了。局间休息，秀秀给队员们作指导，我也给他们鼓劲："同学们，别怕，我们豁出去了。"同学们回应道："不怕，豁出去了。"到了第二局的时候，队员们便鼓起劲来，倒是对方的队员开始紧张了，最后我们以21比11赢了回来。进入决胜局了，我们的队员爆发出了山里孩子的那股野劲，以15比10拿下比赛，队员们在场地上高兴得欢呼起来。

决赛在下午举行，我们的对手是县小队。整个排球场被人们挤得满满的，里面有县小的老师和学生。而我们除了队员之外，只有我和秀秀孤零零的两个人。

比赛开始了，由于对方聘请了专业排球教练，队员们的基本功和战术都比我们的强,最终我们很快就以0比2的局分输掉了比赛。

我和秀秀拿着亚军奖杯带领队员回到旅店。由于路远,那天还得在县城住一夜。我不知道徐校长对这个结果满意不满意,于是我就去邮电局给他拨了一个电话。当时学校还没有装电话,我就把电话打到骆门乡政府里。接电话的是乡里的文书老林。老林说:"你等一下。"不一会儿,我就听到电话那头"咚咚咚"脚踏地板的声音,然后就响起徐校长的大嗓门:"喂,结果怎样?"我说得了亚军。徐校长又大声问了一遍:"什么,得了什么,你再说一遍?"我大声说:"得了亚军,第二名。"徐校长的喉咙似乎更大了:"好样的,你们为学校争了光!我要为你们庆功!"看来徐校长对这个成绩非常满意,秀秀跟我互相击掌表示庆贺。

由于兴奋,队员们一直到夜里十点多钟才睡着。我正想入睡的时候,秀秀过来敲门。我披衣起床,打开门。秀秀说肚子饿了,一起出去吃点东西。我和秀秀离开旅店,穿过几条小巷,便来到了"北味餐馆"。

我和秀秀进入店里,要了一盘烤饺子,外加一个青菜。我说不如喝点酒吧。秀秀拍手表示赞同。我向店里要了两瓶啤酒。饺子和青菜端上来之后,我"哧"的一声打开瓶盖,把啤酒"咚咚"地倒进两人的玻璃杯里。我和秀秀端起酒杯"咣"的一声碰了一下,然后便仰起头"咕噜咕噜"地把啤酒灌进肚子里。也许是人逢喜事吧,喝着啤酒,我感到特别清凉,不知不觉两瓶啤酒便敞底了,秀秀的脸上泛出了迷人的绯红。秀秀再要了两瓶,两人一边喝一边聊,我们的话题由排球比赛聊到学校工作，再由工作聊到各自的家事。聊着聊着，秀秀的眼圈就红了，最后竟然呜呜地哭了起来。

秀秀是里岙人，父亲在她七岁那年就生病去世了。家里还有一个弟弟，比秀秀小三岁。母亲靠干农活把姐弟俩拉扯大。如今弟弟在坑口中学读初中。秀秀读小学五年级的时候，由于身材高挑，被县少体校排球队选中，于是就去少体校一边读书一边练排球。由于排球队是县体育局主抓项目，体育局拨款给予支持，队员们的吃住都由学校免费提供。秀秀初中毕业后，由于家里负担重没有去读高中，最后就到骆门乡校代课。

想不到一向乐观烂漫的秀秀竟然有那么不幸的身世，我想起自己家庭生活的贫困，我与秀秀便有一种"同是天涯沦落人"的感觉。

一边是比赛的胜利，一边是生活的不幸，我和秀秀的心情在喜悦与哀伤之间不断地交织着。在这悲喜交加的情感里，酒便成了最好的宣泄载体。不知不觉我和秀秀都喝到了平常的最高纪录。秀秀醉了，她静静地趴在桌子上。我凭着坚强的意志没让自己倒下，也没让自己的思维混乱到崩溃的边缘。

我付了钱，推了一下秀秀。秀秀醉意朦胧地抬起头，然后又立即像河里的水草一样伏下去。我架起秀秀往店外走。秀秀醉得迈不开脚步，我只好把秀秀背起来艰难地向前移动。秀秀身体软绵绵的，好像棉花糖一样粘在我的身上。

我背着秀秀走进巷子里。由于我身体消瘦，又兼半醉半醒状态，一百多斤重的秀秀压得我喘不过气来。我只好把秀秀放下来靠在小巷的墙壁上，但秀秀立即好像煮熟的面条一样歪歪扭扭地蔫下去。我又只好把秀秀扶住扛在肩上，背起她继续向前走。忽然秀秀"呃"的一声一口吐了出来，吐得我满身都是秽物。我顾不上这些，咬着牙把秀秀背到房间里，放倒在床上。我看见秀秀的嘴唇上残留着一些吐出的秽物，于是我便去浴室里拿来湿毛巾，轻轻地擦去秀秀嘴巴上的污渍。秀秀转动了一下身体，嘴巴微微地喘着气，胸部也随之一起一伏。我忍不住低下头，就在我的嘴唇离秀秀的嘴唇只有几厘米距离的时候，我的眼前忽然出现了紫云的身影。我立即像电影慢镜头一般定格在那里。几秒钟之后，我直起身体，替秀秀盖上被子，然后便离开了秀秀的房间。

第二天早上，我们乘车回校。当我们乘坐的拖拉机开到骆门供销社的时候，徐校长挥手叫拖拉机停下来。我们下车之后，便看见公路两旁排起了长长的学生队伍，有不少群众也纷纷赶来。徐校长说欢迎我们凯旋。徐校长的热情让我和秀秀不知所措。我把亚军奖杯递给徐校长，徐校长叫我和秀秀一起举起奖杯走过去，队员们在后面紧紧地跟着，两边响起雷鸣般的掌声和欢呼声。一股暖流涌上了我的心头，几颗热泪从我的脸颊上滚落下来。

当天晚上，徐校长为排球队取得优异成绩专门开了一个会。徐校长说这是骆门乡校办学以来获得的最高荣誉，我和秀秀为学校争了光。然后叫廖挂春拿出三十元钱奖励我们，也作为平时训练的补贴。我当时的工资每月只有三十三元，秀秀的工资只有十八元。秀秀拿出十五元递给我，我想起秀秀家里贫困的生活，便坚决推辞不要。秀秀拗不过我只好把钱收起来。第二天秀秀去供销社里买了笔、笔记本发给队员们,作为对他们的奖励。

六

我总是割舍不下对紫云的情感,我想还是给她写封信吧。我想也许真正的爱情是可以抛开现实中的一切不幸,可以用情感的丝线把双方紧紧地维系在一起的。

我摊开信纸,拿起笔,在灯下默默地向紫云倾诉我的心声。

紫云:

分别已有两个多月了,不知你的情况怎样,非常记挂。

我如今被分配到骆门乡校任教,与我的预想相差甚远。不知你的情况怎样,请你回信告知。祝你一切顺利!

胡
12月8日

我不想让紫云收到我的信之后产生丝毫的窘迫感,我宁愿再花一点时间慢慢地走进她的心灵世界。因而我的信写得非常简短,非常朴实含蓄,就像海明威的"冰山原则"一样。

我根据毕业纪念册上紫云留下的地址写了信封,然后把信交给邮递员阿明。信寄出去以后,我如释重负般地叹了一口气,急切地期待紫云的回信。

一天中午,我和廖挂春正在吃饭,阿明给我送来一封信。我一看信封上的字迹便知道是紫云的。我立即把信收进衣兜里，内心涌起一阵甜蜜而羞涩的躁动。廖挂春似乎看出我异样的神态，便问："是谁的？"

我低着头说："是同学的。"

廖挂春说："是女同学的吧？你小子艳福不浅啊。"我觉得廖挂春问的话是多余的，于是便低下头不理他。

我草草地吃完饭跑回房间里，打开信封，紫云那娟秀的字迹便展现在我的眼前：

胡：

很高兴收到你的来信。分别以后，我也非常想念大家。我现在吴山乡校工作，跟你一样，跟预想的目标有很大的差距。万事总是不能尽人所愿，我们只能顺其自然了。陶老师说："是金子总会发光的。"我们再努力一搏吧，以后会有出头的日子的。

以后常联系。祝一切如意！

云

12月15日

紫云和我一样，不仅平常寡言少语，在信里也是惜墨如金。但寥寥数语，情深义重。我深深体会到她对友情的珍惜——她既表达了对同学的想念，也表达了对我的安慰。她和我一样，工作分配不尽如人意，我们颇有"同是宦游人"之感。她用陶老师的话来鼓励我。她相信，只要好好工作，将来总会有出人头地的一天。

我反复地读着紫云的信，我仿佛感受到紫云轻启嘴唇，正呼唤着我的名字，一股甜蜜与幸福的暖流便流入我的心底。

我随即坐在书桌前，给紫云回信。我心潮澎湃，但我清醒地认识到，在现实的条件下不得不压抑自己的热情，就像干柴不能在水底点燃一样，纵然有千言万语也只能留在心底。因此我的信依然写得很简短，很含蓄。

云：

收到你的回信，我感到欣慰。你说得对，唯有努力工作，我们的日子才能过得更加充实。

我总是忘不了在学校里的那段生活，希望那情景永远继续下去。

再次急切盼望你的回信。

祝你一切顺利！

           胡

         12月25日

信寄出去之后，我又进入茫然的等待之中。可我一直等到学期结束也没有收到紫云的来信。

期末考试由区教办统一组织，然后依各科平均分排出名次。前三名给予发文表彰，后三名给予通报批评。为了考试公平，采用各校对调监考集体改卷的方式。骆门乡校只留下骆青峰和廖挂春接待别的学校监考的老师，其他老师在徐校长的带领下到林海学校监考。考试结束后，密封试卷，由各任课老师集中到区小统一改卷。整整改了一天，学生的成绩才统计出来。我欣喜地看到我教的三年级语文成绩排在全区十所学校里的第二，仅次于区小，是学校里唯一受表彰的一门学科。我教的二年级数学排在全区第四。丽芳教的语文排在全区第五，数学排在第七。徐校长教的数学排在第六。其他的五门学科都受到批评。骆青峰教的数学倒数第一。

在学期总结会上，徐校长表扬了我和丽芳，不指名批评了骆青峰。学校每年照例要评出一名区里的先进教师。由于我和秀秀、丽芳进校只有半年时间，按规定不能参加评选。徐校长自动放弃评选。最后只剩下艳梅、廖挂春、骆青峰三个人。徐校长征求大家的意见，会场里没有一个人说话。还是骆青峰打破了平静，他吸了一口烟说："我知道自己没达到先进的标准，可是……"骆青峰总是忘不了他的"辩证法"，"可是先进对我实在太重要了，民办转正可以加分，请大家考虑一下先给我吧。"当时骆青峰已经拿到了中师文凭，他下一个目标便是转为正式老师。我心里嘀咕：考最后一名也能评上先进吗？艳梅说"我愿意让"，这样就只剩下廖挂春和骆青峰两人了。廖挂春说："那我也让了吧。"徐校长皱起眉头沉思了一会说："好吧，那就给青峰吧。"一向争夺激烈的评先工作就这样顺利结束了，办公室里洋溢着欢乐祥和的气氛。骆青峰的先进推到区里以后，区里竟然推荐他评选县里的先进。

学期结束后，徐校长要求任课老师把成绩单送到每个学生家长手里。我跟丽芳是搭班的，于是就结伴下乡。路上，丽芳总是羞羞的，和我隔开一段距离。到了村里，家长们非常热情，他们忙着给我俩泡茶、炒豆、端咸菜，最好吃的是咸菜，有腌蕨、腌豇豆、泡菜头。我们坐在暖融融的火炉间里，一边喝茶，一边吃咸菜，一边聊天。

不管孩子们成绩好坏，我们的心情都很舒畅。

　　不少家长烧点心给我俩吃。我和丽芳觉得不吃会显得看不起他们，于是只好每户都吃一点，吃得我俩直打饱嗝。天色暗下来，我和丽芳才回到学校里。第二天，我俩又送了一天才把成绩单发完。

　　寒假开始了，我回到了老家。我估计寒假的时候会有紫云的来信，于是嘱托阿明把信直接送到老家里。可我始终没有收到紫云的来信，让我整个寒假都在煎熬中度过，失望与不安就像山间的雾气一般笼罩着我。

七

　　正月十五过后，学校如期开学，老师们陆续来到学校，我却没看到秀秀的身影。徐校长说，由于学校调进一名民办刚转正的老师，学校的编制满了，秀秀只好到别的学校去找工作了，听说如今她在老家的一所村校代课。

　　秀秀的离开让我感到迷惘失落。我惋惜失去了一位乐观奔放的挚友，也惋惜学校失去了一位优秀的排球教练。当初我和秀秀率领排球队夺取亚军以后，我和她就暗暗下决心，下年一定要早一点开始训练，争取拿冠军。如今秀秀走了之后，骆门乡校排球队这棵充满希望的嫩芽刚一露头就夭折了。刚调进的罗老师五十多岁，长得腰肥体胖的。他只有小学毕业，原先扛过木头，当过货郎，在国家"把学校办进家门口"时期，他担任民办教师。由于教龄长，上半年有幸转了"正",然后就分配到骆门乡校任教。我们背地里都叫他"老民办"。学校就把秀秀原先担任的课程安排给老民办教。可老民办根本接替不了秀秀的工作。老民办的普通话严重失准。开学后他在操场上组织学生做课间操,他把"立正"念成"立京","向前看齐"念成"向前看直",操场上的同学捧腹大笑,在场的老师也忍俊不禁。学生们觉得老民办好玩,上课的时候都不听他的。他上语文课的时候,教室里有唱歌的,有跳舞的,有打拳的,整个课堂乱成一锅粥。徐校长看了直摇头。

  一天,徐校长把我叫到办公室里,问我学校教学质量低下的主要原因在哪里。我说主要原因是老师的教学方法不对头。课堂上老师都采用灌输的办法,一味地让学生去死记硬背,不让学生去思考体验,这样学生的学习能力没培养起来,考试自然就考不好。徐校长听了以后若有所思地点点头。

  开学后第三周,县里举行小学语文教研活动,请外地的专家来开课和讲座。学校决定派我去参加,我便计划参加教研活动后乘机去吴山看看紫云。

  我去了县城以后,在听课教室门外意外碰到了师范的同学林冰,林冰现在县城镇小任教。他一见到我,把我浑身上下打量了一番,好像不认识我似的说:"老兄,你怎么像从山寨里下来一样啊?"我说,我本来就在山寨里。

  林冰的消息灵通,我便向他询问师范里几位比较要好的同学工作情况。林冰一一道来,我了解到那些同学大多被分配到县城工作,差劲一点的也被分配到区小。我纳闷为什么只有我和紫云被分配到乡校。

林冰忽然好奇地问我："对了，你的老搭档去世了，你怎么没去参加她的葬礼啊？"

我的耳边顿时"嗡"的一声响，急问："什么老搭档？是谁？"

林冰说："紫云啊！她患了白血病，过年前去世了。我去医院里看过她。你怎么了？"林冰的话就像一把锤子击在我的胸上，我瞬间感到身体发软，眼前发黑。我眨了眨眼睛，眼前还是黑的，似乎整个世界都乌七八糟地消失了。

我极力抑制住自己的情绪和肢体，不让自己在众人面前失态。我定下神来，想确认一下刚才是不是在做梦，于是又问："怎么，紫云死了？是怎么死的？"林冰用奇怪的眼神看着我说："是啊，她死了，得白血病死的。如果早一点发现或许可以进行骨髓移植，可一切都晚了。如果在上课的时候晕倒或许她就会成为全县老师学习的榜样，可她偏偏放假的时候在家里晕倒。"

可生活没有那么多的"如果"，一种无尽的悲哀像石磨一样碾碎了我的心脏。我的胃也凑热闹般地疼痛起来，我便弯腰捂着肚子。

林冰问："你没事吧？"

我挥挥手说："没事。"

听课的老师陆续走进教室。我迷迷糊糊地跟着人群走了进去，在一个角落里坐了下来。我的脑袋一直嗡嗡响，眼前一片模糊，教室四周的墙壁时常旋转起来。上课了，我不知道课堂上老师讲些什么，学生答些什么。我的眼前总是像播放电影蒙太奇镜头一样，闪现过紫云的身影：平县师范学校八二四班教室里，紫云穿着那件印花上衣，伏在课桌上做作业；我和紫云各自拿着一把扫帚，补扫班里值日生没有扫干净的地面；紫云穿着竖条的病服，躺在病床上……

"紫云啊，你生病了为什么不告诉我一声。"我嘴里嘟哝着，以至于听课的老师齐刷刷地把目光向我投射过来。

我昏昏沉沉地在县城过了一天一夜。第二天早上，我去了车站，坐上了去吴山的班车。

天边升起血一样的朝霞，客车在山道上盘旋，直往山顶爬去，山顶云雾缭绕。我想，要是在这样充满诗意的山色里去跟紫云相见，那是人世间何等美事啊！可如今是为祭奠紫云而去的，我不由得悲从中来，眼泪潸然而下。

临近中午的时候，班车才到达吴山村。我不想打扰紫云的家人，怕勾起他们挖心割肉般的痛苦。我向一位正坐在门前纳鞋底的老奶奶打听紫云的墓地。一提起紫云，老奶奶便惋惜地直摇头，说这女孩太温顺了，真是"好人不长命"啊！在老奶奶的指引下，我来到了紫云的墓地。

紫云的墓地坐落在一个山坡上，坟土还是新的，有几个花圈靠在坟头上边，花圈上斑驳的纸片在风中哗啦啦地响。由于正值春季，坟边已开出几簇白色的小花。我掐下几朵扎成一束放在坟头上，算是对紫云的祭奠。我在坟前的石板上坐下来，我的目光想极力穿透墓地那块竖起来的坚硬的石板，我想紫云一定静静地躺在灵柩里睡着了。

紫云啊！要是知道你生病了，我一定会来看你的。我们的心灵是相通的，或许我们的骨髓也互相匹配。只要能救你，我可以为你献出一切。我悔恨自己的优柔怯懦，没有向你表达那刻骨铭心的爱。如果我早一点表白了，或许你会接纳我，我对你就多了一份责任。我宁可承担起这份责任，即使不能救活你，但我至少可以陪伴你走到人生的终点。可如今，我面对的只有一抔黄土，再也没有向你表白的机会了。

我的喉咙里一阵梗塞，似乎透不出气来，紧接着我的胃又是一阵钻心的疼痛。我赶忙捂着肚子从石板上站起来。只见石板上留下一摊水，我知道那是我的泪和血的混合物。我看一下手表，回县城的班车即将开了。我只得擦干眼泪，伤心欲绝地离开了墓地。

我恍恍惚惚地回到学校，紫云的身影在我的脑袋中盘旋不去，像一个幽灵，摄去我的心魄。我的精神空虚如蜕壳。我想，紫云和我都想成为发光的金子，如今紫云没了，我不能让自己消沉下去，我应秉承她的遗愿，竭尽全力地去工作，让自己发出耀眼的光芒，来告慰紫云的在天之灵。

八

骆门是革命老区，有不少革命志士长眠在这块红色的土地里。每年清明节，学校都要组织少先队员去祭扫烈士墓。通过商量，学校决定让我带领少先队大队干部和各班中队长去祭扫，总共有十二人。由于上午主课多,祭扫活动决定下午开展。吃了午饭后,我在操场上整队出发。徐校长叮嘱我说,现在是气候多变季节,今天天气这么闷热,有可能会下雨,你去扫一下黄水坑烈士墓,叶普山就不要去了。我点头说"知道了"。

　　一路上,在队旗的引领下,我们唱着少先队队歌来到黄水坑郑瑾儿烈士墓地。烈士墓由块石砌成,政府拨款进行过多次修缮。我们先用草刀清除墓地周围的杂树杂草,然后用扫寻扫去墓地上的尘土。有几个女队员还从路边摘来几朵野草花放在墓碑上。墓地打扫干净之后,我组织队员站在烈士墓前,向烈士默哀,然后给他们讲述烈士的英雄事迹。队员们受到烈士事迹的感染,个个神情肃穆。当我准备整队回家的时候,大队长金浩说:"老师,我们去叶普山吧!"我想起徐校长的叮嘱,立即说:"不行,那里太远了。去了怕赶不回来。"队员们学着我的语气说:"老师,烈士们为了革命事业牺牲了自己的生命,我们去缅怀他们,还怕路远吗?"队员们群情激昂。我看了看手表,当时才下午两点多。我又抬头看看天空,天空一片晴朗,似乎没有下雨的迹象。我想队员们说得对,烈士们为了后代的幸福献出自己的生命,我们去缅怀他们是应该的。于是我毅然决定:去叶普山祭扫金松林烈士墓。我问队员们怕不怕路远,队员们昂起头说"不怕"。于是我们又扛起队旗唱着队歌向叶普山出发。

　　金松林烈士墓在叶普山的山顶上,离黄水坑约有五六里的山路。我们先降到黄水坑谷底,那里有一条小溪,溪水潺潺地流着。我们走过丁埠,沿着山脊往上爬。起初,队员们还生龙活虎的,到了半山腰的时候，一个个累得直喘气。特别是三年级中队长叶芳，个子长得特别矮小，她时常落在队伍的后面跟不上队伍。我叫队员们在原地休息一会，可他们一坐下就不想起来了。我便像红军连长鼓舞战士前进一样鼓舞队员们："同学们，烈士们连死都不怕，你们还怕一条山岭吗？"在我的鼓舞下，队员们又站了起来，咬着牙继续往山顶爬去。我们终于到达烈士墓地。队长金浩在烈士墓旁边插上队旗。我组织队员清扫墓地，献上花。此时天气异然闷热，太阳不知什么时候躲进云层里去了。我又组织队员向烈士默哀，给他们讲烈士事迹。正当整队准备回家的时候，天空忽然响起一声闷雷，似乎要下雨了。我赶紧带领队员往山下撤。当我们撤到半山腰的时候，雨就哗哗哗地下起来了。队员们就像受惊吓的鸭子一般往路边岩坎下躲去。

　　岩坎不大，我们躲过了直下的雨点，斜飘过来的便直打在我们的身上，我们的衣服全湿透了。我看了一下手表，已经是下午四点多了。我想要是继续等下去天黑了就回不去了，我非常懊悔自己一时的冲动违背了徐校长的叮嘱。雨继续滴答滴答地下着，一点也没有停下来的意思。怎么办啊？我急得像热锅上的蚂蚁。我看到路边长满了茅草、莨箕，我便想起电影《邱少云》里志愿军战士戴着用草编织起来的帽子在敌人前沿阵地上潜伏的情景，于是我便冒雨跑了出去，用草刀索索地割下几簇茅草和莨箕，迅速跑回岩坎下。我用茅草打了一个圈子，然后斜着插上莨箕，形成一个尖尖的冒顶，一个简易的笠帽就做好了。我戴在头上又迅速跑出去割回莨箕和茅草，让岩坎下的队员们编。不久，每个人的头上都戴上了一个"笠帽"。我对队员们说："同学们，天快黑了，我们只好冒雨回家了。"我戴着草帽冲到雨帘中，队员们也纷纷跟了出来。我们走的是下坡路，很快就到了谷底。由于下雨，谷底小溪的水位急速上涨，浑浊的溪水哗哗地流着，原来的丁埠已不见了踪影。理智告诉我，面对汹涌的水流，我们不能冒险过河。怎么办？我急得直掉眼泪。队员们又不能站在河边淋雨，我只好带着队员返回到原来的岩坎下。天色越来越暗，我听到了几个女队员的抽泣声。我说："同学们不要哭，勇敢点，总会有办法的。"

雨不断地飘进岩坎里，队员们冻得瑟瑟发抖。我们当时严格遵循不带火柴上山的规定，又没办法烧火取暖。我看到路边有一处灌木丛，于是就跑出去，砍倒灌木。在金浩的带领下，男队员纷纷跑出来把灌木拖到岩坎底下。我把灌木斜靠在岩坎上，搭成一个简易的棚子，挡住了斜飘过来的风雨。

天色渐渐暗下来，我和队员们又冷又饿。忽然，我听到岩坎旁边的泥土簌簌地滑下来。我立即意识到危险正向我们袭来，于是大声喊："同学们，要塌方了，快跟我往上跑，不要跑丢。"我拉着叶芳的手，迅速跑出岩坎，往山坳上跑去。队员们便像鹿群一样跟着我向上跑。当我们跑到山坳的时候，我听到身后轰隆一声巨响。我转身一看，只见刚才我们躲雨的岩坎已被山上滚下来的土石掩埋了。我吓得浑身起鸡皮疙瘩，心里像打鼓一样咚咚直跳。我一个个地点名，所幸的是大家都在，我庆幸我和队员们逃过一劫。

雨还在不停地下着，我再也不敢往路边泥坎下躲了。我和队员们站在山坳里紧紧地抱在一起，就像北极冰天雪地里的企鹅一样。我站在中间，好像是一根屹立不倒的柱子。

我极力鼓舞队员们："同学们，咬紧牙关，坚持就是胜利。"

天色越来越暗了，我和队员们紧紧拥在一起。过一会儿，我看到山对面出现两束白光。这光线让我无比振奋，就像黑夜里迷失方向的航船看到了指引的明灯一样。光束离我们越来越近，我听到了徐校长的喊声："孩子们，在哪里啊？"我心里不由得一阵狂喜，我对大家说："同学们，徐校长来接我们了。"队员们立即欢呼起来，大声应着："校长，我们在这里呢！"徐校长大声喊："孩子们，不要急，我来了。"我们终于看见了徐校长，身后跟着廖挂春。队员们好像见到了自己的父亲一样涌了过去，有的队员忍不住大声哭了起来。

徐校长和廖挂春带来了电筒和雨伞，队员们两人一组，小心翼翼地往山下走去。我们跨过了塌方处，看着淌下来的土石，我不免心有余悸。我们来到谷底，徐校长和廖挂春已在两岸之间拉起了两根绳子，我、徐校长和廖挂春各自背起一个女同学，徐校长走在最前面，我走在中间，廖挂春走在后面，我们手拉着手，小心翼翼地往对岸蹚过去。溪水没过了我们的大腿，徐校长说："大家小心点，把脚步踩实。"我们终于惊险地渡过了谷底的溪流。

我们回到学校的时候，已经是晚上九点多了。厨房里给我们准备了热水和吃的东西。我洗完澡，换上干的衣服，吃了饭。经历过一天的磨难，我身心俱疲，一躺在床上就睡着了。

第二天，我感到腰酸背疼的。我起床走出房间，只见徐校长背着双手在门外等着。他板着脸，看了我一眼，冷冷地说："你来办公室一下。"

我忐忑不安地跟着徐校长来到办公室。办公室里还坐着骆青峰。徐校长说："你说，昨天是咋回事，我不是叫你别去叶普山了吗？后来怎么又去了？你这是无组织无纪律的表现！万一出了安全问题你承担得起吗？"

我支支吾吾地说不出话来。一阵沉默，我感到办公室里的空气都要凝固了。

骆青峰开口了："小胡，校长说得对，你要虚心接受。不过你的出发点是好的，只是太冒失了。下次要注意。"我点头说"是"。

骆青峰的辩证法就像一圈暖暖的涟漪把冰面荡漾开了，我感激地看了骆青峰一眼。徐校长皱起眉头说："好了，好了，过去的就过去了，下不为例。"

我默默地从办公室里出来，开始新的一天的工作。

九

每年"六一"儿童节，学校都要发展新队员和举行文艺演出。周前会上，我把文艺演出的任务分配到每个班级里去，要求每班准备两个节目。

儿童节那天，我们在教学楼前用桌子和门板搭起一个台。我戴上红领巾，站在台上主持一年级学生的入队仪式。三十多名小朋友站在台上，高年级的同学给他们戴上红领巾。我领着新队员面对队旗举起拳头宣誓："我是中国少年先锋队队员。我在队旗下宣誓：我决心遵照中国共产党的教导，好好学习，好好工作，好好劳动，准备着：为共产主义事业，贡献出一切力量！"宣誓后，我给队员们讲少先队的历史，鼓励新队员好好学习，争做共产主义事业的接班人。入队仪式完毕后便是文艺演出。学生们坐在操场上观看，很多村里人也过来凑热闹。演出开始了，我班的叶芳上台报幕。大多数班级只准备独唱或者合唱节目，我用风琴给他们伴奏。我给三年级学生编了一个舞蹈《小山娃》和课本剧《渔夫和金鱼的故事》。演《小山娃》节目的时候，我让六个男同学头戴斗笠手拿镰刀在台上边舞边唱："小山娃，放学后，一把镰刀拿在手。上东庄，下西沟，哪里有草哪里走。舞起镰刀光闪闪，割下青草绿油油。割了一箩又一箩，喂得猪儿肥油油。"在《渔夫和金鱼的故事》的课本剧里，我叫班里叶芳扮演金鱼，李铭扮演渔夫，黄丽芬扮演老太婆。她们的扮演非常逼真，台下不时爆发出阵阵热烈的掌声。

大人们也参与了演出。我唱了一首《十五的月亮》，我的声音不是很洪亮，但我能把握住音准和感情，观众们给我报以热烈的掌声。艳梅唱了一首《洪湖水浪打浪》，艳梅的声音又尖又细，仿佛百灵鸟在欢鸣。徐校长用浑厚的声音唱了一首革命现代京剧《红灯记》选段《今日痛饮庆功酒》。观众们叫老民办也上台露一手，老民办窘得直往边上躲,最后他还是被人们推上了台。老民办立在台上搔首挠耳,就像孙悟空思考如何救出落难的唐僧一样。忽然他学着京剧"净"的角色,叉开两腿,抖动手指,两眼圆瞪,张大嘴巴:"哇呀呀呀呀呀……"在场的观众笑得前仰后翻。笑过之后,我再往台上看的时候,老民办不知什么时候跑下去了。后来乡里文化员李斌表演了一曲二胡独奏《赛马》,村里的彭云唱了一首《四季歌》……操场上成了歌的海洋,掌声、欢呼声此起彼伏。

一个学期又过去了,学校的教学成绩并没有得到改观。我教的三年级语文依然保持全区第二,受到区里的表扬。其他学科基本保持原有的水平。老民办教的语文由原来的倒数第三跌到倒数第一。骆青峰教的数学仍然倒数第一。

十

学期初会议上,徐校长说骆青峰要民办转正,为了让他集中精力学习,由我接任教导主任。少先队辅导员则由艳梅担任。当时我的心情非常复杂:高兴的是我得到徐校长的赏识,出来工作刚满一年就当上了学校的第二把手;让我感到不安的是,我占了骆青峰的位置,不知骆青峰心里会怎样想。当徐校长说出他的意见的时候,骆青峰的脸一下子阴沉下来。徐校长问:"青峰,你有意见没有?"骆青峰好像从遐思的情境中苏醒过来,他抖了一下身子,立即恢复了原来的模样。他吸一口烟说:"我没意见。不过我学习忙,让我少担点功课吧。"照理说，骆青峰没了职务，应该再担一个班级的主课。徐校长征求我的意见，我说就让骆老师担任原来的课程吧。

徐校长说我最主要的任务是进课堂听课，提高老师们的课堂教学水平。于是我一有空就跟徐校长一起进教室听课，听课后给老师们提意见。我对语文老师说："语文课老师要提出问题引导学生去思考体验，不要一味地老师讲学生听。"我又对数学老师说："教数学例题的时候可以先让学生自己看，然后让学生做题目。老师通过检验便知道学生哪些知识点还没有掌握，然后老师就重点教学生没掌握的内容。"

但传统的灌输式教学方法在老师们的心里根深蒂固，要改变他们并不是一件容易的事情。廖挂春没有经过师范学校的培训，他上课的时候总有一句口头禅："是不是啊？"喜欢把自己的答案强加给学生。老民办的课总是让人忍俊不禁。由于他自己心里没底气，我和徐校长一进教室，他就吓得脸色发青，说话语无伦次，就像电影《红岩》里的叛徒甫志高被国民党带进审讯室一样。有一次，我和徐校长听他教《董存瑞炸暗堡》，他提着一面小黑板挂在教室黑板上端的木边上，他把生字都写在小黑板上，教学生读。我发现他自己都读错了好几个。然后老民办就抛开课本，用半文半白的普通话一句句地把董存瑞炸暗堡的过程讲给学生听，把语文课上成故事课。为了让学生听懂，老民办便扮演起董存瑞来。讲到炸暗堡的时候，老民办拿来语文书当炸药包，放在右手掌上高高地托起来，然后放开喉咙大声喊："同志们，为了新中国，冲啊！"或许是由于声音的震动，挂在黑板上的小黑板"砰"的一声掉落下来，不偏不倚正砸在老民办的后脑勺上。教室里立即哄堂大笑，老民办疼得不停地用手揉后脑勺。

下课了，我问老民办，一堂课下来，学生学到什么东西没有？老民办挠挠大脑袋说不出话来。

徐校长说骆青峰的课这学期就不要听了，以免分散他的精力。

全校老师就数丽芳进步最快。每次听完课我给她提不足之处，她就不停地点头说"是"，并且在备课本上做好记录。下一次再去听的时候她就进步了很多。

刘副区长也经常到学校来指导工作，我知道他最关心的是骆青峰民办转正的事情。艳梅则经常把一叠资料送到我的房间里，叫我帮忙做题目。当我把题目做好送给骆青峰的时候，我却看到骆青峰正与人在房间里打麻将。

十月份的一天，区里组织教研活动，要求各校派一名代表去上示范课，上课的内容由开课老师自定。骆门乡校决定派我去参加，我选了《革命烈士诗二首》里叶挺写的《囚歌》，然后进行精心的准备。

上课那天，坑口区小的会议室里挤满了听课的老师。由于我从没有在这样大的场面上过课，心里不免有点紧张。我通过调节后很快就平静下来。我不慌不忙地导入新课，介绍作者和时代背景，为下一步的教学做好铺垫。然后请一名学生朗读课文。学生们齐刷刷地举起了手。我请了一名女生来朗读。

为人进出的门紧锁着,

为狗爬出的洞敞开着,

一个声音高叫着:

——爬出来吧,给你自由!

我渴望自由,

但我深深地知道——

人的身躯怎能从狗洞里爬出!

我希望有一天,

地下的烈火,

将我连这活棺材一齐烧掉,

我应该在烈火与热血中得到永生!

  学生们扫清文字障碍以后,我便依次提出四个问题来启发学生:为什么"为人进出的门紧锁着,为狗爬出的洞敞开着"?"人的身躯为什么不能从狗洞子里爬出?""地下的烈火""活棺材"指什么?怎样才能"在烈火与热血中得到永生"?

  在我的启发下,学生们通过思考后纷纷举手回答。通过阅读和讨论,学生们深深感受到烈士为了人民的利益宁死不屈的革命精神。在这样的基础上,我再让学生朗读,学生情绪高昂,连教室里听课的老师都被震撼了。我也沉浸在课堂激情之中,不知不觉中,下课铃响了。我宣布下课,师生告别。当我拿起书本准备离开讲台的时候,教室里忽然爆发出雷鸣般的掌声。我明白,这是老师们对我这堂课的充分肯定,我的眼眶湿润了,内心洋溢着浓浓的幸福感。

回到学校后，徐校长在会上说我的课在区里引起很大的反响，叫老师们好好向我学习。以后，徐校长便经常带老师进课堂听我的课，给他们做样板。

冬天的骆门异常寒冷，教室外面飘起了雪花。那天全校的老师正在教室里听我上《刘家峡水电站》，风从并不严密的窗户里灌进来，师生们冻得瑟瑟发抖。忽然，教室的门开了，徐校长端来了一盆炭火，炭火"哩哩啦啦"地发出明亮的光，我顿时感到教室里暖融融的。

十二月份，区教办举行民办转正考试。骆青峰业务测试成绩虽然不理想，只考了五十一分，但他的先进分比人家高出许多，再加上教龄分，骆青峰总得分排在全区三十五名民办教师里的第五名，全区总共有八个转正名额。这样，骆青峰就顺利转正了。

文件发下来以后，骆青峰摆了十几桌酒席，请来刘副区长、区教办领导、乡政府干部、村里干部、学校的老师以及亲戚们喝酒庆贺。

学期结束了，我和徐校长欣喜地看到学生的成绩与上一学期比有了很大的进步。受表扬的学科除了我教的四年级语文之外，丽芳教的三年级语文和我教的三年级数学也升到全区第三。徐校长说这都是我的功劳。受批评的学科只剩下骆青峰的数学和老民办的语文两门学科。

十一

正月十五过后,新学期又开始了,我如期来到学校。我一进学校就感到情况有点异常。往年徐校长都是早早到校的,可今年却没见到他的影子。

到了下午,学校照例开会。我来到办公室里,只见刘副区长坐在原来徐校长的位置上,他的旁边坐着骆青峰。两个人身材矮小,看上去真是天作之合。区教办林主任这次却没有过来,说是去别的学校视察工作去了。

会议开始了,刘副区长呷一口茶,清了清嗓子,拿出一个红头文件说:"下面我宣读一个文件。"我们每个人都扬起头挺起胸。刘副区长念道:"为了进一步搞好骆门乡校的工作,决定任命骆青峰同志担任骆门乡校校长。坑口区人民政府,一九八七年二月十七日。文件宣读完毕。大家鼓掌祝贺。"办公室里立即响起一阵劈劈啪啪的掌声。由于人少,掌声虽然响亮但有点稀疏,宛如游击队员骚扰敌军阵地的枪声。鼓得最响和时间最长的是老民办。老民办的手掌粗大厚实,像巨型的仙人掌。他歪着大脑袋,把手掌放在耳边频率很快地鼓着。由于过于投入,大家都鼓完了,他还低着头尽情地拍着,有点像戏台上的鼓声独奏。我则由于惊愕,几乎忘记了鼓掌,直到大家快鼓完了才鼓几下。我预想骆青峰会像军官得到职务晋升一样站起来,感谢刘副区长的栽培。可骆青峰很淡然,他依旧喝着水吸着烟,似乎这是他早就预料到的结果,就像预料到太阳会从东方升起一样。

刘副区长扩展一下话题。他说由于工作的需要，徐校长调到李阳乡校担任副校长。他又说骆青峰是本地人，工作能力强，特别善于协调人际关系。他相信在骆青峰的领导下，骆门乡校一定会越办越好。刘副区长最后说："下面请新校长讲话。"

会场上又响起一阵掌声。骆青峰站起来，深深地向刘副区长鞠了一个躬，他说："感谢刘副区长对我的信任，我决不辜负您的期望，我会竭尽全力把学校的工作做好的。同时也希望学校里的兄弟姐妹多多支持我，我们和衷共济，共同创造美好的未来。"我非常惊奇骆青峰能说出这样富有文采的就职宣言，我不知道他有没有精心准备过。刘副区长高度评价骆青峰有决心有志气，骆门乡校大有希望。

骆青峰的任命仪式结束以后，刘副区长又给我们介绍了一位新老师，名字叫黄丽青。丽青比我早一年师范毕业，长得白白胖胖的，脸圆圆的像一个大南瓜。刘副区长说，黄丽青甘愿到贫困的山区工作，她的精神值得我们学习。会场上又响起一阵噼噼啪啪的掌声。

也许是同病相怜吧，我打心眼里佩服丽青甘把青春奉献给山区教育事业的高尚品质。

会议结束了，我带着满肚子的疑问从办公室里出来：学校的教学质量刚有起色，徐校长为什么要走？走了为什么会被降职？一向懒散的骆青峰为什么民办一转正就能当上校长？还有黄丽青真有那么高的境界吗？此时我感到肚子胀胀的，于是便快步走向操场边的厕所。此时廖挂春也进了厕所。我知道廖挂春消息灵通，便急切地想问个究竟，就像当年急切地想知道我究竟有没有被师范学校录取一样。

我刚想开口，廖挂春立即举起食指放在嘴边"嘘"了一声。或许是开会的时候都憋了尿吧，厕所里不断有人进来。

廖挂春走出去之后，我便像地下党找到接头目标一样远远地跟了上去，一直跟到屋后的竹林里。

我和廖挂春各自靠在一根竹子上。廖挂春贼溜溜地看了四周一眼，便放低声音对我说："你知道徐校长为什么会走吗？"我摇摇头说不知道。廖挂春说是被人告走的。我说徐校长这么正派的人怎么会有人告他？廖挂春说是村里人告的。村里人为什么要告他？廖挂春嗤笑我见识浅薄，他说就是傻子也会知道是什么原因。经过廖挂春一提醒，我似乎明白了始作俑者究竟是谁。但我还是不明白，徐校长一直为学校尽心尽力，他究竟有什么把柄落在人家的手里？廖挂春说："徐校长的罪状主要有三条。第一，说他与当地群众关系紧张，在学校很难开展工作；第二，说他任人唯亲，致使学校教学质量低下；第三，说他态度粗暴，下属对他大为不满。"我冥思苦想，很难把徐校长的"罪状"与他的工作联系起来。说他与群众关系紧张，莫非就是指他那次不让村里人晒稻谷而闹矛盾？说他任人唯亲，是不是指上学期让我当教导主任？可我并不是徐校长的亲戚啊，大约那"亲"字是指关系亲密的"亲"吧。说他对部下态度粗暴，难道是指那次我扫墓回来他批评我吗？我想真是"欲加之罪，何患无辞"啊！如果真像我所想的那样，那徐校长的三条罪状里就有两条与我有关，我深深感到自己罪孽深重，生生地害了徐校长。

廖挂春说："兄弟，你不要像地主的田被穷人分了一样愁眉苦脸的，我们当兵的只要过好自己的日子就行了，管他谁当校长呢。"廖挂春一脸淡然的神情，似乎谁当校长就像跟智利的火山有没有爆发一样与他无关。

我无语。

我又问，那黄丽青是怎么回事，她的品格真有那么高尚吗？

"高尚个屁！她是刘副区长的外甥女，是为了追她的男朋友才来的。她的男朋友就是乡里的团委书记肖云。"

我不得不佩服廖挂春消息之灵通与社会经验之丰富，与他相比，我真如井底之蛙。听了廖挂春的话，我深深地感受到当今社会就像被猫抓乱的丝线一样错综复杂。

第二天学校如期开学。徐校长走后，学校的炊事员由骆青林的老婆凤英接任。凤英说水缸里的水太小了，叫骆青峰拿点钱出来，让青林安排人修修。骆青峰说这是必须的，他说刘副区长已经答应拨款修理了。我想起当初徐校长也在会议上多次提到这个问题，可苦于学校没有经费，区教办又没有项目支出而最终计划破产。

一天，骆青峰与我在操场上相遇，他用上级遇到下级一样的语气对我说："你办事，我放心。学校的工作就交代给你了，你放开胆子去干。"我茫然地点点头。

骆青峰在操场上晃晃悠悠地转了一圈之后就去了办公室，大约他确认没有上级领导坐在那里，于是便放心回家跟那些朋友打麻将去了。不久，老民办也加入骆青峰的队伍。他一上完课就急匆匆地往骆青峰的家里跑，好像赶车的人怕车开走一样。我经常听老民办发出叹息声："哎，一个月的工资又没了。"

廖挂春则更加潇洒自如。他课也不备，作业也不改，下课之后就忙着跟村里的几个青年凑在一起打"三星"。

黄丽青是学校的少先队辅导员，可除了上课之外很难见到她的影子。她充分利用课余的每一分钟时间来追求她与肖云的忠贞爱情。清明节到了，她也不组织队员们去扫墓，骆青峰也不去督促她。唯有丽芳，我经常看到她坐在办公室里默默地备课改作业。在她的身上，我似乎看到了紫云的影子。但丽芳总是把自己包裹得紧紧的，就像巫山一样，把自己深深地隐藏在云海里，让人看不清、摸不着。

艳梅每天都像向日葵对着太阳那样笑盈盈的。尤其是对我，她一见到我就笑着远远地跟我打招呼，还经常夸我能干，是不可多得的人才。我自然明白她的心意，她是希望学校所有的老师都埋头苦干，把学校工作推上新的台阶。

在骆青峰的领导下，学校的每一位老师似乎都各得其乐，校园里洋溢着轻松快活的气氛，但我始终感到压抑和痛苦。由于没有领导的督促，又兼环境的影响，我的惰性也像螨虫一样滋长起来。就像端午节赛龙舟一样，由于鼓声缓慢，同伴慵懒，那个极力想取胜的划手也便会松懈下来。失去了工作愿景，我就像赛车手失去前进的方向一样无所适从。而这位赛车手的心情，也便像赛车在赛道上疾驰时忽然失去动力一样失落绝望。

每当想起徐校长被告的事情,我的内心不免战战兢兢。让人感觉平静的湖面下总有暗流涌动,布满漩涡,使每一个在上面航行的人步步惊心。

我默默地完成教导主任的日常工作,但我再也没心思进课堂听老师的课了。

十二

一天傍晚,廖挂春说:"晚上电影院放琼瑶的《聚散两依依》,我们一起去看吧。"我正好闷得慌,立即表示赞同。廖挂春又说:"我们两个男的一起看没意思,叫个女的。""叫谁呢?"我问。廖挂春说:"这你不要管,到时候就知道了。"

到了晚上,我和廖挂春去电影院的时候,只见丽芳羞羞地跟在后面。

电影院由一个废弃的木器厂改造而成。当时还没有电视,也没有别的文化娱乐项目,因而来看电影的人很多,连附近村里的人也来观看,经常把木器厂挤得满满的。

廖挂春买了票之后,我们便进入木器厂。木器厂的车间里摆满了用圆木搭起的凳子,我们三人找到一处地方坐下来,丽芳不声不响地坐在我的旁边。电影播出之后,我偷偷地转过头去看丽芳一眼,丽芳立即矜持地低下头。此后,我便不敢再转头去看丽芳。丽芳坐在我的旁边静得似一尊冰雕,只有当我闻到她身上散发出的淡淡香气的时候才感觉到她的存在。

或许一个顾影自怜的男人更能体验到一个妙龄女郎的优点吧。渐渐地,我被丽芳文静端庄的气质所吸引,也被她一丝不苟的工作态度所感动。在丽芳身上,我越来越多地捕捉到紫云的气息。于是我决心追求她,想让她成为我的终身伴侣。但我对丽芳不敢一开始便有很大的举动,我担心丽芳就像山里刚出生的小鹿一样一有风吹草动就被吓得四处逃窜。我虽然属于国家正式工作人员,但我的外貌、我的家境、我的工作环境让我在女孩子面前完全失去了优越感。我准备采用迂回的方法,一步一步地走进丽芳的内心世界。于是,我便经常进课堂听丽芳的课,跟她一起交流。在工作上,丽芳似乎并不腼腆,她除了虚心接受我的建议之外,还会主动向我请教。但每当我说的话牵涉到生活上的事情,丽芳便缄口不语,于是我又只好把话题绕到工作上来。我想等我和丽芳相处自然以后,再寻找合适的机会向她表明自己的心意。

有一天,我看到木器厂门外贴着一张《欢乐英雄》的电影广告。于是我就买了两张电影票,准备约丽芳一起去看。

傍晚,我来到丽芳的房间门外。我正想敲门的时候,看到丽芳房间的门被铁包锁紧紧地锁着。我想丽芳一定去什么地方玩了,于是便站在门外的走廊上苦苦地等着。可我一直等到天黑了也没看到丽芳的影子。我看了一下手表,电影开场的时间已经到了,我只好一个人去了木器厂。

我进入木器厂的时候,电影已经开始放映了。木器厂里已被观众坐得满满的,我挤到一个角落里坐了下来。由于没有约到丽芳,我的情绪非常低落。我无心欣赏电影里的故事情节,我的思绪就像游魂一样四处飘零。我想起一心想发光却被病魔夺去生命的紫云,想起热情如火却在贫困中挣扎的秀秀,想起一心为学校工作却遭受不公待遇的徐校长。我的内心被无尽的悲哀所占领,我的胃又开始隐隐作痛。

"啪",木器厂的灯亮了,放映员开始换片。人们纷纷站起身来舒展筋骨。我忽然看到了廖挂春的身影,他正坐在我前面不远的位置上。我正想过去跟他打招呼,发现他的旁边坐着一个女孩,这女孩的脑后挂着两条长长的辫子。我定睛一看,竟然是丽芳,立时一种莫名的醋意和嫉妒像蚂蚁一样爬满了我的全身。

"啪",木器厂的灯又灭了,电影又开始放映。我的目光便不由自主地投向廖挂春和丽芳那里。借着银幕的反光,我依稀地看到廖挂春伸手拦住丽芳的腰,丽芳则把头靠在廖挂春的肩上。看到这情景,我好像吞吃了五十只老鼠一样感到百爪抓心。我抬起头想把注意力集中在电影银幕上,可我的目光总是像被强力磁铁吸住一般往廖挂春那里移去。我看到廖挂春与丽芳靠得更紧了,两人几乎黏合成了一个整体。我的胃又是一阵剧烈的疼痛,我再也坐不下去了,便站起身,悄无声息地离开了木器厂。

我回到房间里,翻倒在床上用被子蒙住自己的脸。我的眼前一片漆黑,但我的脑子里却总是出现廖挂春与丽芳亲密的画面。我焦灼地掀开被子,起身走出房间来到走廊上。一轮明月挂在碧蓝的天空上，周围的星星一闪一闪地发着冷光。我索性搬出一张椅子，我坐在椅子上头靠椅沿数着天空里的星星。母亲说，天空中有一颗星星是属于我的。但在广袤无边的星空里，我始终找不到那颗属于我的星星。我脖子酸了，眼睛花了，我只好把头低下来。此时，电影已经散场了，人们陆续走过学校前那凹凸不平的机耕路。我看到廖挂春拉着丽芳的手走过操场，一起走进丽芳的房间里。

我极力安慰自己，不要伤心，不要迷茫，以后的路还很长。"莫愁前路无知己，天下谁人不识君"。我站起身，用力甩一下脑袋，然后回到房间里。

廖挂春与丽芳成了恋人之后，我便从供销社里买来一口锅，找来砖块，搬来泥土，在自己房间外的走廊上筑了一个小锅灶。然后又与几个男学生一同上山，捡来木柴，自己烧菜一个人吃饭。自此，我在学校便独来独往，似乎成了另类。我每天除了上课之外，其余时间便窝在房间里备课、改作业、看书。骆青峰也不要求老师们做什么，反正学校的工作成效区里自有定论。

我想日常工作还是要做的，我又安排了一次家访。根据轮流搭配的原则，我恰好又跟艳梅搭在一组，家访的路线是石坦村。

从石坦村回校的时候已经是晚上九点多了。我和艳梅吸取了上次的教训，两人各自带了一盏手电筒。我默默地在前面走着，越走越快。艳梅在后面喊着："年轻人，等等我啊！走那么快干吗，哈哈哈，我又不会吃了你。"艳梅的声音魅力非凡，富有女性的质感。我转过身来，看到艳梅娇小袅娜的身影，想起艳梅与刘副区长那天晚上的情形，想起紫云，想起秀秀，想起丽芳，不由得加快脚步向前走去。

十三

一个学期就这样浑浑噩噩地过去了。暑假的一天，原先初三的老班长周奇给我打来电话，叫我去坑口聚聚。我起身赶往坑口，有十几个同学已等在那里。廖挂春因临时有事没有赴约。我们还邀请了当年的语文老师兼班主任李木荣到场。那时李老师已担任坑口中学的校长。

我们围坐在一张大桌子上，一边吃一边聊。自初中毕业之后，我们各奔前程，风流云散。如今有在单位工作的，有在村里种地的，有在外地做生意的。得意的，不得意的，全都把情感宣泄在酒上。我不胜酒力，几杯啤酒下肚之后，我眼前的人影便开始摇晃起来。接着又是一阵酒杯相碰的噼啪声，苦涩的啤酒不断地流进我的肚子里。我的眼前一片模糊，不知自己身处何方。

第二天早上醒来的时候，我发现自己躺在坑口宾馆的床上。我看到床头柜上有一张字条，上面写着：

老同学，没想到你这么不经喝。我们有事先走了，以后再聚。

另：李老师叫你去他那里坐坐。再见。

周奇
7月9日

我立即起床，简单地洗漱一下便离开宾馆。

我轻轻地敲了敲李老师的门，李老师似乎早就预料到我会去他那里似的，他应声说："进来吧。"我踏进李老师家。此时李老师正坐在桌子旁边看一本文学杂志。李老师叫我"坐"，我便在他对面的一张方凳上坐下来。我刚坐下，李老师就开口说："我这里正在搞'普九'，需要初中语文老师。你是我的学生，我了解你的语文水平。我看你在骆门待得也不是很如意，你下学期就到我这里来吧。"我很佩服李老师敏锐的洞察力，一次聚会就能看出我的处境。李老师的话无疑让我感到振奋，就像一个孤独无助的沙漠旅行者看到一支路过的驼队一样。但我又立即担忧起来，就像担忧眼前的那支驼队不是真的而是虚无缥缈的海市蜃楼一样。两年来的经历让我渐渐明白，人事关系错综复杂，不是李老师一句话就能解决的。

我说我是小学编制，教育局会同意吗？李老师说教育局已经有了政策，为了解决初中师资不足的问题，计划从表现优秀的师范毕业生里选调一批上来当初中老师。

"刘副区长那里会同意吗？"我想起刘副区长那威严的脸孔，身体不由自主地打了一个寒战。

李老师说："这个由我来处理。坑口中学是教育局直管单位，只要教育局同意，他那里是顶不住的。"李老师的话无疑给了我很大的信心。"你立即写一张申请报告给我，我拿到教育局去批。"

李老师随即向我递来一张纸和一支钢笔。我摊开纸，写上标题和称呼，但是正文不知道写什么。李老师说："你就写'为了更好地为普九工作做贡献,我志愿调到坑口中学工作'就行了。"经李老师一提醒,我很快就写好了申请报告。

李老师把我的报告收进抽屉里,胸有成竹地对我说:"你就在家等我通知吧。"

整个暑假,我始终为调动的事情惴惴不安,总担心会有一股说不清道不明的力量把事情给搅浑。我时常跑到乡政府给李老师打电话了解情况,李老师总是说:"你放心吧,过几天就会有消息了。"

直到开学前两天我才接到李老师的电话,叫我去坑口中学报到。这消息无疑让我欢欣鼓舞。

第二天早上,我早早起身来到骆门乡校。由于还没开学,学校空无一人。我打点行装,仍是来时的那一担子。我挑起担子走出学校,在骆门乡校两年多时间的经历便像放电影一般一幕幕地展现在我的眼前。我的心中不免产生一种"古人不见今时月,今月曾经照古人"的沧桑之感。我把行李和我自己一并放在一辆拖拉机斗上,拖拉机"哒哒哒哒"地向前行驶着。我回望骆门,不由得想起徐志摩的诗:"轻轻的我走了,正如我轻轻的来。我轻轻的招手,作别西天的云彩……"

我来到坑口中学,走进李老师的办公室。我一进门,身后便传来一个熟悉的声音:"嘿,我也在这呢!"

我转身一看,原来是秀秀。我向秀秀走去,秀秀向我走来。两人快相遇的时候,同时伸出手"啪"的一声击了一下掌。

李老师说："嗨，原来你们认识啊！她是坑口中学请来的排球教练。"

工作很快就安排下来，我教初一两个班级的语文。面对新的工作，我再次想起陶老师说过的那句话："是金子总会发光的。"

梦 与 归

一

春晓刚走出考场，传达室老张的大嗓门便亮起来了："春晓，电话！"春晓愣了一下，便屁颠屁颠地向传达室跑去，接过老张手里的话筒。电话那头传来美琳甜美的女高音："阿晓，考得怎样？"

"不怎么样，表姐。"

"那就来云州吧，你反正不是读书的料子。"美琳话音里颇有幸灾乐祸的韵味。春晓感到没底气反驳，便自惭形秽地回了一句："好吧，我考虑考虑。"

"不要考虑了……"电话里余音未了，春晓已挂下话筒，跑回寝室，背起行当，急匆匆地向车站跑去，去赶老吴回里岙的拖拉机。

老吴的拖拉机不停地发出枯燥烦闷的"哒哒"声，沿着一条蜿蜒的机耕路爬升到山顶，然后又盘旋到山脚，经过两个多小时的颠簸终于到达里岙，在乡政府门前停了下来。春晓下了车，急急地向青岙赶去。走到自家院子时，月亮已爬上了东山，地上投下婆娑的树影。春晓有气无力地喊道："妈，我回来了。"妈妈赶忙迎出院子，接过春晓肩上的行头走进家里。

堂前间里亮起一盏昏黄的白炽电灯，一家人围坐在四方桌前。春晓说："妈，我想去云州跟表姐一起打工。"美琳比春晓大四岁，初中毕业后便如海里的鱼儿一般，随着打工队伍的潮水涌到了云州，如今混成一家登山鞋厂的领班。

妈妈说："阿囡，去不得，打工太苦了。"爸爸在一旁不做声，用烟筒头梆梆地敲着墙根表示反对。嫂子翠花说："阿晓，别去，在家好好待着，过几年找个好后生嫁了便是。""不，我就要去。"春晓倔强地坚持着。春雨说："妈，就让姐去吧。"家里数春雨年纪最小，但由于他会读书，说话颇有分量。哥哥春禾说："她想去就让她去呗。"

第二天清晨，天刚蒙蒙亮，春晓扛着一个编织袋走出院门。妈妈眼里噙着泪水，站在屋檐下喊："阿晓，吃不了苦就回来。""妈，我知道了。"春晓高声回应着，不久便走过村口的土地庙，下了青岙岭，走过青溪前，爬上岙口岭。

天空的白光渐渐吞噬了夜色，春晓气喘吁吁地走到里岙，远远听见乡政府门前的大喇叭传来张雨生的歌声："我的心跟着希望在动，我的未来不是梦……"歌声间隙，春晓忽然听见公路上传来拖拉机"哒哒哒"的马达声。春晓狠命向前赶去，赶到乡政府门前时，只见老吴的拖拉机已经缓缓地向前驶去，车斗上坐满了人。春晓大声喊：

"老吴……叔,快停下!停下!"可拖拉机依然持续前行,老吴怕那里的黄泥路面太陡,一停下就会产生倒滑。春晓追到拖拉机后面,车上有个年轻人喊:"快把行李抛上来!"春晓将编织袋狠命一抛,年轻人接住放在车斗上。春晓想追,年轻人又喊:"不要追了,快去上一截公路。"春晓又呼哧呼哧跑上乡政府旁边的石阶,来到后山的公路。拖拉机绕过一个弯道哒哒哒地向春晓驶过来,越驶越近,春晓心里不由得怦怦直跳。年轻人蹲下马步,伸开两手做出拉春晓上车的姿势。老吴把拖拉机降到最低时速,缓缓驶近春晓,年轻人伸手拉住春晓的胳臂,春晓脚踩拖拉机车斗后沿一跳,年轻人顺势一拉,两人便摔进车斗里。众人把两人扶起来,春晓如释重负般地叹了一口气,腼腆地说了一声"谢谢"。年轻人在车斗边沿上挤出一点位置让春晓坐下来,两人便你一句我一句地攀谈起来。原来年轻人叫谷峰,里岙山阳人,正赶去岙口参军体检。

拖拉机到达岙口后,客人们下车后各自散去。谷峰扛起春晓的编织袋,一直把春晓送到车站,然后转身匆匆走了。

春晓在岙口上了一辆客车,一路颠簸,傍晚时分才到达云州车站,美琳已早早等在那里了。几年没见,春晓感到美琳大变了模样:原先的两条长辫子不见了,一头闪亮的黑发披散在肩上。穿着也时尚起来:紫红色T恤,天蓝色牛仔裤,圆规似的高跟鞋,走起路来身体一扭一扭的如杨柳拂水。

车站里熙熙攘攘,春晓紧紧地跟在美琳的身后走出大门,上了一辆公交车,大约四十分钟后便到达沙镇。两人下了车,坐上一辆三轮车"叽咕叽咕"驶过一条条街道,来到"丰裕登山鞋厂"门外。美琳领着春晓走进厂房,上了二楼,横过一段走廊,走进一个女工宿舍里。宿舍两边靠墙立着铁床,上下两层,总共有十二个铺位。铺位上凌乱地放着女工睡后未整理的毯子和一些衣服之类的东西,春晓感觉这里比岙口中学的学生宿舍乱多了。美琳走到最里头靠窗位置,示意春晓把行李安顿在上层的一个空位上。

天色渐渐暗了下来,街道上亮起一盏盏霓虹灯,美琳带春晓在街边的一家店里吃了一碗拉面,然后吩咐春晓:"你早点休息,明天准备上工。"说完便坐上一辆三轮车走了。春晓独自回到寝室,铺开毯子躺在床上,身体累得像一摊泥。

迷糊中,春晓被几个女工的说话声吵醒。春晓睁开眼睛一看,只见几个女工坐在各自的铺位上说话,听口音她们来自不同的地方,大抵有四川的,有江西的。一个胖胖的女工瞪大眼睛好奇地看着春晓,问:"你是张领班什么人?"春晓说:"我是她表妹。"女工便不作声,然后上床拉起被单睡觉。直到半夜,春晓才发现美琳悄悄地回到寝室里,便轻声问:"表姐,你去哪了?"美琳嘴里吐着酒气,打着饱嗝说:"不要问了,赶紧睡觉。"

第二天早上,美琳带春晓来到车间。只见车间里摆着一排排长长的桌子,女工们分坐在桌子两边,低着头吱吱吱不停地拉着麻线。美琳说:"先织一段时间麻底再说,以后再换好的工作。"春晓点头说"行"。美琳一招手,一个矮个子年轻人随即搬来一叠麻线,又将一把剪刀、一个锥子放在桌上。美琳跟年轻人说:"新明,她是我表妹，你对她照顾点。"新明回声"好嘞"，然后便教春晓怎么织。春晓坐在桌前，拿起一枚带钩的针狠命地戳过卷成椭圆形的麻底，把对面的麻线抽拉过来。拉了几针之后，春晓感到手臂酸酸的。

月末，春晓领到了第一笔工资，虽然不高，只有两百多元钱。由于这是她平生所赚的第一笔钱，内心不由得充满自豪和喜悦。美琳凑过来说："发财了吧？来，带你去镇上逛逛。"

春晓跟着美琳上了一辆三轮车，叽咕叽咕地驶进沙镇的商业街。街道上人山人海，有走路的，有骑车的，有开车的，喇叭声此起彼伏。街道两边是一排排商店，里面的商品琳琅满目，看得春晓眼花缭乱。美琳带着春晓走进一家服装商场里，只见架子上挂着各式各样的女装，有夹克，有风衣，有裙子，有牛仔裤。店铺里不断有女郎进进出出，她们都穿着靓丽的衣服，披散着头发，身材窈窕，走起路来身体一扭一扭地，浑身飘着香水气。春晓惊羡地看着一个个从身边走过的女郎。美琳从墙上拿下一件紫红色的风衣走进试衣间里，不久便穿着风衣从里面出来，在风衣的映衬下脸蛋红扑扑的。美琳便去柜台里付了钱，然后自得地把风衣提在手里。春晓眼睛紧紧地盯着墙上挂的一套女装：紫红色的衬衣，天蓝色的牛仔裤。春晓凑近一看，标价三百一十元，春晓不由得吐了一下舌头，心想自己打工一个月还买不起一套衣服。美琳靠过来说："这衣服不错，买下来吧。"春晓立即头摇得像拨浪鼓似的说："不不不，我哪买得起啊？"美琳说："买得起，打折下来只要两百多元。""那我也买不起。""先穿上试试吧，试试不要钱。"美琳拿下衣服，把春晓推进试衣间里。

春晓在试衣间里穿上女装，对着镜子照着，感觉自己像换了个人似的。身材顿时窈窕起来，好像比原先高了许多，皮肤也变白了。美琳凑近说："不错吧，穿上就变城里人了。"春晓感觉山里人和城里人最大的区别就是穿着打扮不一样，其实山里的姑娘并不比城里的长得差。美琳拿着女装与售货员讨价还价，最后价格压到了两百一十元钱，美琳掏出皮夹子付了钱。春晓不安地说："表姐，这怎么行？""没事，算是表姐送给你的礼物吧。"美琳淡淡地说，然后把服装塞到春晓的手里，两人便走出服装市场，乘上一辆公交车往回走。

公交车在马路上转着，车上挤满了人，一到站便倒豆子似的下去一拨，然后又上来一拨。车窗外处处可见一座座崭新的洋房。春晓想：乡下和城里，的的确确是两个不同的世界。

一天，美琳跟春晓说："阿晓，我要结婚了。"

"结婚？跟谁？"春晓颇感意外。

"这里的老板。"

"老板？是我们鞋厂的老板吗？"美琳点点头。春晓的眼前立即浮现出那天在车间里看到老板的形象：秃顶，圆脸，五十来岁，身材又矮又胖。"你跟他？"春晓百思不得其解似的又问了一句。

"是啊，跟他有好日子过。"美琳说，然后便向春晓说起老板的身世。老板姓李，原是沙镇一个普通农民，五年前妻子被车撞死，老板便利用获得的赔偿款办起了登山鞋家庭作坊。由于销路好利润高，两年后就收回了成本。后来通过家族投资扩大了规模，创办起登山鞋厂，成为沙镇里首屈一指的富裕人家。

美琳说老板家里的生活跟普通人相比，就像皇帝跟黎民百姓比一样，妃子是从不嫌皇帝老的。春晓不由得想起那天在商店里买服装的情形，心想怪不得美琳那么有钱，那么大方。

一个星期后，美琳和老板便举行婚礼。婚礼在老板的家里举行，春晓给美琳当伴娘。老板家大洋房的门前挂着一圈红艳艳的气球，厅堂正中贴着一个大大的"红双喜"，天花板上挂下一盏玻璃大吊灯，大理石地面映着耀眼的光。

婚礼开始了，大厅被客人围得水泄不通。乐队奏响《婚礼进行曲》，美琳穿着洁白的婚纱，脸上涂着脂粉，脖子上挂着金灿灿的项链，耳垂挂着晶莹剔透的玉环，羞涩甜蜜地扶着老板的胳臂走出大厅。老板身穿蓝色西装，胸前戴着红花，秃顶的脑门油光闪亮，额上横跨着一绺弯曲的发丝，脸上溢满春风得意的神采。在司礼的指引下，新郎新娘向宾客鞠躬，互相鞠躬，互送结婚戒指，场上不时传来阵阵喝彩声和掌声。

院子里摆着二十来桌酒席，老板带着美琳一一向客人们敬酒。客人们一个个喝得红光满面。

美琳成婚后不久，春晓便调动工作岗位，与新明一起负责管理车间进出的货物。比起以前，春晓感到轻松了许多。她默默地记着表姐对她的好，往后又平静地度过两年时光。

一天，美琳对春晓说："表妹，你也嫁到下面来吧，我们也好做个伴。"春晓羞羞地说:"表姐,我还小呢。"美琳说:"不小了,早该考虑了。这里经济发达,到处都有钱赚。生活也方便,不像我们山里,买一斤盐都要翻山越岭赶十几里山路的。"春晓说:"好是好,只是离家太远,我妈会不同意的。"美琳说:"姨妈那里不要担心,我会说服她的。"春晓想起那个秃顶的表姐夫,便说:"年纪太大的我可不嫁。""哪能呢?给你介绍个年轻的。"春晓轻声问:"谁?""远在天边,近在眼前,就是你的搭档新明啊。"春晓听了扭捏着不做声。

春晓感觉新明跟山里的小伙子没什么两样,个子矮小,皮肤黝黑,性格温和。自来厂里之后,新明似乎对她特别关心:织麻底的时候,经常过来帮她拉线;盘点货物的时候,总是不让她拿重的。

傍晚,美琳拉着春晓的手来到一处叫前庄的地方,春晓感到这里与镇上繁华的地方相比恍如两个不同的世界:一条小河穿村而过,小河里的水又黑又臭,水面上漂浮着一片片白色的泡沫。小河的两岸密密麻麻地散落着一座座低矮的瓦房,零零乱乱地闪烁着昏黄的灯光。美琳说新明就住在那里,原先老板也住那里。新明与老板是远房叔侄关系,平常管老板叫"叔"。他的父亲是个哑巴,长年种着几亩田地。母亲每天编织渔网赚点零钱。新明是家里的老大;老二有点跛脚,干不了重活,高中毕业后去厂里学技术;老三还在学校里读书。

春晓听了心冷得像进入冰窖一般。美琳说城里人讲排场,十全十美的人家是不会娶山里女孩做媳妇的。新明家里目前条件是差,但毕竟沙镇地点好,有发展前景,山里人富裕要一分一分地攒,城里人发的时候就像洪水一样挡也挡不住。

美琳又手指着河浃的另一边,只见不远处立着一排排崭新的洋房,街灯像天上的星星一般不停地闪烁着。美琳说:"那里就是沙河,也就是我和老李住的地方。村里人赚了钱后都在那里盖新房子。"

春晓看看沙河,又转头看看前庄,心想:城里和山里确实不一样,山里人每户人家的生活水平基本上是均匀的,而城里的富人和穷人之间差距实在太大了。城里的穷人通过拼搏,都能成为富人吗?

年关到了,春晓回到青岙。与城里相比,春晓感到村里实在太冷清了。晚上,一家人围坐在堂前间里。妈妈说:"阿晓,你明年就不要去了。山阳那边有人过来提亲。那后生当过兵,人长得铁塔似的。""山阳,退伍军人?"春晓心头一震,问:"叫什么名字?""叫什么峰。"嫂子补充道:"叫谷峰。"谷峰?春晓立即想起那天赶车时的情景,心里顿时泛起一阵阵涟漪。春晓的耳边又回响起表姐的话音,眼前浮现出沙河上那片整齐华丽的洋房,便说:"妈,不急,以后再说吧。"

春节过后,春晓又来到沙镇。美琳对春晓说:"表妹,新明很喜欢你,你就嫁了吧。""这……"春晓的眼前如电影蒙太奇一般闪出一幅幅画面:一会儿闪过谷峰壮实的身影,一会儿闪过新明腼腆的表情;一会儿闪出一座座连绵的群山,一会儿闪出一片片平整的田地……春晓的思绪从山里和城里好像电视频道一般不停地变换着,最终定格在城里繁华热闹的街道上,那里有琳琅满目的商品,两边立着华丽整齐的洋房，便对着美琳轻轻地点了点头。

美琳风风火火地赶到青岙，向姨妈提起春晓的婚事。春晓的妈妈一听春晓要嫁城里，眼里立即闪出泪花，说："这怎么行啊？一年半载都见不着一面的，是死是活都不知道。"美琳立即说："呸呸呸，姨妈怎说这样的话呢？要是春晓能嫁到城里，是春晓的造化啊。"美琳便把城里的好处大说特说一番。翠花在一旁听了心里痒痒的，便说："城里有那么好吗？要是有那么好，我下辈子也嫁到城里。"春禾听到立即抢白地说："你要嫁，现在就嫁了去。看你五大三粗的，城里人谁要你啊？"翠花立即白了春禾一眼，说："你是嫌我没你妹妹好看不？那你还娶我？"春禾又想说话，父亲的烟筒头便在墙根上"梆梆梆"地敲了起来，夫妻俩便不再犟嘴了。

听美琳这么一说，春晓的妈妈心里便有了波动，心想美琳毕竟是自己人，会全心替春晓考虑的，最后就松了口："好是好，只是不知那后生怎样。"美琳立即说："你放心，那后生绝对老实本分，我们家与那些七扭八歪的人不合辙。"

得到姨妈的应允之后，美琳便趁热打铁两头跑了几趟，婚事便定了下来，约定次年正月办喜事。由于双方都是困难家庭，一切礼节从简。

二

  清晨，天幕上星光点点，春晓穿着一身红色的嫁衣走出家门。她深深地意识到，跨出这道院门就不再是青岙胡家人了，就像乳燕飞出旧窝一般，要独自去远方闯出一片新的天地。春晓忍不住回过头来看一眼自家的房子，只见昏黄的灯光下，妈妈呆呆地靠在窗前抹眼泪，爸爸坐在竹椅上吸烟丝。嫂子站在屋檐下一边向她挥手一边喊："阿晓，你要常回家啊！"

  春晓转身走出院门，抽噎着走过土地庙，追上走在前面的春禾与春雨。春禾肩上扛着一个木箱子，春雨背着两条红被子，这是家里给春晓置办的全部嫁妆。山上忽然传来几声杜鹃鸟的叫声："不如归去，不如归去……"春晓听了不由得打了个冷战，起了一身鸡皮疙瘩。

  三人来到里岙，不觉天已大白。春晓回望青岙，只见那里的山冈上升起一朵朵白云，慢悠悠地向天边飘去，愈飘愈远。春晓感到自己就像天边的那朵云，离开山冈，不知道飘向何方。

  老吴的拖拉机停在乡政府前的马路上，春禾和春雨把木箱和被子装上了车斗。老吴说这次是专车给春晓送嫁，春晓便独自一人坐在木箱子上。拖拉机哒哒哒启动，车身不停地颤抖起来，春晓噙着眼泪向春禾和春雨挥手告别。路上，春晓的眼前不时浮现出那天赶车时遇到谷峰的情景。

  两小时后，拖拉机来到了岙口，美琳和新明迎了上来。老吴帮忙把木箱和被子装上一辆五菱车。美琳递给老吴一包香烟和一包糖果，老吴连声道谢，然后掉头驶回里岙。

新明牵着春晓的手坐进驾驶室里。车子呜呜启动，随着山势如扁豆藤似的上下盘旋，窗外的青山、毛竹晃悠晃悠地往后移去。春晓捂着微微隆起的肚子想吐，新明伸过手臂紧紧地搂着她。

中午时分，车子驶进县城，一车人草草吃了午饭后，便沿着云江继续往云州驶去。起初云江极其狭小，两岸的青山逼仄而来，水面一片碧绿，江边的道路歪歪扭扭。往后道路变得平坦笔直，江面渐渐开阔，水面泛白，最终呈现一片黄色。江的两边是一望无际的田地，平整如砥，田里种植着各色庄稼。田边是一座座白色的楼房，时有高高耸起的烟囱，烟囱上升起一股股白色的烟雾。

天色渐渐暗下来，道路两旁的街灯亮了起来，忽明忽暗，宛如夜空闪耀的星星。车子最终"嘎"的一声停在新明那座乌黑矮小的砖瓦房前，屋前挤满了人，他们有前来贺喜的亲戚，有专来看热闹的邻居。新月带着几位亲戚从家里走出来，七手八脚地把车斗上的箱子、被子搬进屋里。人群里传出嘀咕声："山垟人，穷兮兮。"春晓下了车，一阵弥漫着尘埃的冷风吹了过来，春晓打了个寒战，便捂着肚子向屋里走去。

屋前的场地上摆着五六张桌子，灶台里冒着热气，帮忙的端上热菜，亲戚们一边聊一边吃着。新明和春晓一一向亲戚们敬酒，春晓不会喝酒由新明代喝，新明直喝得满面红光。

亲戚们散了，春晓走进新房。房间异常狭小，靠墙摆着一张古老的洞床，床上叠放着几床红色的被子。春晓把被子搬到沙发上，仰面躺在床上，迷茫地看着窗玻璃上一张红艳艳的"囍"字。

第二天，新明和哑巴父亲便早早起床往沙河走去，那里的两间洋房已盖了一层，原先由于资金短缺被迫停了下来。春晓把自己打工积攒的一万元"体己钱"拿了出来，加上亲戚们喝喜酒送的礼钱，房子便可以持续往上盖。父子俩准备先盖两层，新明一间，新月一间，以后赚了钱再一层层向上延伸。

春晓起床后胡乱吃了点早饭，骑上一辆自行车驶向丰裕登山鞋厂，路上处处可见来来往往赶工的人们。

车间里，春晓给员工们一一发货，美琳扶着老板的胳臂走了进来。老板咕的一声往肚子里吞下一口唾液，嚅动几下嘴唇吐出半文半白的普通话。员工们伸长脖子吃力地听着，美琳时常给员工们充当翻译。老板说由于厂子扩大规模，从明天开始搬迁到沙田工业区，员工们以后都要去那里上班。车间里发出一阵阵嘈杂声。

美琳来到春晓身边，看着春晓隆起的肚子，说："表妹，你该回家歇着了。"春晓苦涩地说："没办法，家里缺钱呢。"

三个月以后，新明和哑巴父亲终于建好了新房。新明和春晓匆匆搬进新家。

夜里，春晓感觉肚子里传来一阵阵撕心裂肺的疼痛。新明立即起床，扶着春晓上了三轮车，然后急急地驶进沙镇医院里。

春晓无助地躺在产床上，脸上迸出一颗颗豆大的汗珠子。疼痛一阵一阵袭来，她想哭，她看见旁边站着几个脸色冰冷的医生和护士，便咬紧牙关不让自己哭出声来，此时她多想扶住母亲那双粗糙有力的大手。

产房里传出一声婴儿的啼哭，春晓产下一个女孩。春晓给女孩取名叫彩云。三天后，春晓抱着彩云从医院回到家里。婆婆端上一碗鱼汤，春晓喝了一口，喉咙里漫上一股腥味，忍不住呕了起来。新明赶紧过来给春晓捶背。春晓对新明说："阿明，你去青岙把我嫂子接过来。"新明应了声"用着"，便急匆匆地走出家门。

第二天傍晚，嫂子翠花在新明的引领下走进家里。翠花带来一缸红酒、两只鸡、两只兔子、一篮鸡蛋、一袋母姜。翠花一放下货物，便来到春晓的床前，整理一下春晓头上的白毛巾，又俯身看一下正在熟睡的彩云，然后便絮絮叨叨起来，说妈妈原想过来，但她一看见车就想吐。翠花还说女人坐月子就像脱胎换骨，照顾不好会落下终生的病根。春晓眼眶里噙着泪水，紧紧地攥住嫂子的手。

嫂子走出房间，春晓便听到厨房里传来一阵"咯咯"的鸡叫声。不久，鼻息里便飘进一股久违的鸡汤的清香。

十天以后，翠花扶着春晓的手说："阿晓，我要回去了，家里又要喂猪，又要下地。咱妈忙不过来，这里全靠你自己了。"春晓湿润着眼睛送走了嫂子。

三

　　丰裕登山鞋厂搬迁以后，由于离家太远，新明和春晓便不再去厂里上班。新明身材矮小，干不了挑砖块、扛水泥之类的重活，最终租来一辆人力三轮车，干起送客的活。春晓常常看见新明浑身淌着汗水，喘着粗气，叽咕叽咕地踩着三轮车在马路上、巷子里穿行，为那些不识路的外地人或懒得迈动双脚的有钱人代步，然后拿回几块零钱给家里买菜买日用品。春晓感到新明有点窝囊，但为了生活，新明又不得不那样做。这里不比山里，除了哑巴父亲种的粮食和青菜，什么都要花钱去买，特别是彩云出生之后，家里的开销更大了。

　　彩云满月之后，春晓便把她交给婆婆看管，自己去一家工厂里踩鞋包。婆婆又时常把彩云送到工厂里，说彩云没妈妈的奶吃老是哭。春晓噙着泪给彩云喂奶，心想婆婆又要干家务，又要织渔网，挺不容易的，就干脆把彩云背在肩上。彩云在肩上待久了又哇哇地哭起来，旁边的女工不耐烦地看着春晓。春晓只好又放下彩云，"呜呜"地一边给彩云喂奶，一边哄彩云睡觉，等彩云睡着后又背在肩上继续踩鞋包。春晓感到自己的肩上像压下一座山似的。

　　傍晚，春晓背着彩云踩着自行车回家，看见路旁的窑洞里升起一股股青烟。窑边停着一辆五菱车，两个后生往五菱车上装砖块。春晓忍不住走了过去，看见一个老人正在烧窑。春晓便走近老人，怯怯地问："大伯，一块砖卖多少钱？"老人瞅了春晓一眼，不耐烦地说："两毛五分钱。"

"两毛五一块砖,十块砖就是两块五。"春晓一路盘算着,心想现在城里到处盖房子,需要大量砖块。不如叫新明也筑一个砖窑,烧出砖来卖给建筑工地。

春晓到家的时候,新明踩着三轮车正准备出去。春晓忙叫住新明,说有事跟他商量。春晓一边吃着饭,一边跟新明说起做砖的事。新明掐指算了一下,一块砖估计有一毛五的利润,便赞许地点点头。砖窑建在哪里呢?城里不像山里,每一寸土地都像黄金一般珍贵,唯一的办法就是把砖窑建在自留地里。新明说:"这事还要跟阿爸商量才行。"于是一家人便来到老房子里。哑巴父亲一听新明要在自留地上建砖窑烧砖,立即直起脖子,"哦哦啊啊"地对着屋子的地面指手画脚起来,意思是说:田里的泥烧砖后就不能种稻子和蔬菜了。新明说田泥做砖比种稻和菜划算多了。哑巴父亲就是不同意,不停地"哦哦啊啊"地叫着。新明涨红了脸,对着哑巴父亲用手指了指老房子,又指了指彩云,意思是说:不赚点钱以后的日子怎么过?还说田边是河塘,做砖后可以把那里的泥取回来当田泥,可以继续种稻和种菜。哑巴父亲的声音终于越来越小,最后平静了下来。

第二天清晨,新明和哑巴父亲便拿着铁杵、铲子来到两千米外的自留地里挖地、筑墙。五天之后,便在田边筑起一个砖窑,又在一旁搭起一个棚子,接上水电。春晓便带着彩云住进棚里,一边照看彩云一边给父子俩烧饭洗衣服。新明从市场上买来两个砖匣,放在一个木架上。父子俩便挖起田泥,集到一个小池里,倒入水用脚踩粘，掷到砖匣上，做成一块块砖坯，放在沙地上晾干，然后又集进窑里。新明又从山里运来一车细柴，父子俩一边做砖坯，一边日夜不停地烧窑，一直烧了五天五夜。闭上窑门，三天后便出砖。窑子里滚烫滚烫的，父子俩冒着汗把砖一块一块地搬出来。砖一放到场地上便立即有人过来买走，一窑下来赚了两千多元钱，比平常做苦力收入高了好几倍。春晓说，不如去雇一个农民工来帮忙，那样就可以多出砖多赚钱。新明觉得有理，便来到沙镇劳动力市场，领回一个高大健壮的农民工。农民工戴着斗笠，肩上扛着一捆叠成四四方方的行李袋。春晓感到那斗笠的样式跟青岙的一模一样，仔细一看那人竟然是谷峰，不由惊讶地叫了一声："是你……"谷峰惊愕地看看春晓，又看看新明，然后就地放下行李袋，转身拔起一锹田泥甩开膀子"嘣"的一声掷进砖匣里，拿起木鞡梆梆地拍实，又端起砖匣往沙地上一放，留下两块结实方正的砖坯。

春晓默默地把谷峰的行李搬进棚里。

虽说是秋日，沙镇的太阳依然很辣。城里的太阳由于缺少山的遮挡和树的荫蔽，每天映照的时间似乎比山里长了许多，烤得谷峰脸上直冒汗水。春晓端上一碗茶，递上一条毛巾。谷峰擦了一把脸，仰起头咕噜噜地把茶灌进肚子里，喉结一滑一滑上下鼓动。

天色渐渐暗了下来，谷峰收了工，春晓端上一大碗白米饭，谷峰接过，蹲下身子，拿起筷子呼哧呼哧地把饭扒进嘴里。夜色笼罩着大地，谷峰舔舔嘴唇，问有住的地方没有。新明叫谷峰跟哑巴父亲回老房子那里过夜。谷峰环视一下四周，说"不用了"，然后走到田边的一个稻草垛边，抽出一捆稻草铺在地上，又搬下几捆靠在草垛上，搭成一个简易的稻草棚。谷峰从行李袋里拿出一条被单，把身子缩进棚里，不久里面便传出呼呼的鼾声。

皎洁的月光透过棚子的缝隙漏了进来，棚外传来"吱吱吱吱"蟋蟀的叫声。春晓静静地看着棚外，她想谷峰半夜里会不会冷？又想谷峰当过兵，身体又那样强健，应该扛得住，然后便放心地睡了。

第二天早上，新明和彩云在床上美美地睡着。春晓起床烧饭，看见谷峰已做出了一大堆的砖坯。不久，哑巴父亲也来了，场地里又传来一阵噼噼啪啪的响声。一窑砖坯很快就做好了，三人把砖坯集到窑洞里，窑洞上又升起一股希望的青烟。

一天，场地上来了一群人，有土地局的、环保局的，全都穿着整齐的制服，戴着大盖帽。管土地的说："土地是属于国家的，你这是破坏土地资源。"管环保的说："你们在这里烧窑，污染空气和水源。"两家单位责令新明立即停止操作，恢复场地原状。一星期后再来查看，整改不到位要重罚。

土地和环保的走后，新明急得涨红了脸，不知怎么办才好。谷峰说："国家对土地和环保工作抓得越来越紧，硬扛是扛不过去的。"父子俩只好送走谷峰，平掉砖窑，从河塘里一筐筐地搬回淤泥填到田里。

四

经过省吃俭用,春晓家里终于积攒下三万多元钱,新明想利用这些钱把房子再往上盖一层。春晓想,盖了房子之后,家里又要过拮据日子了。在城里,靠埋头苦干永远也改变不了家境,要像李老板那样搞投资才能过上富裕的生活。于是便跟新明商量,如今孩子还小,房子暂时还住得下,不如拿这些钱去搞点投资,等赚了钱再盖房子,直接盖两层,一次性盖成。新明觉得有理,但去哪里投资呢?在沙镇,随处可见竖起的厂房和家庭作坊,马路边、巷子里时时传出机器的马达声。人们处处在搞投资,赚了钱后盖起崭新的洋房,过着宽裕的日子。但新明一家却由于缺乏社会资源,家底又薄,人又太实在,搞投资却总是如猎狗见到刺猬一般无从下手。

春晓想起了美琳,或许她有投资的门路,于是便来到了老板家的洋房里。洋房的防盗门紧紧地锁着,春晓按了一下边上门铃。一个四十来岁系着拦腰的阿姨打开门,探出头来问:"你找谁?"春晓说:"我找美琳。"阿姨问:"你是李太太什么人?"春晓说:"我是她表妹。"阿姨把春晓迎进客厅里,示意她坐在沙发上等一下。不久,美琳穿着睡衣从楼梯走了下来。一段时间不见,春晓感到美琳比以前富态了许多。

美琳在春晓的边上坐了下来,伸手从茶几上拿了一个橘子递给春晓,问:"表妹,你找我有什么事?"春晓说自己想搞点投资。美琳说鞋厂正想进一步扩大规模,要不跟老李说说让春晓也投点。

春晓立即说:"那最好了。只是不知老板会不会同意。"美琳说:"这个,我有办法。"说完便走上楼梯,过了十来分钟才从楼上走了下来。春晓感觉美琳又变了一个人似的:脸上搽着脂粉,唇上涂着口红,耳边挂了耳环,上身穿一件粉红色的皮衣,皮衣的后襟只挂到小腿中部,腰部套着一件黑色的皮短裙,下身穿着肉色的丝袜,脚穿紫色的高跟鞋,走起路来袅袅婷婷,真正一副阔太太模样。

两人走出客厅,一辆白色的小轿车停在门口。美琳打开后车门示意春晓进去,自己从另一边上车坐进副驾驶室里。司机是一个五十来岁的男人,穿着整齐的西装。等两人坐定以后,司机便启动车子平稳地往前驶去。大约三十分钟以后便来到了丰裕登山鞋厂。美琳把春晓带进董事长办公室里。

办公室宽敞明亮,老板靠在办公桌后的椅子上悠闲地吸着烟,秃顶的脑门闪着亮光。春晓惴惴不安地在办公桌前面的沙发上坐了下来,一个阿姨给她端上一碗清茶。老板见了美琳,暧昧地说:"宝贝,你怎么来了?"美琳扶着老板的肩膀,娇嗔地说:"我这不是想你了吗?"老板抚摸着美琳的手背。美琳缩起双手,说:"我表妹找你有事呢!"老板看了春晓一眼,问:"哦,是新明家的吧,找我有什么事?"美琳说:"她想在我们厂里投资。""投资?"老板摆动着宽大的身体,说:"鞋厂发展好是好,投资都是向家族内的。"美琳伸出细白的嫩手俯身抠住老李的脖子,眉头微蹙,生气似的说:"亲爱的,新明是你侄子,春晓又是我的表妹,你怎么不把他们当家里人呢?"老板轻轻地拍了拍美琳的手,迟疑了一会,说:"哦,是……是家里人。"老板问春晓:"表妹,你想投多少?多了可没有。"春晓怯怯地说:"十万元吧。""十万元?好,好,就投十万元。"

春晓带着成功的喜悦走出办公室,美琳跟春晓说:"想投的话你们就利索点,免得老李反悔。"春晓风风火火地赶回到家里,跟新明说起向丰裕登山鞋厂投资的事。找到投资的门路之后,新明却又不安地说:"这样蒙投,好不好呢?万一……万一亏了怎么办?"

"这么大的厂子总不会一下子垮掉吧。"春晓颇为自信地说,"再说你好歹叫老板'叔',老板娘又是我表姐,他们总不会算计我们吧。"

"那倒不会。只是……"新明想反对,又支支吾吾说不出理由。

"我们投十万,就算两分的红利,一年也有两万四。我们有三万元资本,扣除借人家的利息,我们躺着每年都有一万五千多元的收入。我们两人做一年苦力也赚不来啊!要是厂子利润好的话,还不止这些呢!"春晓美美地计算着,两眼放着希望的光。新明说:"那我们还缺七万怎么办?"

"去借呗,借钱投资是正常的。"

第二天,新明便去亲戚家里筹钱,转了两天,只筹到一万元钱。新明说那些亲戚朋友有钱了都在搞投资,银行里没熟人钱又贷不出来。春晓叹了一口气,心想只能回青岙看看了,于是就踏上了回家的路。

傍晚时分,春晓带着彩云来到青岙。那时正值秋收时节,春晓一进村子鼻孔里就飘进一阵阵稻谷的清香。春晓在土地庙旁看见翠花嫂子蹑手蹑脚地跟在一只母鸡身后，母鸡钻进草丛里，嫂子走过去低头一看，说："好哇，还藏私货呢！"母鸡咯咯地飞出草丛，嫂子蹲下身子拿起两个鸡蛋。春晓问："嫂子，你找到什么宝嘞？"翠花一怔，一见是春晓，立即满脸喜色地跑过来，把鸡蛋塞进春晓的手里，一把抱过彩云，又是亲，又是揉。

两人来到了院子里，翠花大声喊："妈，春晓来了。"妈妈敷着拦腰正在喂猪，赶忙歇手迎了上来，从翠花怀里双手抱过彩云。父亲和春禾挑着一担谷子从后山下来。春晓想：山里人日子清苦，但过得踏实。

晚上，一家人围坐在堂前间的四方桌里，春晓说这次回家是想借点钱搞投资。未过门的弟妹赵晴说："城里人不是很有钱吗？怎么还借钱？"春晓说："城里人投资了才有钱。"嫂子说："投资真能赚钱吗？"春晓点点头说："能。我也是有把握才投的。"春禾、父亲不做声。春雨接过话茬说："城里人确实都在搞投资，但是投资也是有风险的吧！"春雨师范毕业后在里岙当了教师，是村里唯一吃公饭的人，成了全家人的骄傲。春晓说："风险肯定是有的，但是不冒点风险就赚不到钱啊。"

父亲不声不响地走进里间，拿出一千元钱递给春晓，嫂子也回到房间里拿出一千元。春晓双手哆哆嗦嗦地接过，她知道这是他们靠养猪和去林场做工赚的钱。春雨说："明儿我去信用社看看，能不能贷点钱出来。"赵晴说："银行贷款要有人作担保。"春雨说："我有固定工资，银行对我放心，再找个同事担保一下就行。"第二天，春雨去了里岙，贷了五千元钱递给春晓。嫂子又带着春晓来到村子里，一分的利息借到三千元钱。

新明和春晓筹来筹去只筹到两万元钱。春晓不甘心，便向一个同场的女工打听有没有专给人放贷赚利息的主顾。女工说："有是有，只是利息有点高，一分半。"

春晓回家里与新明商量。新明说："借人家的钱很难还的，利息又那么高，我看还是少投点算了。"

春晓的眼前不停地浮现出镇子里那些华丽宽敞的洋房，还有街道上那些穿着时髦的女郎，便说："好不容易逮到一个投资的机会，失去怪可惜的。"

第二天早上，在同场女工的引领下，新明和春晓找到了那个放高利贷的老板。老板住在一座四合院里，春晓一进门便感到有一股威严之气向她袭来。这是一处大户人家的院子，外表看似古老陈旧，内部装饰却异常华丽。老板是一个身材魁伟的中年男人，他满脸堆笑地拿出借款合同给新明签。合同条款清晰明了，规定借款期限为一年，利息一分半。超过一年利息增至两分，两年内不能还款"一切后果自负"。新明抖抖簌簌地在合同上签下自己的名字，按上手印，然后便拿到了五万元钱。

春晓把十万元钱交给美琳，只等美琳年底把分红的钱送来。可是到了年底，美琳并没有送钱过来。春晓忐忑不安地乘车来到美琳住的洋房里，只见洋房的大门上交叉贴着法院的封条。春晓立即雇车来到丰裕登山鞋厂，又见厂房的大门紧紧锁着，厂里连个看门的人也没有。春晓烟熏火燎地又来到老板原先住的旧房子里,远远地看到老板穿着一件黑色的棉袄,瑟缩着身子靠在墙边晒太阳。脑袋顶上那缕头发全白了,顺着脸颊的一边挂下来,像挂下一条白色的布带。春晓问:"他叔……老板,我投资的钱呢?"老板缓过神来,忽然两眼一瞪:"钱,哪来的钱?厂停了,房也封了,要钱没有,要命有一条。"说完,老板便"咳咳"起来,咳嗽的结局是往地上吐了一口痰。春晓愣在一旁,半响,问:"那美琳呢?""钱没了,她还跟着我做什么!"老板歇斯底里地咆哮着,眼眶里布满血丝,一双穿着登山鞋的脚不停地踏着地,像正在跳大神的巫师。春晓在一旁直打哆嗦,立即逃避瘟疫似的离开老板,恍恍惚惚地回到家里。

新明坐在椅子上逗彩云玩,春晓哭着说:"阿明,工厂倒闭了,我们投资的钱没了。"然后瘫坐在椅子上。新明傻傻地待在那里,身体僵硬得像一座雕像。

投资不成,把家里所有的积蓄都赔进去了,还欠下七万元的债务。七万元钱,对于富裕人家而言,或许只是在身上拔一根毛,眉头一皱就过去了;而对于贫穷人家来说,那可是伤筋动骨的事情,光利息一年就要付出一万多元。春晓悔恨地用双手捶打着自己的脑袋,彩云在一旁"哇哇"直哭。

"卖房子吧。"新明沮丧地说,"不卖房子我们一年到头攒的钱只够付利息的,本钱永远还不掉,就要负一辈子的债。房子卖了以后还可以重新盖。"春晓想起高利贷老板的借款合同,浑身直打冷战。

不久,新明的房子售出,只卖了十万元。新明和春晓立即把欠的钱送去——还掉,春晓含着悔恨的泪水去打理房里的东西。新月说:"嫂子,你和哥就住我那一间吧,我搬到老屋去。"春晓说:"这怎么行呢?你也是要成家的人了。"

春晓一家搬回老房子之后,为了腾出更多的位置,老三便住进新月的房子里。郁闷中,春晓怀上了第二个孩子,她带着身孕继续去厂里踩鞋包。新明也更勤快了,常常忙到半夜才回到家里。年底,春晓生下一个男孩,取名叫蓝天。

五

清晨,春晓背着蓝天去菜场里买鱼,看到一个戴斗笠的农民挑着一担水桶,桶里放着一只只个子圆圆的螃蟹,当地人叫"鲢儿"。春晓问多少钱一斤,那人说"三十",春晓吐了一下舌头舍不得买。立即有一群人围过来抢着买,那人自得地把"鲢儿"捉进塑料袋里,用一杆小秤称出,收钱,一会儿桶里就见底了。边上仍有不少人问:"还有吗?"那人说:"没了,明天早上再来买吧。"春晓出神地在一旁看着。

夜里,新明一回家便翻在床上睡觉。春晓说:"阿明,先别睡。有事跟你商量。"新明懒洋洋地说:"什么事?""今早我看见一个男人养'鲢儿'卖,生意很好,要不咱也试试?"新明立即坐了起来,说:"不行啊,那要有技术的。"然后又躺下把身子缩进被窝里。春晓说:"技术咱也可以学啊?"新明翻过身去,轻声说:"咱学不来。"春晓的脾气莫名地暴躁起来,"啪"地往新明的后背拍了一掌,说:"这也不行,那也不行,你到底什么行啊?要是都这样下去,我们永远住在这破房子里?"蓝天"哇"的一声哭了起来,春晓赶紧把蓝天抚进怀里。新明默默地躺在床上。

第二天,春晓买来一本池塘养蟹的书,晚上拿给新明看。新明翻了几页,摇摇头说"看不懂"。春晓凑过来,一页页地指着跟新明一起看。

在春晓的催促下,新明骑着三轮车去寻找养河蟹的场地,春晓抱着蓝天坐在车斗上。三轮车经过一段砂石路,停在一处荒废的水塘边。夫妻俩一下车,几只水鸟从水塘里噗噗地向天空飞去。水塘里长满各色水草,清风吹来,水面上泛起鱼鳞似的波纹。两人绕着水塘边转了几圈,新明说:"这里是养鲢儿的好地方。"春晓说:"好是好,就是离家远了点。"新明说:"还行,骑自行车也不算远,到时候在塘边搭个棚,夜里可以睡在里面。"

过年以后,新明便拿着铁铲去整理池塘,哑巴父亲也过来帮忙。两人加高堤岸,边上铺下一层塑料纸,池塘上架起塑料网,又在边上搭起一个矮铁棚。

天气渐渐暖和,新明去南京买来蟹苗放进池塘里。每天去放料,回来后又去踩三轮车。蟹苗渐渐长大,为了防止被人偷走,新明夜里便住进棚里看管。由于日夜忙个不停,新明一天比一天消瘦了,春晓看在眼里疼在心里,但又想不出别的办法,最终只是苦涩地摇了摇头。

河蟹终于长大了，新明拿起网兜，把蟹拢进水桶里，挑到市场上卖。立即有人过来买，春晓一一称出，收钱，一会儿蟹就卖光了。有不少酒店还向春晓订购。

一年下来，夫妻俩一算账，赚了两万多元钱。春晓深深地透了一口气，心想再养几年又可以盖新房子了。

正月里，春晓一家来到云州市区，准备带彩云和蓝天去动物园逛逛。市区比沙镇更加热闹，马路上的车辆像一尾尾鱼在上面游来游去。那些年轻的女郎穿着靓丽时髦的服装，从街上扭扭摆摆地走过。在一扇玻璃大门前，春晓忽然看到一个熟悉的身影，定睛一看原来是美琳。

美琳穿着一身蓝色的西装，雪白的衣领翻到外边，身材比原先显得更加婀娜多姿。她满脸堆笑地送走一个客人，正转身想往门里走。春晓叫了一声"表姐"。美琳看见春晓，脸上露出一丝好友重逢般的欣喜表情，示意春晓在旁边等一下。

春晓叫新明先带彩云和蓝天去玩，她要跟美琳说几句话。

美琳走进大厅，跟一个身材窈窕的姑娘说："阿凤，公司里的事你先应付着，我出去一下。"阿凤回了声："是，助理。"

美琳把春晓带进一个茶馆。春晓一坐下就说："表姐，你又出息了，当上助理了。"美琳苦笑一声，说："狗屁助理，也就是给客人倒倒茶，陪他们喝喝酒罢了。"美琳呷了一口茶，似乎那茶苦味很浓，眉头皱成一朵莲花模样。美琳说公司里为了谈下一笔业务，不惜采取一切手段。要是业务谈不下来，老板就整天板着脸，下面员工的日子也不好过。

春晓问,你后来怎么来这里了?美琳苦涩地说:"登山鞋厂倒闭之后,我只好到原先朋友的公司里混日子了。"美琳又絮絮叨叨地说,生意场上竞争激烈,产品日新月异,你脑子跟不上就会破产。特别是那些新办的厂子,资源不足,一不小心就会被别的厂挤垮。你也别看那些公司外表一片欣欣向荣的景象,或许早已负债累累了。

美琳的嘴巴唐老鸭似的不停地合拢张开,她还说你也不要看那些大老板今天风光无比,明天说不定就是一个穷光蛋。

春晓问:"你跟老李怎样了?""什么怎样,早就断了。没钱了还跟他做什么?"美琳"噗"的一声吐掉嘴里的茶渍,脸上露出不屑的表情,"当初他的两个子女竭力反对我和老李结婚,怕我占了他们的家产,我和老李也就没领结婚证,我也没有给他生孩子。幸好我留了一手,否则就难以抽身了。"

春晓无语,只是默默地喝着杯里的茶。美琳打了一个哈欠,说:"阿晓,我累了,昨夜喝了很多酒,一直没睡好。我要回去睡一觉。"春晓迷茫地看着美琳离去的身影,然后起身向动物园走去。

开春以后,天气转暖,沙镇的天空难得蔚蓝起来,云朵轻盈,如同飘在浅色的海面上。又到往池塘里放蟹苗的时候了,新明说:"现在我们养蟹的经验也有了,干脆多养点吧!"春晓赞许地点点头。新明便跟哑巴父亲一起,又把边上一块废弃的池塘整理出来,面积比原先扩大了一倍。为了方便看管,新明偷偷地从路边的电线杆上拉下电线,在棚里接上电灯。

盛夏到来，池塘里的蟹苗一天天长大。新明还在池塘边养了一群小鸡，春晓一来到池塘边，小鸡就咯咯咯地向她跑了过来。新明捉了一只小河蟹放在春晓的手掌上，河蟹在春晓的手心里撑开细脚快速爬动，春晓感到全身痒酥酥的。

一天夜里，天空突然响起一阵猛雷，又刮起一阵风，不久哗哗地下起一场暴雨，春晓不安地靠在新明的肩上。新明说："我去池塘里看看。"春晓说："小心点。"新明应了声"知道了"，然后便穿上雨衣，骑上三轮车急急往池塘里赶去。

天空闪过一条条巨龙，一声声猛雷震得路边行道树的叶子簌簌发抖，新明浑身湿漉漉地钻进棚里。一个电闪像巨蟒的舌头一般向棚里探过来，伴随着一声巨响，新明被击倒在地上，痉挛几下就再也起不来了。

第二天早上，雨停了，春晓做好饭等新明回家，可左等右等也没看见新明回来，便骑上自行车向池塘里驶去，远远看到路上停着一辆警车，池塘边围了一群人。春晓跑过去一看，只见新明直挺挺地躺在地上，春晓"哇"的一声扑了过去。哭喊着使劲摇着新明的身体。只见新明脸色煞白，嘴唇乌黑，任凭春晓千呼万唤也没有睁开眼睛。春晓脑子里一片空白，突然感到铁棚在摇动，四周的房子、树木在摇动，自己好像站立在摇动的船上，眼前一黑就什么也不知道了。

等春晓醒来的时候，只见一对穿白大褂的医生把新明装进黑色的塑料袋里，然后抬上一辆救护车运走了。春晓又声嘶力竭地哭喊着向救护车扑去,两位民警紧紧拉住春晓的胳臂。赶来的婆婆见状当场昏死了过去,大伙立即把她送进了医院。

两天以后,公安部门向春晓一家人宣布结论:新明是被通过电线传过来的雷电电死的。由于新明属于私拉电线,有错在先,电业部门只是象征性地赔偿一万元钱,当作对死者家属的慰问。

新明下葬以后,赶来参加葬礼的哥哥春禾说:"现在新明没了,你就不要待在沙镇了,带着彩云和蓝天回青岙吧。"春晓想起躺在病床上的婆婆和未养大的河蟹,便说:"事情没做完,怎能回去啊!我的事情家里就不要操心了,我自己会安排的。"

春晓来到沙镇医院里,婆婆躺在病床上,一双眼睛直直地瞪着她。春晓不由得打了个寒战,深深地陷入悔恨和自责之中,心想要是自己不提议去养蟹,新明就不会死。春晓不由得扑在婆婆的身上,哭着说:"妈,我对不起你啊。"

医生说,春晓的婆婆原本患有高血压,由于受到过度的刺激脑里严重充血,造成血管破裂,损坏了脑细胞,如今已成了植物人,能不能醒来就靠她自己的造化了。春晓噙着泪帮婆婆拭去嘴边的唾沫,然后把开水一调羹一调羹地喂进嘴里。医生说目前婆婆病情已稳定,建议家属运回家里调理。于是一家人就把婆婆运回家里,商定由春晓和弟妹云芳轮流照顾。云芳便是春晓在丰裕登山鞋厂宿舍里最初遇到的那个胖胖的女工,来自四川,后来经春晓介绍与新月认识。两人都远离家乡,同病相怜,成了知心姐妹。当时云芳正怀有身孕,春晓便说:"还是让我来吧。"云芳噙着泪说:"那就麻烦嫂子了。"

人死了，日子还得过下去。春晓擦干眼泪，每天带着蓝天照顾着婆婆，还从厂里拿回鞋包在家里缝着，增加点收入。云芳常常煮好饭送过来一家人一起吃。

池塘里的河蟹渐渐长大，哑巴父亲每天夜里住进棚里看管。自新明没了之后，哑巴父亲好像一下子老了几十岁似的，头发全白了，脸上的皱纹更深更多了，瘦骨嶙峋的身子宛如一具骷髅，就连那"哦哦啊啊"的叫唤声也嘶哑了许多，宛若漏气的风箱发出的声音。

傍晚，彩云在桌子上画画，蓝天趴在床上玩"笑哈哈"。春晓跟彩云说："阿云，你照顾好蓝天，我去棚里把你爷爷替下来。"彩云点点头。

春晓骑上自行车向池塘驶去，不久便来到池塘边。哑巴父亲正坐在堤坝上吸烟丝。春晓来到父亲的旁边，轻声说："阿爸，你回去吧。"哑巴父亲摇着头哦哦啊啊表示不同意。春晓把他推到马路上，哑巴父亲便骑上三轮车走了。

天色渐渐暗下来，春晓抬眼望去，远处的房屋一片模糊。不久，那里的灯光闪烁起来，像鬼火似的一眨一眨地。春晓拿起手电筒向堤坝上走去，电筒的光穿过幽蓝的夜空，掠过黄黑色的水面，网格上呼啦啦地飞起一群水鸟，春晓的身体一阵惊战。春晓回到棚里，吱呀一声打开一扇铁门钻了进去，点起蜡烛。微光照射到一张简易的木板床上，床沿上靠着一根木棒和一把铁锹。春晓想起这是新明睡过的木床，眼泪不由得簌簌而下。春晓用木棒堵紧门，然后吹熄蜡烛，和衣躺在床上。棚里黑乎乎的，风呜呜地从铁皮的缝隙间灌进来。

　　黎明前，春晓又被一阵哗啦啦的飞鸟声惊醒。她睁开眼，竖起耳朵，听到池塘边传来轻轻的脚步声，一会儿便有人在窃窃私语。春晓"嘣"的一声从床上坐起来，贴着铁皮的缝隙往外看，依稀看见对面池塘里聚着一簇光，有两个人似乎在池塘边往袋里兜东西。春晓迅速打开手电筒，走出篱笆门，挥着木棒向对面赶去。那两个偷蟹的一看有人赶过来，便拿起袋子往池塘边的小路上逃去。春晓想这是新明用命换来的河蟹，怎能让你们白白占去。她越想越气，越想越委屈，便大声喊道："快放下，不放下老娘跟你拼了。"那两个偷蟹的见追来的是一个女人，便逗春晓玩似的在田边的小路上跑着。春晓追出一两里路，累得直喘粗气，那两个偷蟹的与春晓已拉开一两百米的距离。此时，天边已泛出一缕缕白光，春晓看见偷蟹的向一处建筑工地里跑去。春晓仍不放弃，捂着肚子向前追去，可是力不从心，离那两人便越来越远了。正在春晓精疲力竭之际，突然看见偷蟹的像被孙悟空施了定身法似的一动不动地立在那里，原来他们的面前立着一个铁塔似的男人。男人厉声喝道："还不快放下！"两个偷蟹的便放下袋子灰溜溜地跑了。

　　春晓捂着肚子来到那男人面前，一看竟然是谷峰，便激动地说："峰哥，怎么会是你？"谷峰说："我正想去工地上干活，听到有人喊便停下来想看个究竟，正好看见你从后面追来，于是就堵住了他们。"谷峰把装着河蟹的编织袋递给春晓。袋子里的河蟹不停地挣扎着，发出沙沙的响声。谷峰问："你们家养这东西了？"春晓点点头。谷峰说："这东西以前少，现在养的人多。你该叫新明管，你一个女人怎么管得了？"春晓流着眼泪把新明被雷击的事说了，谷峰听了直叹气，皱起眉头沉思一会说："这样吧，夜里看管池塘的事就交给我吧，你管我一顿晚饭就行。"春晓张嘴还想说着什么，谷峰已转身往工地里走去了。

　　傍晚，天空的云朵如被陡然打翻的墨水渲染似的，渐渐灰暗，压得越来越低，看来要下雨了。春晓赶忙盛了一大碗饭，又往碗里夹几块肉和一些青菜，放进篮子里，骑上自行车急急地向池塘里驶去。

　　路上，天空忽然哩哩啦啦地下起雨来，还不停地刮着风，刮得路边的行道树东倒西歪的。春晓来到棚外，只见雨幕中一个高大的身影在堤上来回走动。春晓喊："峰哥，吃饭了。"谷峰从堤上回来，钻进棚里，脱下雨衣。棚里一片漆黑，春晓点起蜡烛，谷峰大口大口地吃着饭。一会儿，碗里的饭菜全收进谷峰的肚子里。春晓问："吃饱了没有？"谷峰舔舔嘴唇说："吃饱了。"春晓看见谷峰手臂上有一块伤疤，正在向外渗着血丝，便问："你这是怎么了？"谷峰显得有点颓唐，轻声说："有人想偷蟹，我出去追，快追上的时候那人向我抛来一块石头，然后就跑了。"春晓拿出一个红汞瓶子，用棉签蘸着红汞涂在谷峰的手臂上。

　　雨越下越大，棚里的铁皮板上发出咚咚的响声，棚外挂下一道道雨帘，池塘里溅起一朵朵水花。谷峰说："我去堤上看看，池水如果太满蟹就会跑掉。"说完就穿上雨衣拿起铁锹向棚外走去。

透过直直的雨帘，春晓看到谷峰站在池塘边快速地铲着泥土，便拿起手电筒，撑着伞来到谷峰旁边。谷峰叫春晓到别处看看。春晓在堤坝上走着，忽然脚底下一滑，"呲"的一声溜进池塘里，雨伞飞向一边。春晓的两腿深深地陷进淤泥里，泥水漫到了胸部。春晓一边挣扎一边喊："谷峰哥，快来救我！"谷峰跑了过来，跳进池塘里，使尽力气把春晓推上堤岸。两人湿淋淋地钻进棚里。

棚里燃起一堆稻草，火堆旁搭起一个木架子，谷峰脱下外衣晾在架上。火光照到床沿上，春晓蜷着身子瑟瑟发抖。谷峰说："把衣服脱下来烤烤吧。"谷峰转身看着棚外。春晓迟疑了一会，慢慢地脱下衣裤晾在架子上，把身子缩进床上的被单里。谷峰强健的脊背在火光里一闪一闪地，那古铜色的光散发出一种成熟男人的气息。春晓渐渐把脸贴近谷峰的后脊，双手抱住谷峰的腰。

棚外的雨滴答滴答下个不停，春晓靠在谷峰宽大的肩膀上。谷峰说："我要走了，准备去学点技术。河蟹可以出卖了。"春晓又搂了搂谷峰。

雨停了，春晓离开棚子，谷峰把她送到棚外。春晓回到家里，彩云和蓝天睡得正香。

春晓又早早来到池塘边，谷峰已经走了。春晓下了池塘，把长大了的蟹一只只拢回水桶里，然后骑着车来到菜场里。她想多增加点收入，于是便把水桶摆在一个角落里准备自己出售。春晓等了好半天，才看到一个胖胖的妇女走了过来，她把一只大手伸进桶里，拿起一只河蟹细细地看着，河蟹极力挣扎着，春晓的眼前不停地浮现出新明的身影。等那个妇女放下河蟹之后,春晓便含着泪把河蟹送到摊贩那里收购。

由于增加了许多养殖户,河蟹价格比往年低了很多,利润也比上年少了,一年下来只赚到一万多元钱。

河蟹出售以后,春晓回到家里每天精心照顾着婆婆,给婆婆擦洗身体,换尿布,喂水喂饭,累得她直不起腰来。春晓咬紧牙关默默忍受着,懂事的彩云常常过来端茶送水的。

春晓正在屋子里洗衣服,耳边忽然传来婆婆微弱的喊声:"春……晓……"春晓赶紧跑进屋里,彩云和蓝天跟在后面。婆婆睁开眼,两眼一动不动地看着娘仨,眼角滚下一滴泪水。"妈?你醒了。"春晓紧紧扶着婆婆的手。春晓只感觉婆婆的手轻轻地捏了她一下,然后又静静地靠在床上。

第二天早上,春晓去看婆婆,只见婆婆僵硬地躺在床上,任凭一家人怎么呼喊也没有苏醒过来。

春晓细细地回味着昨天下午发生的事,心想那正是婆婆离开人世前的回光返照。让春晓感到安慰的是婆婆在最后时光喊了她的名字,还捏了她一下。她感觉婆婆的那一捏太深奥了,或许是表达对世间的留恋,或许是表示对她的原谅,或许是最后时光交付她一种责任……

婆婆穿着寿衣静静地躺在床上,春晓和云芳在床边低着头抽泣着,蓝天和彩云在一旁给烧纸钱。屋外忽然冲进一个胖胖的女人,一头撞开春晓和云芳,跪在床前,双手拍着婆婆,一把鼻涕一把眼泪地哭喊着："姐啊，你怎么就这样走了呢！"春晓一看，原是新明的姨妈，是出了名的急脾气。看姨妈哭得伤心，春晓想扶她起来，不想姨妈大胳膊一划，把春晓推了个趔趄，春晓稳不住身子，一屁股坐倒在地上。姨妈睁起一双大眼，"呸"的一声狠狠地往春晓边上啐了一口唾沫，骂道："都是你这个白虎星，害了新明，又害死了我姐。"此时，屋里挤满看热闹的邻居。哑巴父亲听见了，立刻赶了过来，对着姨妈"哦哦啊啊"地喊着，姨妈便渐渐地平静了下来，然后又哭着跪倒在地上，哭喊着："大姐，你死得冤啊！"云芳把春晓拉了起来，春晓紧紧地抱住云芳，轻轻地抽泣着。蓝天在一旁哭着，哑巴父亲把他拥在怀里。

办完婆婆的后事之后，春晓又去工厂里踩鞋包。她骑着自行车经过邻居家门口的时候，依稀听到背后传来几个大婶的嘀咕声："我们离她远点，她是山里来的'白虎星'，专来城里害人的。你看她眉毛尖尖的，就像一把杀人的刀。"春晓停下自行车想跟她们理论，又想起新明生前曾跟她说过，隔壁的属他远房叔伯，与新明的上代之间曾有过房产之类的过节，这些婶婶生活富足，吃饱了没事干就喜欢"嚼舌头"，叫春晓不要理睬她们。春晓想起新明的话，便甩一下头发继续向前驶去，眼眶里滚出一颗颗泪珠子。

春晓一声不吭地走进工厂里，坐在机器前埋头踩着鞋包，眼眶里噙满泪水。

一天中午，春晓从工厂里回家做饭，发现隔壁邻居正在砌墙。她伸出头去一看，墙已砌了一米多高，墙根竟然砌到自己窗户外不到一尺的地方，窗户下的水沟被占了半条。当时哑巴父亲正在地里，新月又在外地做技术，邻居家显然是想趁春晓家里无人，先下手为强，成了事实后便让春晓一家没有反转的机会。春晓想自己毕竟是李家的大媳妇，要维护李家的利益，不能让别人随意欺负，于是就伸出头喊道："大伯，你们怎么把墙砌到我们这边来了？还不快停下！"泥水师傅听到春晓的喊声，便停了手。邻居大伯走过来，翻白了眼睛说："这地本来就是我家的，你吵什么？"然后叫泥水师傅继续砌墙。春晓急了，赶忙往屋外走去。这时，蓝天背着书包从学校里回来，春晓忙吩咐："你快去把云芳阿姨叫过来。你就说有人想占我们家的地盘。"蓝天放下书包便向沙河跑去。春晓风风火火地来到邻居家砌墙的地基上，大声地对泥水匠说："这地是我家的，还不停下！"然后用身体挡在砌墙的位置。邻居大婶见状便凶巴巴地赶了过来，尖着嘴巴骂道："你这白虎星，害了新明和他妈，又想害我们了！"春晓涨红了脸，大声回道："我害新明怎么了，关你什么事！"邻居大婶便气势汹汹地扑了上来，不想被脚下的砖块一绊，扑了个嘴啃泥。邻居大伯赶紧把大婶拉了起来，大婶便坐在地上又哭又喊："白虎星吃人了。"这时，云芳赶到了，她拿起地上的撬棍往墙上一撬，墙便哗啦啦倒下一片，然后将滚圆的身子往墙上一坐，大声说："你们有胆就往我身上砌。"这时候，哑巴父亲也赶到了，手指着砌墙的位置哦哦啊啊地叫个不停。

  双方正在闹得不可开交的时候，场地里来了个村干部模样的人，大声说："你们谁也不要动手，晚上到村委会解决。"

当天晚上，春晓和云芳、哑巴父亲来到村委会。村干部叫来几个年长的邻居，最后确认那墙根的位置确实属于新明家里的，邻居家只好把墙脚往外移了一尺。

回来的路上，云芳竖起大拇指说："嫂子，你真厉害。要是没有你，咱家就吃亏了。"春晓说："咱女人也不是好欺负的，天下总有讲公道的地方。"

夜里，春晓躺在床上辗转反侧，邻居大婶的话像刀子一般刺疼了她的心。她想：要是自己不提议养蟹，新明和婆婆或许不会死，春晓便陷入深深的自责之中。春晓又想：新明和婆婆的死不能怪她，她也是一心为这个家好，赚钱养家本来就是男人的责任，只是新明没有把住自己的命根罢了。婆婆在最后时刻叫了她的名字，还捏了她一下，或许就是不责怪她的意思吧。想到这里，春晓的心又渐渐地释怀了。

一天下午，春晓正在工厂里踩鞋包。老板走过来说："外边有个老乡找你。"

春晓走出工厂，只见谷峰立在门外。春晓轻声问："峰哥，你找我有什么事？"谷峰领着春晓在工厂边的一只石凳上坐下来，说："阿晓，我决定回去了。"谷峰冷峻的脸上挂着沮丧的神情。"回去？为什么要回去？""我不适合待在城里，再说家里有老妈需要照顾。要不，你也跟我回去吧，我会好好待彩云和蓝天的。""是啊，还是回去好。"春晓喃喃地说。"那你决定……"谷峰期待地看着春晓。春晓的眼前浮现出新明乌黑的嘴唇，婆婆直瞪瞪的眼睛，便看着谷峰说不出话来，眼泪扑簌簌地往下掉。谷峰说："我也不勉强你。这样吧，你若是要回去，我们明天在沙城车站一起走。你若不来，我就先走了。"谷峰说完话转身就走，春晓呆呆地看着谷峰离去的背影。

谷峰走后，春晓依然静静地坐在石凳上，她痛苦地低着头，用双手托住自己的下巴。回去？还是不回去？一个个问号如小蝌蚪一般不停地在春晓的脑海里翻滚着。当她想到要回去的时候，眼前便浮现出新明那乌黑的嘴唇、婆婆直瞪瞪的眼睛。一种声音便在春晓的耳边响起：你这样走了，你对得起新明和他的家人吗？当她想到不回去的时候，眼前便出现谷峰矫健的身姿，还有池塘边刻骨铭心的一夜。一种声音又响起：春晓啊！以后的日子还很长呢！你就这样牺牲自己的幸福值得吗？想着想着，春晓感到自己的脑袋好像炸开了一般。

晚上，春晓向云芳的家里走去。云芳正在房间里呜呜地哄着宝宝睡觉，春晓便在房间外静静地等着。云芳等宝宝睡着了之后，便问："嫂子，有什么事？"春晓便把自己的心事吐了出来。云芳说："嫂子，主意还是要你自己拿。你要回去，我不留你，毕竟我也是女人，我知道你心里的苦。只是李家……我看也管不了那么多了。"

春晓默默地走出云芳的家门，云芳跟在身后红着眼圈说："嫂子，你若是要回去，我也不来送你了，免得……只是你要常来看我，好歹我们姐妹一场。"

春晓眼里挂着泪花，回身说："知道的，我怎会忘记你呢？"然后便抽泣着回到家里。此时彩云和蓝天已经睡着了，春晓便默默地整理起一家人的衣服来。她感觉自己浑浑噩噩地做了一场梦，梦见自己从山里来到城里，饱受心灵的煎熬和洗礼，然后梦醒了，她又要回到现实，去做另一场梦。

第二天早上，天刚蒙蒙亮，春晓便起床，为哑巴父亲做好饭，摆好碗筷，然后便背起行李袋，领着彩云和蓝天悄悄地走出家门。走到院子里的时候，她忍不住回过头看一眼那低矮的老屋，毕竟，这是她生活了十几年的地方。一回头，她怔住了，只见窗玻璃上映出一张老脸，那分明是哑巴父亲满是褶皱的脸。父亲把脸紧紧地贴在窗玻璃上，玻璃上粘满泪水，整张脸看起来模模糊糊，严重变形，就像一张写意的老人画像。彩云和蓝天齐声喊了起来："爷爷！"然后就冲进屋里。春晓怔怔地立在院子里。

这时，老屋后面的墙洞里露出好几张丑陋扭曲的妇人的脸，幸灾乐祸地喊道："大家快来看哪，白虎星归山去了。""有相好的了，自然要回去的。""还是回去好，回去就不会在这里害人了。"邻居大婶的话像一把剑深深地刺痛了春晓。春晓强忍着心中的愤怒，跺一下脚，果断地转过身来，往老屋走去。

六

寒冬来临，由于没有山的遮挡，海风直吹到沙镇里，让人感到冷飕飕的。美琳穿着一件紫色的棉衣来到春晓的矮房子里。几年不见，春晓突然感到美琳的脸上写满了沧桑。美琳说她要回去了，她认识了一个山阳的男人，准备回去跟他结婚，在当地开一家饮食店。

"山阳？"春晓忽然想起什么似的，问，"表姐，他叫什么名字？"

"叫谷峰。"

"谷峰？"春晓的身体不由自主地抖动了一下，然后呓语般地说，"还是回去好。城里虽好，也不是人人都适合待的，还是回到山里日子过得踏实。"

美琳说："表妹，要不你也回去吧，找个山里的男人，踏踏实实过日子！单身的日子苦着呢！"

美琳摇摇头说："回不去了。"

美琳叹了口气，转身向街上走去。春晓呆呆地望着美琳离去的背影，感到美琳的生活轨迹就像钟表的指针，从山里出来转到城里，由一个村姑变成老板娘，然后变成公司的助理，天道轮回，最后又转回山里成为一名普通的农妇，又回归到原点。或许这就是人的命运吧。

一天下午，蓝天的班主任打电话过来叫春晓去一趟学校。春晓赶到学校，班主任张老师拿出一张语文试卷给春晓看，只见得分栏写着"75"分。张老师说："蓝天的成绩一向很好，原先每次考试都在 90 分以上，最近不知什么原因，显得很自卑的样子，不愿意和同学交往，上课也总是低着头，成绩也下滑了。并且一见我就躲，怕我找他谈话。还是你们当家长的帮忙找找原因吧。"

怎么会这样呢？春晓百思不得其解。姐弟俩向来懂事，学习勤奋刻苦，成绩一直排在班级前列，这也成了她最大的安慰。如今是什么原因让蓝天变得如此颓唐自卑呢？

回家的路上，在春晓的再三询问下，蓝天终于说出了心里话："妈妈，那次我带同学到家里玩，他们笑我们家的房子像鸡笼。"蓝天的话像一根锥子，深深刺痛了春晓的心。是啊，蓝天是个没父亲的孩子，生活境遇跟别的同学相比差了一大截，在同学面前难免产生自卑感。同学的嘲笑无疑在他的伤口上撒了一把盐，让他幼小的心灵遭到莫大的伤害。同学的嘲笑也敲了春晓一记重锤，随着经济的发展，原本那些跟新明境遇差不多的邻居赚到钱后纷纷拆掉旧房子盖起了新房，盖得一座比一座高。春晓家的老房子便显得愈来愈矮，愈来愈旧，阳光很少映照下来，就如森林里的小树被大树挡住一样。春晓也不是不想盖房子，可是自己的收入只能勉强维持一家人的生活，随着建材价格的上涨和劳动力工资的提高，盖房子的成本也越来越高了，想盖新房一天比一天难。

如今老三渐渐长大成人，自新明和婆婆过世后，他整天无精打采的，时常去网吧玩电脑游戏。哑巴父亲也管不了他，新月也管不了。春晓知道老三受邻居们的影响，对她充满着仇恨，只是暂时捂在肚子里没爆发出来而已。但自己毕竟是李家的大嫂子，要替新明承担起领头羊的责任，带领老三一起把新房子盖起来，让他成家立业。可是盖房子的钱哪里来呢？自山里出来之后，春晓感到自己变得异常世俗，满脑子想的都是钱，一切都为了钱。但又总是有一张展开的血盆大口，把自己的积蓄一口一口地吃掉，甚至把新明的命也搭进去了。想起新明，春晓便往后甩了一下头发，心想为了彩云，为了蓝天，也为了这个家，就是舍了命也要把新房子盖起来。于是便俯下身子跟蓝天说："儿子，妈答应你，新房子一定盖起来，只是你要给妈点时间。你也要用心读书，为家里争光，好不好？"蓝天使劲地点点头，说："妈，我知道了。"

  这年冬天，春晓回青岙参加侄子的婚礼。亲戚们陆续赶来，整个山村顿时热闹起来。酒席上，她看到对面的座位上坐着一个穿着貂皮大衣的年轻女人，一问原是翠花嫂子的叔伯表妹，如今正在德国卖服装赚钱，这段时间恰好回国休养。春晓心想自己家里底子薄，又缺乏社会资源，在沙镇只能干一些苦力活，很难找到一条赚钱的好路子。她听说同样是干苦力，国外的工资比国内高多了，于是便与那个"华侨表妹"攀谈起来。华侨表妹说："出国赚的钱是比国内多，但比国内苦多了。那些在国外的都说，咱是'鸡样吃，狗样睡，牛样干'，一般人是吃不消的。"春晓说："只要能赚钱，我不怕吃苦。"表妹看了一眼春晓的身板，说："你能行吗？"春晓说："能行。""现在去德国比较难，去意大利倒是比较容易。"表妹从手机里翻出一个号码，叫春晓记下，说想出国就去玉都找他。母亲听到春晓想出国的话音，赶忙跑过来说："阿囡，使不得，你要是出去，恐怕以后再也见不到你了。"春晓说："妈，你老健壮着呢！我过几年就回来。"

  春晓离开青岙后便只身来到玉都，找到那个专带人出国的老华侨。老华侨面容慈祥，开朗直爽，春晓感觉是一个值得信赖的人。老华侨说，正式办劳工手续出国要十六万元，偷渡要十万元。偷渡，那是违法的事，春晓想咱不能干，于是立即说："我不偷渡，我要正式手续的。""那要先付一半费用，另一半用打工的赚来钱还。"老华侨说。

春晓回到沙镇，立即把新月夫妻俩叫到老房子里，商量自己出国赚钱的事情。云芳说："嫂子，去不得，万一……那里不比国内啊，连个亲人都没有。"新月也说："嫂子，还是不要去了，你一个女人家出国太辛苦了。"哑巴父亲在一旁一边摇手一边"哦哦啊啊"地叫着。春晓看到一家人都在担心她，感动得直流眼泪。她想这一家人是何等善良啊，但善良不一定给人带来好运，更不能给人带来财富。厄运也不因为善良而绕开，厄运一旦降临到某个人的身上，想躲也躲不开，只有勇敢地面对，才有机会打败它，然后把命运紧紧地掌握在自己的手里。

春晓便红着眼圈说："我知道你们都是替我着想，但是不出去就赚不到钱，没有钱就盖不了房子。没有房子，老三就成不了家，彩云和蓝天也会被人瞧不起。"新月还想说什么，春晓摆摆手说："我已经决定了，你们就不要再说了。只是彩云和蓝天还小，我有点放心不下。"云芳接过话茬说："这个你不要担心，我会像对自己的孩子一样照顾他俩的。""那我就放心了。"春晓又对老三说："老三，你也不要整天懒懒散散的了，拿出点做男人的样子来。"老三只是低着头不做声。新月想发火，春晓忙拦着他。

第二天，春晓给老华侨汇了一万元作出国的定金，只等老华侨办好劳工手续便动身去意大利。

七

　　沙镇的天空降下一层厚厚的雾霭，低处的车流、高处的屋顶都掩映在灰白的世界里。春晓背着挎包走出家门，云芳带着彩云和蓝天站在门口，彩云的脸上挂下两行泪水。春晓回身蹲下身子理了理蓝天的衣襟，轻声说："乖，在家好好听婶子和姐姐的话。"蓝天哭着说："妈妈，你早点回家。"春晓用手抹去蓝天脸颊上的眼泪，说："妈知道的，妈会尽早回家的。"春晓站起身，向云芳和彩云挥挥手，然后转身向车站走去。

　　春晓来到云州车站，登上去上海的大巴，然后又登上了去意大利的飞机，十小时后便到达了米兰。同去的还有五六个女工，老华侨——把她们交给米兰郊区的工厂老板。

　　老板四十来岁，玉都人，他带春晓去住的地方。两人来到一个地下室里，走进一个用硬纸板隔成的小房间。房间低矮封闭，唯有高出地面的墙壁处开了一扇小窗户，漏进一缕白光，窗户上竖着几根铁条。春晓一进门，迎头便扑来一股浓重的霉味。老板拉亮电灯，昏黄的灯光下，只见靠墙处摆着一张破旧的铁床。春晓放下行李后便跟老板来到工厂。工厂里坐着二十来个女工，都是华人面孔。她们全然不关心新来了一个家乡的朋友，一个个只顾低着头注视着手中的鞋包，春晓纯粹成了一粒可有可无的灰尘。

　　老板问春晓踩过鞋包没有，春晓点点头。老板把春晓领到一台机器前，指点春晓怎么踩。春晓一点就会，老板满意地离开了。

工厂里不停地传出机器马达声，女工们不说一句话，只是赶命似的忙着手里活儿，似乎不加快点速度钱就会被别人抢走似的。

傍晚，工厂里亮起了几盏白炽电灯。老板搬进一箱盒餐，女工们迅速拿起塑料饭盒，放在机器的平板上，打开盒盖低头呼哧呼哧地吃着。吃完饭后，女工们把饭盒往纸箱里一扔，转身立即开动机器，哒哒哒地缝着鞋包。员工们一直缝到十点多才歇手。老板一一点货，春晓踩的并不比别人少。春晓跟着一班女工回到地下室里，路上女工们依然不说一句话，她们的唯一目标就是早一分钟回到寝室里睡觉。春晓一钻进房间里就把自己扔在床上，好像是一件别人不要的什么衣物。第二天天刚蒙蒙亮，地下室里便发出潺潺的水流声。女工们已经起床了，她们随意地擦一把脸，然后又匆匆往工厂里赶去。

春晓打着哈欠来到工厂里，往嘴里塞进两个包子，喝了一碗豆浆。不一会儿，工厂里单调的机器马达声又响起来。女工们绷着脸，身体与机器紧紧地连在一起，似乎成了机器的一部分。

一个月以后，工厂给员工们发工资，这是工厂里最热闹的时段。员工们会互相询问赚了多少钱。春晓领到了一千一百多欧元，相当于九千多元人民币，跟别的员工相比不相上下。春晓将一千欧元汇给老华侨，一百欧元寄给云芳，自己只留下几十欧元的零钱。春晓买来一张电话卡，往家里拨了一个电话，细细地交代彩云和蓝天一番。又往春雨那里拨了一个，询问父母的身体状况。

工厂里每月只让员工们休息一天。在休息天里，春晓想美美地躺在床上睡一个懒觉。一照镜子，发现自己的头发像魔女一般披散了下来。她想去店里剪一下，一问剪一次头发要十几欧元。春晓舍不得花，便买了一把剪刀，回到家自己剪了一下。春晓也无所谓剪得整齐不整齐，她想反正没人欣赏，自己充其量只是赚钱的机器罢了。

一天，工厂里由于订单没接上停工休息，春晓决定独自去米兰逛一下，便上了一辆公交车，一小时后就来到了米兰。春晓下了车，眼前便映入一排排高楼大厦，有尖顶的，有圆顶的，有平顶的。那些尖顶的，好像是家乡的山峦磨成的针尖，白墙红瓦，气派豪华。街道宽阔，两旁开着一排排商店，店里的东西琳琅满目。有不少店里播放着华语音乐，春晓听到费翔《故乡的云》："归来吧，归来哟，浪迹天涯的游子。归来吧，归来哟，别再四处飘泊……"春晓知道那是华人开的店铺，春晓也不进去问问，也不想买东西，她只是沿着街道毫无目的地逛着。路上时常遇到一些黄皮肤的人，春晓也没有跟他们打声招呼。

春晓走得肚子咕咕直叫，巷子里飘出一阵拉面的香气，于是便不由自主地走了进去。店里的排桌上坐满了顾客，全是一副既熟悉又陌生的华人面孔，他们正在呼哧呼哧地吃着拉面。一位身材高大的老板正在灶台前给顾客下面，春晓看那背影感觉非常熟悉。仔细一看，立即惊讶得合不拢嘴巴，原来那老板竟然是谷峰。春晓感到自己和谷峰总有一段割舍不断的缘分，随影随形，若即若离。如今在异国他乡又遇到他，春晓的心兴奋得咚咚直跳。谷峰认出了春晓，惊愕地微微一笑。春晓吃完拉面后，谷峰说："给我地址吧，有空来看看你。"春晓往谷峰的记账本上写下工厂的地址，然后便乘车回到住处。

工厂里很快又接到了业务，春晓又如机器一般运转了起来。一收工就像田泥一般瘫在床上，她没有精力想别的什么，也来不及想别的什么，她只想多赚点钱，早日把欠老华侨的钱还掉，然后给家里汇钱早日把新房子盖起来。

一天下午，老板跟春晓说："外边有个老乡找你。"春晓走到门口，谷峰依然铁塔似的立在跟前，只是挡不住岁月的磨砺，两鬓长出了一丝丝白发，人也消瘦了许多。两人来到马路对面的一座公园里，在一把木椅子上坐下来。谷峰从挎包里掏出一瓶罐装啤酒，嗤的一声打开盖子递给春晓。春晓摇摇头没接。谷峰仰起头把啤酒往嘴里灌，喉结上下移动发出咕噜噜的响声。

春晓问："峰哥，你怎么到这里来了？"谷峰喝了一口啤酒，眉心皱成"川"字模样，说他在云州学了厨师手艺之后，便想大干一番，便租下一间店面开了一家餐饮店，他和美琳就是那时候认识的。但那里竞争非常厉害，自己又人生地不熟的，又不会走歪门邪道，最终竞争不过人家，生意淡薄，租金又高，结果亏了一大笔钱。他和美琳只好一起回山阳开了一家饮食店。由于人口向城镇迁移，生意也不景气。后来遇到了出国潮便来到了米兰。起初在餐馆里端盘子、洗碗，往后当上了厨师，再往后便自己开了一家拉面店。

"那生意还好吧？"

"生意还好，只是要没日没夜地干。"

"那美琳呢，怎么不跟过来？"

"她在山阳照顾我的老母亲。你怎么也到这里来了？"

"想赚钱呗。"春晓苦涩地说。

手机丁零零地响起，谷峰看了一眼没接，说："我要回去了，店里又要忙了。"谷峰从兜里掏出一个本子，写了一个号码撕下来递给春晓，说以后有事打电话给他，然后转身走了。春晓默默地看着，直至那高大的身影消失在寂寥悠长的大街上。

谷峰的再次出现，宛如在春晓平静的心海里投下一颗石子，泛起了点点涟漪。夜里，春晓的眼前常常出现池塘边那场刻骨铭心的急雨，她拿起手机想给谷峰打电话，但眼前立即又如电影蒙太奇一般闪过一幅幅画面：新明煞白的脸和乌黑的嘴唇，美琳无奈失落的表情……春晓终究没给谷峰打电话，谷峰也没来找她。

两年以后，春晓不仅还清了老华侨出国的费用，还有了二十余万元积蓄，她想再熬一年家里就可以盖房子了。

一天夜里，春晓收工后刚躺在床上，春雨便给她发来消息说："姐，咱爸走了。""你说什么，好好的怎么就走了？"春晓顿时感到眼前晕乎乎的。春雨继续说："咱爸患的是肝癌，发现的时候已经晚期了。他不让我们告诉你，免得你在外边记挂。姐，你要挺住。"春晓哭着走出房间，走到大街上。天空一片漆黑，正淅沥沥地下着雨。春晓跪倒在冰冷的水泥地面上，遥望着东方，任凭雨点簌簌地落在自己的头上，顺着脸颊流下来。

清明节前夕，春晓登上了回国的班机。两天以后，春晓在春雨的陪同下来到了青岙。当时青岙已扶贫迁村到岙口，村子里处处呈现出一片肃杀冷落的景象。老屋由于没人居住,墙上布满了青苔,屋角的一处已经坍塌下来,当年自己睡觉的阁楼也岌岌可危。院子里长满各色杂草,墙边的老梨树已经枯死,春晓的眼前不时浮现出当年与伙伴们在梨树下跳皮筋、踢"飞机岩"的欢乐场景。

山里忽然传来熟悉的杜鹃鸟的叫声:"不如归去,不如归去……"春晓听人说杜鹃日夜哀鸣,是会啼出血的。

姐弟俩顺着一条羊肠小道往后山走去,路旁的田地长满了蒙干草。春晓想起小时候经常提着篮子在那里拔兔子草,春雨则挥着竹枝圈在边上粘蜻蜓赶蚂蚁。春晓想要是这里的人不搬走,家里的老人都健在,那是多么美妙的事啊,她懊悔嫁到沙镇之后没有回到青岙过个年,那样一家人可以好好重温以前的美好记忆,如今这里已无家可回了,春晓心里不由得像被刀割一般无比痛苦。

两人来到屋后的山冈上,只见父亲的坟孤寂地隐在一处山坳里,四周树木荫盖。春雨摆上祭品,烧上纸钱。春晓跪在父亲的坟前,轻轻地抽噎着,眼前出现父亲那张慈祥而又冷峻的脸庞,耳边响起那嘶哑的"嚯嚯"的叱牛声。想起自己一出去就再也见不到父亲的面了,春晓不由得号啕大哭起来。

祭拜完父亲的坟之后,春晓来到岙口大哥的家里,看见母亲静静地在房门前坐着。母亲头发全白,目光呆滞,费了好大的劲才认出春晓来。春晓忍不住紧紧搂住母亲呜呜哭起来。嫂子说:"自离开青岙以后,妈妈总是跟人念叨着老家的事情,想回老家生活。"是啊,老家是根。如今根断了,怎叫人不伤感呢?

大哥大嫂也已两鬓斑白。大哥除了种地之外，时常做些粗工；侄子学了电工；大嫂则一边做家务，一边缝鞋包补贴家用。

当天夜里，春晓便睡在母亲的身旁。母女俩也只是静静地相拥着，随着年龄的增长，母亲变得迟钝了，春晓再也听不到母亲的絮絮叨叨了。春晓想起自己嫁到沙镇以后，由于路头远就很少陪伴自己的父母，连父亲走了也没有送他一程。由于生计艰难，在生活上很少顾及家里，反而给家人增添了许多心灵上的负担。要是当年听从父母的安排，或许走的是一条踏实的人生大道。这有什么办法呢？或许这就是命运的安排吧。

第二天早上，春晓噙着泪告别母亲，告别嫂子一家人。嫂子送到屋外，轻声说："你放心去吧，我会照顾好咱妈的。"

回到沙镇以后，春晓带着彩云和蓝天来到了婆婆和新明的坟前。那里的坟不像山里那样孤寂，周围一片都是坟地，来祭奠的人络绎不绝。春晓想他们在地下也必然像城里人那样不会孤单吧。

晚上，春晓和新月一家人聚集在老房子里，商量盖房子的事情。春晓提出把老房子拆掉，盖两间五层楼的新房子，春晓和老三各占一间。老三提出，现在城里人都住套房了，不如我们也盖套房吧。两间地基合起来盖，总共盖五层，底层共用，这样每人就有两套房子，连蓝天的房子也解决了。在春晓的感召下，老三也懂事了许多，通过新月的介绍帮人做皮鞋积攒下一笔钱。

大家都说老三的主意好，哑巴父亲"哦哦啊啊"地表示反对。大家明白父亲是说如果盖了套房，种地的农具和收回来的稻谷就没地方放了。云芳上前指手画脚地解释，说最底层宽着呢，想放多少就放多少。哑巴父亲便不再说话了。春晓说随着建材和劳动力价格的提升，建房子的资金缺口还是很大。老三立即拍着胸口说："嫂子，有我呢。"云芳竖起拇指说："你看，我们老三长志气了。"春晓眼角边闪出一颗泪珠，说："老三还没成家，以后花钱的地方多着呢。"新月接过话茬说："我们一步步来吧，先把房子建起来再说，办了房产证后可以向银行贷款。眼前不足的钱我先想办法解决，以后慢慢补上。"就这样，建房子的事情便定了下来。

第二天，春晓告别了家人，又登上了去意大利的班机。

一天，春晓收到家庭QQ群里弟妹赵晴的私聊信息，说春雨患上了抑郁症，副校长也不当了，学校安排他管理图书。他每天只是浸泡在书堆里，呆呆地不说话，饭也吃少了，人也瘦了。

春晓蒙了，春雨好好的怎么会得抑郁症？是压力太大的缘故吧。春雨工作之后，离开家里独自在外闯荡，又要买房子，又要安排孩子去城里读书，学校又有很多工作要干，家里人又不能给他支持。特别是他出生在山里，没有社会资源，又不善交际，在纷繁复杂的社会里难免会遇到各种困难和压力。

春晓立即在QQ上给春雨发信息，鼓励他克服困难，从困境中走出来。春晓一直没有收到春雨的回应，她不想过多打扰春雨，她想春雨虽然内向腼腆，但毕竟是从山里出来的，拥有大山一般坚强的意志，一定能从困境中走出来的。一个月以后，春晓终于收到了春雨的回应，只是短短的一句："姐，你不要担心我。"不久，群里公布了一条消息，春雨在《清江》杂志上发表了一篇散文，题目叫《人生苦旅》。春晓如释重负般地松了一口气。

春晓家里终于建起了新房，老三也成了家。懂事的彩云考上了大学，进入云州工商学院学习。蓝天考上云州市一所重点高中。春晓长长地舒了一口气，但为了让家人过上更好的生活，她依然留在国外继续打拼。

时光的车轮转进2020年，春晓从家庭微信群里获知国内暴发新冠疫情的消息，患者的数据一天天攀升，春晓不由得为家人的安危担忧起来。让人欣慰的是，国内立即采取有力的防控措施，工厂实行停工停产，学校实行线上教学，城镇、村庄实施闭环管理，人员外出全部戴上了口罩。不久，意大利也暴发了疫情，而且愈演愈烈，但工厂依然上工，要命的是那里的人并不习惯戴口罩，店里也买不到口罩，春晓只得用毛巾裹住嘴巴和鼻子去上工，路上的人们向她投来鄙夷的目光。

意大利的疫情越来越严重，春晓的心不由得提到嗓子眼上。一天，春晓收到了一个包裹，一看是国内寄来的。打开一看，里面是一叠天蓝色的口罩。春晓一看寄件人是弟妹赵晴，眼泪不由得簌簌而下。春晓戴着口罩来到工厂里，工厂里的女工羡慕地看着她。春晓给每个女工发一只口罩，女工们感激地看着春晓。

春晓终究给谷峰拨了一个电话。一小时后，谷峰喘着粗气出现在春晓的眼前。春晓把一叠口罩塞进谷峰的手里。谷峰接过口罩，捧住春晓的额头，轻轻地吻了一下。

内地的疫情得到有效控制，意大利的疫情却越来越严重，街道上不时出现倒下的患者。工厂终于停工了，那些在外打拼的人逃命似的踏上了回国的旅程。

春晓想回到自己的国家才是最安全的，何况已经有好几年没看到家人了。于是她便急匆匆地来到米兰机场，走进售票厅里。售票厅排起了一支长长的队伍，为了"外防输入"，国内的航班纷纷停运。这是米兰去国内的最后一架班机，那些不老实的顾客拼命往前挤，人群里发出一阵阵谩骂声。警察拿着警棍过来维持秩序。队伍缓缓前移，买到票的人如逃离魔窟似的心有余悸，匆匆忙忙地离开售票厅。春晓焦急地站在队伍的中间位置。忽然有一个胖乎乎的男人挤进自己的前面，春晓声嘶力竭地喊道："你干吗，懂不懂规矩？"后面的人群立即传出一阵谩骂声。警察来了，大声呵斥着。但警察只想息事宁人，并不想主持公道，于是那个胖男人依然赖在春晓的前面。

机票一张张售出，每走一个人，春晓心里就咯噔一下。队伍缓缓地前移，终于轮到春晓前面的那个胖男人买票了，那个男人买到机票以后，低着头离开了售票厅。春晓来到售票窗前，只见女售票员肩膀一耸，双手一摊，说机票售完了。后面的人群传来一阵阵谩骂声、诅咒声，警察拿着警棍来驱散队伍。人群渐渐散去，春晓悔恨地跪在机场的大厅里，号啕大哭。

谷峰手里拿着一张机票来到春晓跟前，他俯下身子拉起春晓。春晓抬头一看，只见谷峰像一座山似的立在眼前。谷峰拉着春晓的手向窗口走去。

一会儿，春晓手里拿着一张机票和谷峰一起走出售票厅。春晓忘情地抱住谷峰，哽咽着说："谢谢你，峰哥……"

去往上海的班机盘旋着离开米兰，急速向东方驶去。春晓极目远望，只见前方出现一缕缕七彩的云朵。

十小时后，春晓在上海下了飞机。她拿起手机给谷峰发了个信息："峰哥，我到上海了。"

"恭喜你，安全了。"

"你也回来吧。"

"我无所谓，孤身一人。"

"美琳呢？你不管她了。"

"我母亲去了，她也走了。她喜欢自由。"

"那你……还是回来吧。"

后　脉

后脉如山脉，山脉断了，地就塌了。

——题记

一

客车在峡谷的缝隙间穿过，两边的青山不断向中间挤拢。公路旁边有条小河，河水碧清，泛起点点涟漪。

"嘎儿姐，到了吗？"耿芳焦急地望着车窗外。

"快到了，耿妹，你别急。"嘎儿姐说。

车子转过一道道弯，穿过一座座桥，眼前便渐渐明朗起来，路旁出现一座座洋房。客车进了车站，耿芳和嘎儿姐从车上下来。

"嘎儿姐，那户人家呢？"耿芳问。

嘎儿姐说："这里是县城，那户人家在镇子里。"

耿芳和嘎儿姐上了一辆面包车，车子"呜呜呜"绕到山顶，又从山顶盘旋而下。耿芳捂着嘴巴想吐，嘎儿姐从兜里掏出一颗硬糖，剥了糖纸之后塞进耿芳的嘴里。车子终于在路边的一块场地上停下来。

"嘎儿姐，到了吗？"

"还没，这里是镇里，你的那户人家在山里。"

耿芳和嘎儿姐又上了一辆拖拉机，拖拉机"哒哒哒"地沿着一条机耕路往山里驶去。路面坑坑洼洼，车斗像捣米筛一般不停地颠簸着。耿芳坐在车斗的边沿上，双手紧紧地拽住嘎儿姐的胳臂，嘎儿姐的双手紧紧抓住车斗的一根铁杆。拖拉机爬上一道道山坡，穿过一个个山坳，最终停在一个院子里。

从拖拉机上下来，耿芳感到腰酸背疼，骨头似乎要散架了。嘎儿姐用手指了指对面，说："耿妹，那户人家就在那里。"

暮色苍茫，远处的山峦在夕阳下荡漾，对面的山坡上依稀出现几座房子。

"我们走吧。"嘎儿姐拽一下耿芳的胳膊。耿芳背起挎包，紧紧跟在嘎儿姐的身后。一条小路歪歪扭扭向山里延伸，路旁时而出现几丘田地，间或有几户人家。

"这里的山多青哪，空气多新鲜哪。"嘎儿姐说。耿芳深深地吸了一口气，这里的空气确实是甜的。

前面是一道山岭，从山顶直挂到谷底。山岭依在悬崖上，由于山太陡，只好如角尺般拐来拐去，人走在上面似猴子在崖壁上爬行。山谷底下有条河，错落着一个个圆形的石潭，远看如一条丝带串着一颗颗绿色的珍珠。

耿芳扶着嘎儿姐的肩战战兢兢地下了山岭，走上一座水泥桥，水泥桥咚咚咚地颤动。嘎儿姐站在水泥桥中间，扶着栏杆指着桥下的一个水潭说："耿芳，你看你看，河里的水多清啊！"耿芳望着桥下，只见潭水如融化的绿色玻璃。潭边布满雪白圆滑的小石子，仿佛散落着一颗颗天鹅蛋。

耿芳只在电影里见过这样清澈的水流，便对嘎儿姐使劲点点头。

过了桥之后，便是一道往上的山岭。嘎儿姐说："爬上这条岭就到了。"

两人终于爬到岭头，耿芳不停地喘着粗气，印着蓝花的衬衣被汗水紧紧地黏在脊背上。前面是一条林荫小道，小道的两旁长满树木或竹子。夜幕降临，小道幽深昏暗，山里不时传来鸟的怪叫声。

穿过小道，爬上山梁，在月光的掩映下出现几座木房子，窗户里漏出几束昏黄的光。有几条狗在汪汪地叫着。

嘎儿姐把耿芳带进山坳的一户人家里，站在院子里喊："姑妈，来人了。"

一个中年妇女缚着拦腰从屋里迎了出来，笑盈盈地牵着耿芳的胳膊走进屋里，说着不土不洋的普通话："阿囡，饿坏了吧。"

耿芳坐在堂前间的凳子上，只见对面坐着一个瘦削的后生，皮肤白皙，脸型方正，黑着眼圈，忧郁地跟耿芳打了声招呼。不久，姑妈端上两碗番薯粉丝，中间放着两个鸡蛋。耿芳和嘎儿姐狼吞虎咽地吃起来。

吃完番薯粉丝之后，姑妈给耿芳端来一脸盆热水，盆里放着一条红色毛巾。毛巾虽然是新的，却吸附着一股带着木香味的陈气。耿芳胡乱地擦了把脸，便跟着姑妈走出堂前间，咚咚咚地上了一道楼梯。只见中间楼的后面立着一个柜子，里面点着蜡烛和香。耿芳悄声问嘎儿姐："这是什么？"嘎儿姐说："这是香火柜，香火就是传宗接代的意思。"姑妈吱呀一声打开一扇木门，拉亮电灯，叫耿芳和嘎儿姐进去休息。房间里弥漫着油漆的香味，摆着柜子、沙发、木床等家具，在白炽灯的灯光的照耀下闪着白光。嘎儿姐说："耿妹，这是一户不错的人家。"

耿芳偎依在嘎儿姐的身上，眼前飘浮出一幅幅焦黄的画面。在甘肃省金昌市的一处戈壁滩上，热风带着沙尘，耿芳的一家人爬上满是碎石的山疙瘩。爸爸挥起锄头在岩缝边的泥土里挖了个窟，耿芳把长了芽儿的土豆种放进窟里，妈妈在旁边放一撮肥料，哥哥随即用锄耙往窟里盖上泥土。土豆收成之后，一家人又往窟上种上玉米。村里很少下雨，耿芳时常背着一个油壶到山脚下的小河里背水。河水发黄，要沉淀好几天才可以饮用。

嘎儿姐住在山脚下的嘎儿镇里，她十八岁便去温州打工了，后来嫁到平阳的一户人家里。耿芳背水的时候遇到了嘎儿姐，嘎儿姐说："妹子，跟我去那边吧，那里的山很绿，水很清，空气很新鲜。女孩子不要上山劳动。"耿芳心动了，只是担心爸妈不同意。嘎儿姐来到耿芳的家里，跟耿芳爸妈说嘎儿镇有好几个女孩都嫁到那边去了，也都过上了幸福的生活。爸爸吸着旱烟，"嘶"地吐出一口烟圈，说："耿芳你去吧，女孩迟早要出嫁的。嫁就嫁远点，享福去。"

耿芳跟嘎儿姐走的时候，妈妈不舍，抱着耿芳哭了一会。说到那边要经常给家里写信，多寄几张照片过来看看。

二

　　天刚蒙蒙亮，耿芳被一阵猪的嚎叫声惊醒。嘎儿姐说："这是准备给你办喜事的。"

　　耿芳和嘎儿姐起床，只见院子里聚集了很多帮忙的人，有给猪熰毛的，有在屋旁的石臼里捣糍粑的，有洗菜的，有摆桌子的。耿芳走下楼梯，一个后生肩上扛着凳子，立在院子里怔怔地盯着耿芳看，耿芳浑身不自在地低下了头。院子里有人喊："大埂，眼珠子不要掉出来啊。"那个叫大埂的后生"哦"的一声放下凳子。人群里轻声议论："这姑娘长得真俊啊！二春真是交上桃花运了。"

　　房子的柱子上贴着红艳艳的对联，院子里摆了十几桌酒席。客人们陆续到来，二春穿着一件崭新的中山装不停地给客人递烟。院子里传来火药铳的巨响，酒宴开始了，耿芳穿上红衣服，跟着二春一桌桌去敬酒。耿芳不会喝酒，由嘎儿姐代喝；二春不会喝酒，由他哥哥大春代喝。亲戚们都说嘎儿姐修心积德，给二春介绍了一个这么水灵的姑娘。嘎儿姐喝得满脸红光，一直红到脖子上。

　　夜幕降临，客人们渐渐散去。耿芳和二春进入新房，坐在床沿上，床上叠着好几床红被子。新房是昨晚耿芳与嘎儿姐睡的房间，墙壁上新贴了报纸，报纸上残留着糨糊的痕迹。玻璃窗上贴着两个大红

"囍"字,在灯光的映照下愈加红亮。一群年轻的男女拥进房间,他们在房间里唱歌逗乐。年轻人散去之后,二春关上房门,拉灭电灯,床边的一对红烛依然发着亮光,流下一滴滴红色的烛泪。耿芳脱了外衣缩进被窝里,二春脱了衣服躺在耿芳旁边。耿芳羞涩地闭上眼睛。良久,耿芳感到有一双手抖抖簌簌地向她伸过来,在她的身上游移一番。耿芳浑身哆嗦,微微喘着气。那双手不久又缩了回去,二春"唉"地叹了一口气,然后又直挺挺地躺在床上。

这一夜,耿芳一半清醒一半昏睡。天亮了,二春推了推耿芳,叫她起床去把灶肚子里的火点起来。耿芳穿上衣服走下楼梯,来到灶台后面。只见灶肚子里塞着稻草和干柴,旁边放着一盒火柴。火柴旁有个红包。耿芳收起红包,"噗"的一声擦亮火柴点燃稻草,灶肚子里便呼呼地蹿出一股黄色的火苗。

姑妈起床了,她叫耿芳再去睡会。耿芳回房间后,跟二春说有个红包。二春说那是给她的。耿芳又躺进被窝里,二春伸手搂着耿芳。但只是搂着,没有别的动作。

吃了早饭以后,嘎儿姐说要走了。耿芳送她到院门口。嘎儿姐叫耿芳安心待在青岗,说这户人家不错,人也热情,后生长得也帅气。耿芳点点头,目送着嘎儿姐离开村子,好像送别亲人一般茫然若失。

又过了几天,姑妈跟耿芳和二春说:"我走了,你们好好过吧。"

耿芳问二春:"她不是咱妈吗?"

"不是,她是咱姑妈。"

"那咱妈呢?"

"咱妈就是她!"

耿芳宛如被二春带进迷宫一般晕头转向。耿芳又悄悄地问:"佝偻男人呢?"

"佝偻男人不在家里。"

看着二春满脸忧郁的表情,耿芳便不再发问。

那时正好是春耕时节,村里的男人们背着锄耙,陆续经过耿芳家屋前的石阶下到地里。田野里传来一阵阵"嚯嚯"的叱牛声。耿芳和二春每天只是待在家里,洗衣烧饭,喂养牲口。家里的柴米油盐和喂养牲口的饲料都是现成的。二春将烧熟的猪食装进一个木桶里,憋着气东倒西歪地提到猪栏边。栏里有两头一百多斤的猪,见到二春便"喁喁"地跑了过来。耿芳向院子里撒下秕谷,一群鸡便咯咯咯地跑过来抢吃。

青岗多雨,耿芳喜欢雨。雨笃笃地下到瓦楞上,屋檐上挂下一道道直直的雨帘,地上溅起一朵朵水花。耿芳撑起伞走出院子,走到村里的石阶上。雨水咚咚地打在伞叶上,针尖一般细小的水珠直溅到耿芳的脸上,耿芳浑身感到凉丝丝的。石阶旁是一座座木房子,房顶上袅袅地升起炊烟。耿芳看见山坡上倚着一个瓦窑,瓦窑的门半开着,似乎有人住在里边。耿芳好奇地凑近洞口往里看,只见窑里面住着一个身材矮小的老头,前胸和后背像山峰一样凸起。耿芳惊愕地离开瓦窑,回到家里,跟二春说窑洞里住着一个异人。二春不满地说:"你一个人去那里做什么?"

天晴了,耿芳走出屋子,站在院子里的石坎上。山里一派绿色,点缀着红的、黄的、紫的、白的花儿,似披上一条花花绿绿的毯子,在阳光的映照下闪闪发亮。耿芳走下山梁,只见路旁是一层层田地,地里的庄稼长得旺旺的,有水稻、番薯、玉米。劳力们有的耘田,有的锄草。太阳渐渐升高,山坡上反射着耀眼的白光。耿芳忽然看到南坡的园地里有一个黑点,定睛一看,那里立着一个人,头戴斗笠,身材矮小。耿芳明白正是在窑洞里见到的那个异人。异人挥起锄耙锄着地,身体像轴一般前后摆动,动作笨拙如皮影戏幕布上映出的皮影人。

夜里,月光透过窗玻璃射进来,窗外传来一阵阵蛙鸣。耿芳躺在床上,睁大眼睛寂寥地看着漆黑的天花板。耿芳忽然听见楼下传来一阵沙沙沙的响声,便悄悄起床,站在窗前往下一看。婆娑的月影下,只见有一个人挑着担子进入楼下的家门,月光在地面上拓下一个矮矮的变形的轮廓。

耿芳明白了,家里平常吃的粮食、菜肴和牲口饲料都是那个异人给准备的。

二春醒来,他说:"他是咱爸。"

"咱爸?那他为什么不住在家里呢?"

"怕吓跑你。"二春说完又呼呼地睡了。

听二春说,佝偻男人小时候患鸡胸病,长不高,走路要昂着头。有次下坡时一脚踩空摔下山崖,被树桩挑去一只眼睛的眼球,没有眼球的那只眼睛貌似深陷的骷髅洞。佝偻男人力气小,动作慢,劳动效率低,只能靠延长时间补救,每天从黎明开始一直忙碌到深夜。

二春为什么不下地帮忙呢？他每天只是蜗居在家里，从不跨出家门一步，而且总是一副忧郁的表情。自嫁给他以来，耿芳从未见他笑过。耿芳想二春必有难言之隐，还是让流逝的时光慢慢揭开这个谜底吧。

三

在青岗一晃一个多月过去了，耿芳跟二春说想给家里写封信。二春给耿芳找来纸和笔，叫耿芳写好后交给阿彪寄出去。

一天下午，二春叫耿芳去院子里摘个南瓜晚饭时做菜。南瓜架很高，上面爬满绿色的南瓜藤蔓，挂下一个一个黄黄的扁扁的南瓜。耿芳背来一只凳子放在底下，站在凳子上手臂极力向上扬起，风呼呼地灌进耿芳的上身，胸口和腋下感到凉丝丝的。耿芳摘下南瓜想从凳子上下来，低头一看，发现有一个男人怔怔地看着她。那男人头戴草笠，皮肤黝黑，身穿一件蓝白相间的T恤，肩上挎着一个绿色的邮包，臂膀的肌肉像山崖一般突起。耿芳忐忑不安地猜想那男人刚才会看见什么，身体便不由自主地晃动起来，然后斜着身子向前扑去。耿芳的胸口顶在那男人坚实的肩膀上。男人把耿芳放到地上，耿芳心里突突直跳，轻声问："你就是阿彪吗？"

"是的，有需要帮忙的吗？"

"帮我寄封信。"

阿彪跟着耿芳走进屋里，坐在水缸边的木板上，拿起瓢子舀了缸里的水咕咕地灌了一气。然后拿出一个信封，叫耿芳写上地址把信装进去。耿芳装好信递给阿彪，阿彪往信封里贴上一张邮票。二春递给阿彪一角钱。

信寄出去以后，耿芳盼望早日收到回信，随之便期待阿彪的到来。阿彪隔天的午后准时到达。每次过来，耿芳便站在走廊上问："阿彪，来信了吗？"阿彪说："还没呢。"阿彪知道耿芳在等他，每次过来都有意在耿芳家的院子里停留一会，歇歇脚、喝口水，啃着一块发硬的面包。

听二春说，阿彪每天要赶二三十千米的山路。早晨从清口出发，经过平岗来到青岗，晚上到胜利林场过夜。第二天从林场出发，从双溪口路线绕回到清口，又要走二三十千米。一年下来要穿破二十多双解放鞋。耿芳看到阿彪腿肚子上的肌肉胀胀的，好像鼓起的大蒜。

一天，阿彪招呼耿芳从楼上下来，递给耿芳一份《人民日报》。阿彪说："你怪闷的吧，看看报纸吧，这是我从退休的老廖那里讨来的。"耿芳从报纸上看到国内外许多新鲜的事情，看完了便等着阿彪给她换新的。于是等待阿彪，便成了耿芳的惯例。

两个月后，耿芳终于等到了家里的来信。家里人说耿芳过得好，他们也就放心了。

一天下午，天突然下起瓢泼大雨，一直下个不停，路上哗哗地流着水。阿彪浑身湿淋淋地跑进屋里，诅咒道："这该死的天，怎么下个不停啊。汨水恐怕过不去了。"汨水是隔在青岗和胜利林场之间的一条小溪，一到下雨溪水便暴涨，路人就过不了丁埠。那里曾发生过路人被溪水冲走的惨事。

夜幕降临，雨仍然下个不停，阿彪急得如热锅上的蚂蚁。耿芳说："阿彪，你就在我家过一夜吧，明天早点出发就行了。"二春也这样劝他，阿彪迟疑了一会便留了下来。

阿彪拒绝让耿芳给他安排床铺，他说在堂前间的凳子上过一夜就可以了。

夜里，天忽然做起了风水。雨水横扫过来，撞击着窗玻璃啪啪作响。耿芳想阿彪一定会很冷吧，便悄悄起床打开柜子，拿出一条被单往楼下走去。耿芳打开堂前间的门，拉亮电灯，把被单盖在阿彪的身上。耿芳关了电灯转身要走，一双大手忽然伸了过来，拦住耿芳的腰，往后一拉，耿芳便轻轻地扑到一个男人的身上。

阿彪把耿芳压在凳子上，一阵刺痛，耿芳的眼眶里冒出泪水。一阵疾风暴雨，耿芳感到自己真正做了一回女人。

耿芳回到房间的时候，二春醒了，他问耿芳做什么去了。耿芳说给阿彪送条被单。

"哦，天还没亮呢，再睡会吧。"二春说。

早上起床的时候，阿彪已经走了。两天以后，耿芳依旧站在走廊上等阿彪，却再也没看到阿彪的影子。院子里走进一个老邮递员，叫老冉。耿芳问："阿彪呢？"老冉说："送信的线路每半年调整一次，他被调到青岙那边去了。"耿芳惘然地站在走廊上。

一天，耿芳在水缸边洗衣服，忽然感到喉咙里漫上一股腥味，然后便忍不住呕起来，只呕得头昏眼花。二春坐在椅子上呆呆地看着耿芳。

耿芳想起那夜与阿彪做的荒唐事，莫非……她不敢多想，低着头端起脸盆走向院子里，默默地把衣服一件一件地晾在竹竿上。

耿芳的肚子一天天隆起。姑妈闻讯后喜出望外，特地赶到青岗照顾耿芳。

二春的身体一天比一天消瘦，眼圈也一天比一天黑。他常常整夜睡不着觉。一天早上，耿芳看见二春直挺挺地躺在床上，双眼紧闭，眼角残留着一绺泪痕。

姑妈走进房间，嘴里嘟哝着："宝贝，你还是走了。"姑妈没有哭，她好像早已预知二春会走似的，就像秋天过后便会预知寒冬会来临，寒冬来了便会预知迎来一场大雪，一切都显得水到渠成。

佝偻男人扛起二春走下楼梯，把二春放进棺材里。耿芳想靠近棺材最后看二春一眼，姑妈拦着她说："你有身孕，不要靠近他。"耿芳怔怔地看着佝偻男人与村人抬起棺材，抬出院子，一直抬到南坡的坟地里。

办完二春的丧事之后，姑妈眼巴巴地看着耿芳的肚子，看得耿芳的身体痉挛发抖。姑妈忽然扑通一声跪在耿芳的跟前，含着泪说："阿囡，你一定要给林家留条后脉啊。你如果要走，就把孩子留下来吧。"

耿芳眼眶里噙着眼泪对姑妈点点头。

随着二春的过世，二春的谜底便如冰雪消融的山峦一般显露出来。原来二春是姑妈的儿子，佝偻男人是姑妈的哥哥。为了给林家留条后脉，姑妈便把二春过继给佝偻男人当儿子。后来发现二春一晒太阳就会晕倒,医院一查患的是白血病,医生说二春的病无药可治,只能听天由命。佝偻男人和姑妈只好像温房里的花一般把二春养在屋子里,最终二春还是走了。耿芳不知道自己有没有在背后推了二春一把,让二春更早地向黄泉路走去。耿芳只感到自己的命很苦,千山万水跑到这里来承受身心的折磨。

  二春去世后不久,耿芳生下一个女儿。耿芳期望女儿长大后能成为一个优秀的女孩,赢得男孩的青睐,招个女婿上门为林家留下一条后脉。耿芳便给女儿取名叫优优。

四

  优优满月以后,姑妈说:"阿囡,我要回去了。你嫂子要生二孩了。你好生照顾自己吧。"

  姑妈走了以后,佝偻男人为了让耿芳有更多的时间照看优优,便更加勤快了。他每天除了起早贪黑下地干活之外,夜里还过来把猪食烧好,一直忙到三更半夜才歇手。

  夜晚,房间里亮着昏暗的灯光,耿芳抱着优优常常做梦,而且常常做同一个梦,梦见阿彪走进院子,给她送来报纸,然后喝一口水,挥着汗,背起邮包向屋角的那条小路走去。

  可阿彪始终没有出现在耿芳的眼前。老冉说:"阿彪来不了了。"耿芳心里咯噔一下,问:"为什么?"

  "阿彪过茅清口丁埠的时候被大水冲走了。"老冉说。

"怎么就这样走了呢？"耿芳喃喃自语。耿芳深感人的生命是那样的脆弱，就像一张纸一样，原本是正面的，被风轻轻一吹就翻到反面去了。

死就死了吧，太阳依然东升西落，好也是一天，坏也是一天。只是关于优优的秘密，随着阿彪与二春的离去，将永远尘封在耿芳的记忆里，再也不会被世人开启了。

一天夜里，耿芳听到楼下发出笃笃的响声，时紧时缓，宛如寺庙里的和尚敲打着木鱼。耿芳站在窗户前往下一看，只见中堂外的门框里，月光拓下一个斜斜的黑影，一个男人正在叩门。耿芳仔细一看，是村里的大埂。青岗人取名喜欢带个"大、二、三"字，一听名字便知他在家里排名第几，数字排得越多人丁就越兴旺。青岗地点偏僻，本地的姑娘都不愿意嫁进村里。为了不做"独自人"，后生们便走出家门去城里赚钱，赚了钱便在外地安家落户，生儿育女延续家里的后脉。大埂人懒，不愿去外地赚钱，家里又没积蓄，因而始终娶不到老婆。好在二埂人活络，在外地安了家，老婆给他生了个男孩，帮邱家完成了传宗接代的伟业。于是大埂便越发懒了，整天喝得醉醺醺的，地里的草长得比庄稼还高。耿芳想大埂是一个想女人想疯了的男人，她若进入自己家里必定会什么事都干得出来。耿芳的心头不由得咚咚直打鼓，拿起预备给优优洗漱用的水往楼下泼去。大埂"呀"的一声跑开了，跑到远处仍然不甘心地回过头看着耿芳的房间。

耿芳不想成天担惊受怕的，第二天便抱着优优去找村主任许三公,跟他说起大埂半夜来叩门的事。许三公说:"这无赖,喝了酒后什么事都干得出来。你放心,我会教训他的,只是我也不能担保他以后不会过来生事。这样吧,你还是把你爸叫到家里住吧,相互之间也有个照应。"

耿芳想起佝偻男人无比丑陋的外形,不由得迟疑起来。但想想他毕竟是二春的爸爸,便说:"阿公,他不愿见我。烦你帮我请一下吧!"许三公答应了。

佝偻男人搬进了屋里,他在房子左头依着墙壁搭了个草棚,垒起锅灶,开了左边的那扇门进入堂前间,里间铺上床当卧室。靠中堂那边的门则紧锁着,以免与耿芳碰面。

半夜里,大埂又来叩门。这次他做好了充分的准备,撑了一把雨伞防止被泼到水,还拿了一把尖刀伸进双扇门的缝隙里,准备移开里面的横木。看着大埂一副不达目的不罢休的样子,耿芳的心不由得悬到嗓子眼上。忽然佝偻男人拿着一把砍刀冲了出来,大埂便灰溜溜地跑了。

耿芳知道佝偻男人很辛苦,每到饭点的时间,便把饭盛好放进堂前间的桌子上,让他从地里回来有饭吃。

优优一天天长大,她似乎并不害怕佝偻男人丑陋的外形。她时常替耿芳端饭给佝偻男人吃。佝偻男人不敢见耿芳,优优便成为耿芳和佝偻男人联系的桥梁。一天,天下着大雨,耿芳不见了优优,便惊慌失措地在房前屋后里找。耿芳突然听到佝偻男人的厨房里传出优优的笑声。耿芳过去一看,只见优优骑在佝偻男人的身上,一手扶着佝偻男人背上的"驼峰",一手拍打着佝偻男人的肩膀,"驾驾"地喊着。佝偻男人趴在地上,驮着优优一圈一圈在灶台边转着。耿芳见了便喊:"优优,快下来。"优优便从佝偻男人的身上下来。佝偻男人来不及站起身,便用手扒着地面直爬进堂前间里,状如一只受惊逃进石洞里的河蟹。

优优出生之后,耿芳甘肃的家人总是叫她寄一张全家福照片过去看看。耿芳有点为难,因为耿芳已经给家里寄过二春的照片。

一天,哥哥大春和嫂子过来看耿芳。嫂子原先是江西的,与嘎儿姐一起在温州当发廊妹。嫂子认识打工的大春,见大春长得帅,又老实本分,便嫁给了他。嫂子便叫嘎儿姐给二春介绍个外地女孩,嘎儿姐便找到了耿芳。耿芳现在才知道嫂子是改变耿芳人生历史的"始作俑者"。

耿芳跟嫂子提起要给家里寄照片的事。嫂子说"这好办",立即把大春拉到凳子上,叫耿芳抱着优优坐在旁边。嫂子催耿芳对大春亲昵点,耿芳不自在地靠在大春的身上。嫂子又把大春的手拉过来抠住耿芳的肩膀,然后拿出照相机"咔嚓"一声拍下一张照片,说过几天照片洗出来后带给耿芳。

嫂子说:"如今二春去了,你该重新嫁人了。要么把优优带走,要么把优优留给你姑妈。"

耿芳想起二春忧郁的眼睛,想起姑妈期盼的眼神,想起佝偻男人辛苦的背影,她不忍心把优优带走,但又不忍心离开优优,于是便依旧留在青岗,准备等优优长大成家后再做打算。

五

优优上学了,起初在青岗小学就读。耿芳非常关注她的学习,监督她做好每一道作业题。

通过佝偻男人的背影,耿芳依稀感到他比以前老多了,行动更迟缓了,劳动效率也更低了。佝偻男人只好起得更早,回得更迟。下雨天、大热天也很少在家里休息。

一天中午,太阳像个火刺猬,烤得天红地赤,烤得人的眼睛发疼。优优给佝偻男人送饭,说佝偻男人不在家里。一小时后,耿芳叫优优再去看看,优优说佝偻男人还是没有回家。耿芳站在院子的坎上看,只见南坡园地里横着一个黑点。耿芳带着优优走近一看,佝偻男人像一块不规则的石头,脸朝下翻在两条番薯垄的中间,铁板横在边上。优优上前探了探佝偻男人的鼻孔,说已经没气了。佝偻男人即使死了也不想跟耿芳照个正面,也不想跟耿芳说上一句话。耿芳不想违背佝偻男人的意愿,便不去翻佝偻男人的身体。优优叫来许三公。许三公把佝偻男人背回家里,村人从窑洞里抬出一具棺材,这是佝偻男人唯一的积蓄。为了不浪费木料,佝偻男人的棺材做得比别人的短,但比别人的宽,为的是方便侧身躺在里面。姑妈含泪把佝偻男人生前穿的旧衣服塞进棺材里,把身体垫实垫稳。村人把佝偻男人的棺材抬到南坡,埋在二春的旁边。

佝偻男人走了以后,为了养活自己和优优,耿芳承担起原本属于佝偻男人的劳动来。耿芳从戈壁滩上走来,上山下地是耿芳的秉性。

耿芳虽然是女的，但比佝偻男人年轻，比佝偻男人健全，佝偻男人干的活耿芳也可以干。耿芳拒绝村里任何男人的帮忙，以免日后要偿还。由于耿芳的果决，也由于许三公的魄力，大埝便再也没有上门骚扰过耿芳。

后来优优去平岗上学，上课期间便住在学校里。嫂子说："你来温州打工吧，优优周末可以回你姑妈家里。"为了周末能跟优优在一起，耿芳不愿离开青岗。耿芳想起在甘肃老家时，为了增加家里的收入，妈妈制作玉米饼挑到嘎儿镇上去卖钱。于是耿芳也便学着妈妈的样子把玉米磨成粉，加入糖揉成饼，放在油锅里烙，烙成的饼香香的甜甜的脆脆的。耿芳把饼挑到十五里路外的龙潭景区去卖，取名叫"青岗饼"。游客们品尝青岗饼后争相购买，每次都供不应求。景区里的土特产店向耿芳订购。耿芳想村里有的是原料和劳力，便组织村民办了个合作社，一起制作青岗饼，挑到景区里去卖。在旅游旺季的时候，不少游客一路享受密林的阴凉，到青岗来买原生态的青岗饼。随着青岗饼名气的打开，来青岗买饼的人便越来越多，村里便办起了一家民宿。由于耿芳给村里的人们带来了收入，村里人便推选耿芳当了村主任，许三公担任村支书。

六

优优初中毕业后考上了卫校。三年后，优优卫校毕业，带来一个男同学见耿芳。男同学的名字叫广明。优优说广明的爸爸是当地著名的企业家，家里资产丰厚。

耿芳不安地问优优："广明愿意进门给咱家当女婿吗？"

优优说："应该会吧？广明说只要跟我一起，到哪里都可以。"

过了一段时间，优优红着眼圈说："妈，广明的爸爸不同意广明进我们家里，说广明要继承家里的资产。"耿芳说："那不行，他不愿意到我们家里来，你就不能嫁给他。"优优又说："广明还说，如果我嫁给他，他爸爸可以想办法把我的工作安排到县城医院里。"

耿芳想起死去的二春和佝偻男人，果决地说："不行，你一定要给我招个女婿上门。"优优跑回房间里，眼睛哭成红桃似的。耿芳的心里如海浪般翻滚着，耿芳最后清醒地想到为林家留下后脉不是优优的职责，谁也不能剥夺优优追求幸福生活的权利，于是耿芳便跟优优说："优优，妈答应你，你嫁给广明吧。"优优立即破涕为笑，激动地抱着耿芳说："妈，你真好。"

优优出嫁那天，姑妈没有过来喝喜酒。嫂子说姑妈生病了，躺在床上起不来了。送走优优之后，耿芳立即赶到阳岗。姑妈躺在床上，已经不能说话了。她睁着眼睛绝望地看着耿芳，嘴巴抖动几下，头一歪便离开了人世。耿芳读懂姑妈绝望的眼神：大春的两个女儿都出嫁了，没有为李家留下后脉；优优也出嫁了，没有为林家留下后脉。

优优出嫁以后，耿芳的眼前时常浮现出二春忧郁的表情、佝偻男人忙碌的身影、姑妈绝望的眼神，他们一个个都走了，耿芳想他们定然因为没有延续后脉死不瞑目。于是耿芳做了个大胆的决定，把自己当作林家的女儿再嫁一次，为林家生个孩子，以告慰那些地下不安的魂灵。嫁给谁呢？耿芳明白世人都为延续自家的后脉全力以赴，后脉就如孕育着青岗的那条洞宫山山脉，山脉断了，土地将会坍塌，世人便会无法生存。男人们以延续自家的后脉为己任，他们是不会轻易入赘耿芳家延续林家后脉的，何况耿芳已经四十二岁了。耿芳忽然想起那个想女人想疯了的男人——大埕。大埕随着岁数的增长，深信自己已经找不到女人，便愈加颓废了，整日与酒做伴，一天天耗费自己的精力，直至把自己送入坟墓为止。

一天，耿芳在南坡锄地。大埕懒洋洋地拿着锄耙来到耿芳旁边的园地里。大埕戴着一个缺了边的笠帽，蓬头黑脸，弯腰驼背，身上的白衬衫浸满黑色的汗渍。看到大埕猥琐的外貌，耿芳感到恶心。想起林家的后脉，耿芳吐了一口唾液，喊道："大埕，你过来，有话对你说。"大埕大抵以为耿芳逗他，懒懒地说："村主任大人，有话就说呗？"耿芳向他招招手说："你过来，跟你说悄悄话。"大埕似乎被电击了一般警醒过来，说："真的？"然后便跳过番薯垄，来到耿芳眼前，歪着脑袋把耳朵往耿芳身上贴。一股汗臭味飘进耿芳的鼻息。耿芳挥挥手说："你走远点。"大埕又像被霜打的茄子一般蔫了下来。耿芳说："跟你说正经话，你愿意娶我不？"大埕说："村主任大人，你就不要拿我寻开心了。"耿芳说："我跟你说正经的，你愿意娶我不？"大埕不相信自己的耳朵似的，半响才醒悟过来，说："想啊，做梦都想。"耿芳说："你如果想娶我，晚上到许三公那里来。""好嘞！"大埕得了宝似的跳回到自己的园地里，挥起锄耙猛力地锄着番薯地。

晚上，耿芳和大埂来到老支书许三公的家里，大埂破例没有喝酒，换上一身干净的衣服。耿芳对许三公说："支书，我愿意嫁给大埂，但必须答应我四个条件。"大埂说："只要耿芳能嫁给我，一千个条件我也答应。"

许三公说："耿芳，你说吧。我记下。"

耿芳说："第一个条件便是以后要是有了孩子要姓林，接林家的宗支。"大埂马上接过话茬说："这个没问题，我弟家里已经有了男丁，我家反正不会绝后了。"

"第二个条件，大埂要改掉那些坏习惯，把酒戒了。除了上山下地以外，都要穿得干干净净的。"

"这个……就是酒，能不能让我少喝点。"

耿芳果决地说："不行，一定要戒掉。"

许三公呵斥大埂："你这小子，一点出息也没有，戒就戒了呗。"

大埂低着头说："好吧，我戒了。"

"第三个条件，我园里的庄稼今年由大埂来种，秋收后收回到仓里。"

大埂说："这个没问题，我还没老，有的是力气。"

"第四个条件就是没办喜酒前，不许碰我。"耿芳低着头说。

大埂说："好吧。"

许三公问："大埂，你听清楚了吗？"大埂说："我听清楚了。我坚决执行，不执行是乌龟。"

许三公说："以秋收后为时限，大埂如果都做到了耿芳就嫁给大埂。立字为据。"大埂说"好嘞",喜滋滋地在协议书上歪歪斜斜地写上自己的名字。耿芳也在协议书上签了字。

签订协议之后,大埂好像换了个人似的,剃掉了头发和胡子,穿着也齐整了,酒也不喝了,每天起早贪黑打理地里的庄稼。秋收之后,大埂把稻谷、番薯丝挑进耿芳家的仓里。

耿芳准备与大埂结婚,优优和嫂子坚决反对。她们都说耿芳应该离开青岗,到外边去创造更美好的生活。

耿芳果决地说:"我要留在青岗,跟大埂结婚。"

那天晚上,耿芳在家里办了喜酒。亲戚们都来了,村里人也来了。

在耿芳的允许下,大埂跟客人们喝了酒。有的男人跟大埂开玩笑,说他是"癞蛤蟆吃到了天鹅肉",接到了"天上掉下的馅饼"。大埂呵呵地笑着,抑或是过于兴奋,抑或是久违了喝酒,大埂端起酒杯不停地喝着,只喝得晕头转向,说话口齿不清。客人们都散了,耿芳静静地躺在床上等着大埂走进房间。耿芳听到楼梯上传来咚咚的脚步声,忽然听到"嘣"的一声闷响,似乎有东西翻落楼梯。耿芳起床一看,只见大埂趴在楼下,头部撞到柱子上,脑袋迸裂,血流了一地。

村人闻讯赶了过来,摇头叹息着:"大埂真是没有享福的命啊。"

耿芳宛如被掏空了五脏六腑一般痛苦无比,心里虚空如蜕壳。耿芳想我和大埂已经办了喜酒,他便是我家的人了。耿芳给大埂叫来道士做了道场,给他买来棺材,又在南坡那里给他造了坟。许三公说,大埂的林地应该归耿芳继承。耿芳说还是归二埂吧,我孤身一人不需要那么多的土地。

　　大埝死了之后,耿芳深感林家的后脉就像战场上的一个无名高地,自己组织队伍发起一次次冲锋,一次次败下阵来,不断有人倒下,最后又回到了原点。耿芳感到精疲力竭,无比绝望。

　　年关到了,大春照例过来跟耿芳拍照。这次嫂子没过来,大春说她和嘎儿姐办的理发店生意兴隆,忙得抽不出身来。优优由于工作忙碌也没过来。耿芳叫来村里的一个年轻人给自己和大春拍了照,准备寄给家里。

　　那天晚上,大春留在耿芳家过夜。耿芳破例跟他喝了几杯酒。

　　夜里,耿芳沉沉睡去,忽然感到身上压着一个重物,仿佛孙悟空被如来佛压在五行山下一般喘不出气来。耿芳惊醒过来,发现身上压着一个人。耿芳开灯一看,竟然是大春。耿芳惊叫一声:"哥,你?"

　　大春喘着气说:"阿芳,我们一起给林家留条后脉吧。"

　　……

茶岭云开

一

一条黄狗"呼哧呼哧"地跑下陡直的茶岭,站在石阶上不时回望身后的主人。离狗约十米处,走着一老一少两个女人。老的六十来岁,头发花白,身材消瘦,晃晃悠悠地挑着一担晒干的茶叶。身后跟着她的孙女,姓林,唤名茶姑,十六岁,脑后扎着两条长长的辫子,肩上扛着一个编织袋。

人与狗下了山岭,岭下有一条小河,河水潺潺地从布满青苔的石头上流过,闪着清晨太阳的波光。河边长满高大嫩绿的芦苇,在夏日的暖风中轻轻地摇曳。河上有一道拱形的石桥,唤作"隔世桥"。桥上没有栏杆,黝黑发亮的石板散发出古老悠久的气息。据说此桥原先无名,有一个老道士云游路过,站在桥上抬头望去,只见眼前千山一碧,重峦叠嶂,幽深璀璨,便自言自语道:"过了此桥,便恍若隔世也。"后人便称"隔世桥"。走过隔世桥,眼前是一道新造的公路，如一根长长的针管，扎进茶岭山脚，穿过洞宫山，直达泰顺县城。路上驶过各种样式的车辆，有豆腐块形状的面包车，有甲壳虫般挪动的拖拉机，也有线条柔美的小轿车。

祖孙俩沿着公路走了半里许，便来到坞里。黄狗怯怯地缩在两人的身后。

自通上公路之后，坞里比原先热闹了许多。街道上人影绰绰，有女性打着伞逛街的，有顾客拿着袋子购物的，有农人扛着锄耙去劳作的，他们穿着不同的服装，显现出不同的面相。街道两旁错落着不同质地的房子，有砖瓦房，有木质房，有土坯房，高矮不一，新旧杂陈。沿街开着各种商铺，有卖米的，有卖布的，有卖干货的……

祖孙俩走进一家茶叶收购店里。老板姓张，七十来岁，一见茶姑便说起玩话来："哇，长得越来越好看了，再过几年就可以给我孙子当媳妇喽。"

茶姑一听张大爷的玩话，稚气的脸蛋立即涨成桃花似的，不由得羞羞地低下头。奶奶笑嘻嘻地应了一句："好啊，只怕我家茶姑高攀不上呢。"

张大爷有两个孙子，老大叫隆盛，二十岁，性格沉稳，擅长计算，旁人都说他是块做生意的好料子，初中毕业后便跟父母一起在县城经营一家茶厂。此时正值收购茶叶时节，隆盛也回坞里来帮忙了。老二叫兴业，十八岁，性格开朗，在县城读高中。平常酷爱拍照，一跨出家门便带上照相机，"咔嚓咔嚓"地记录自己生活的足迹。

张大爷笑容满面地接过茶叶，过了秤，算了账。奶奶从隆盛手里接过钱，也不问茶叶的价格与斤两，转进隔壁的副食品店里，买了一袋米，还有一些鱼鲎之类的干货，又到肉店里称了五斤肉，预备祖孙俩在岭上过半个月的食料。

奶奶扛着米，茶姑提着干货和肉，黄狗欢快地在前面跑着。经过收购店门前的时候，张大爷喊："弟妹，叫隆盛送你们一程吧。"奶奶说："不用了，我还扛得动。"

祖孙俩过了隔世桥，上了茶岭。原先岭上来往客人众多，自山脚打通公路隧道之后，岭上便人迹罕至，偶有几个爬岭健身的，或游山看风景拍照的路过。

奶奶不时放下米袋，站在枫树叶的阴影里挥几把汗，喘几口粗气，用拳头捶捶腰。黄狗趴在石阶上呼哧呼哧地吐着舌头。

眼前是一道陡坡，直直的好像靠着一把尺子，此处唤作"断魂岭"，是林家的伤心之地。

茶姑七岁那年冬天，山里下起一阵大雪，一连下了十几天，岭上积满了厚厚的冰雪。眼看就要过年了，家里的年货都还没置办，茶姑的父亲非常着急，便冒雪下山去坞里采购。茶姑的母亲不放心，便也跟着一起下山。到了断魂岭的时候，母亲一不小心滑倒在地，挂在山岭边的悬崖上。父亲伸手去拉，结果夫妻双双一起摔下断魂岭死了。

茶姑的爷爷早逝，家里只剩下奶奶和茶姑，祖孙俩相依为命。奶奶送茶姑去坞里上学，自己则辛勤经营着岭上那片茶园，在园边种上番薯、蔬菜。只是山顶缺水，种不了水稻，吃的米都要到坞里购买。

奶奶噙着泪狠走几步，便上了断魂岭。直至中午时分，祖孙俩才走进岭上的家里。

二

清晨，太阳爬上茶岭山坳，霞光给山峦镀上一层金色。茶园里一片碧绿，正是采摘第二季茶叶的时节。祖孙俩头戴斗笠，双手如公鸡啄米一般不停地把茶枝上的嫩叶采进篮子里。

中午时分，太阳闪着白光，晒得茶园里直冒热气。奶奶叫茶姑先回屋做饭，自己再采一会，说茶叶老了就不值钱了。茶姑挎着篮子走下山岭，来到自家的屋前。家里的三开瓦屋立在悬崖峭壁之间，藏青色的瓦面上布满青苔，屋檐向外翘出，远看如山崖上栖息着一只老鹰。

茶姑走进屋里，放下篮子，入了厨房。一泓清泉从崖缝里冒出来，流进一个石槽里。茶姑拿起一面黄色的蒲瓜瓢，舀起水咕咕地灌了一气。然后又舀了一瓢水倒进木盆里，俯下身子，盆里映出一张黝黑秀气的脸庞。茶姑双手捧着水往脸上泼去，精致的皮肤上粘满白花花的水珠子。

茶姑在锅灶里点起了火，灶肚子里发出啪啪的响声，蹿出黄色的火焰。不久，屋子里飘出饭菜的清香。饭菜做好后，茶姑坐在屋前的廊椅上等着奶奶回来。黄狗"噗噗"地从岭上跑下来，跑到茶姑跟前，摇了摇尾巴转身又向岭上跑去。茶姑跟着黄狗来到茶园里，只见奶奶瘫倒在茶树的旁边,衣服上沾满黄色的泥巴。

茶姑焦急地问:"奶奶,你怎么了?"

奶奶苦楚地叹了一口气,说:"唉!奶奶老了,不中用了。"

茶姑扶起奶奶,奶奶双腿直打哆嗦,额上直冒汗。茶姑架着奶奶一步一步走下山岭,走进屋里。奶奶倒在床上,浑身软绵绵的像一摊烂泥。

吃了午饭后,茶姑一个人来到了茶园里。傍晚回家的时候,只见奶奶瘫倒在床边。奶奶说:"我想去做饭,可两腿像灌了铅块似的,就是抬不起来。"

茶姑把奶奶扶到床上,说:"奶奶,我来吧,你歇着。"

晚饭后,茶姑又烧起火来,把茶叶倒进烧烫的锅里炒。奶奶坐在旁边的椅子上指点。锅里发出喇喇喇的响声,茶姑拿来两个带叉的树梗,不停地翻炒着锅里的茶叶。茶叶炒熟之后,茶姑把茶叶倒进竹匾里,伸出纤细的手,不停地揉着,把茶叶揉成桃核般尖尖的形状。茶姑一直到半夜才歇下来,感到腰酸背疼的,身上的骨头似乎要散架一般。

第二天早上,茶姑又把揉好的茶叶端到楼上,倒在屋檐下的竹匾上晒。

园里的茶叶终于采完了,茶姑把晒干的茶叶回锅后送到坞里。

张大爷问:"阿囡,你奶奶怎么没来啊?"

茶姑红着眼圈说:"奶奶躺在床上起不来了。"

张大爷摇了摇头,叹了口气,递给茶姑一叠钱。茶姑走进隔壁店里买了油、盐、米，扛在肩上吃力地往岭上走去。

隆盛从后面跟上来，接过茶姑的米扛在肩上，茶姑默默地跟在后面。

林家和张家世代交好，来往甚密。小时候，隆盛与兴业常来到岭上，与茶姑一起上山摘野果……元宵节到了，兄弟俩牵着茶姑的手一起到街上看灯笼……随着年龄的增长，茶姑与兄弟俩的交往距离便渐渐拉长了，见了面总是羞羞答答的，只是轻轻地打了声招呼，然后便低着头走开了。茶姑又想起那天张大爷和奶奶说的玩笑话，心里不由得咚咚直打鼓，脸上感到烫烫的。

一路无语，隆盛把米直扛进茶姑的家里，问候了奶奶，然后扛起锄耙与茶姑一起去了茶园。茶姑拿着剪刀剪去茶树上高出的枝条，隆盛在一旁铲番薯草，两人一直忙到天黑才回到屋里。

吃了晚饭之后，奶奶要留隆盛在岭上过夜。隆盛说："我还要回家结账呢。"然后便披着月色走出了屋子。

奶奶忙叫茶姑送隆盛一程。茶姑便拿起手电筒，把隆盛送过断魂岭。

茶姑回来后，便偎依在奶奶的身旁。奶奶搂着茶姑说："阿囡，隆盛人好。你以后就嫁给他吧。"

茶姑忸怩着说："奶奶，你别说了。我要在岭上陪你一辈子。"

三

奶奶一直下不了床，茶姑去镇里请来医生。医生说奶奶得的是软骨病，以后只能躺在床上过日子了。

张大爷拎着两斤猪肉来到岭上。奶奶噙着泪说："他大伯，我不中用了。只是茶姑没个依靠，我放心不下啊。"

张大爷明白奶奶的意思，心想隆盛的婚事自己做不了主。不由得叹了一口气，安慰奶奶一番后便下山去了。

张大爷回到坞里跟隆盛说，茶姑一个女孩子家既要管茶园，又要照顾奶奶，挺不容易的。你还是去岭上看看吧，能不能替她做些什么，顺便给她家里送些吃的？

那时，兴业正好放暑假回到坞里，说也想去岭上看看。隆盛扛着一袋米，兴业手里提着肉和鱼干，走过隔世桥，上了茶岭。兴业不时停下脚步，拿出照相机，"咔嚓咔嚓"地拍着岭上的风光。隆盛直催兴业走快点，店里正忙着呢。兄弟俩走进了茶姑的家里。黄狗迎了上来，摇着尾巴。兴业吹了声口哨，拿着一个棍子逗黄狗玩。茶姑递过茶水。兄弟俩问候了奶奶，隆盛见茶姑家里的园地已经整了，便要下山。兴业说想在岭上玩一会，拍几张照片。

隆盛走后，兴业说去茶园里看看。茶姑戴着斗笠，来到茶园里。兴业叫茶姑开心点，唱支歌。茶姑便在茶树间羞羞地唱起了采茶歌："正月采茶是新年，茶山会着姐妹年。个好年成来凑着，好似仙女落凡间……"兴业拿出照相机对着茶姑"咔嚓咔嚓"不停地拍着。

· 239 ·

有时把相机放在一块石头上，跑过来紧挨着茶姑，"咔嚓"一声拍下两人的合影。

兴业与茶姑回到屋子里，坐在屋前的廊椅上。映入眼帘的是层层叠叠的山峦，一派翠绿，中间点缀着红色的、白色的、黄色的花朵，似披下一条花绿毯子。

夕阳西下，晚霞从天空泻下来，给茶岭括上一层红晕。兴业从包里拿出一团红气球，呼呼地吹着气，直吹得脸红红的。茶姑拿过吹鼓的气球，用红线扎住口，把气球一个个地放出屋子，气球便缓缓地上升，在空中轻轻地飘浮着，艳红艳红的，宛如元宵节挂上的红灯笼。兴业又拿出相机，对着天空咔嚓咔嚓地拍着。

一轮圆月挂上碧蓝的天空，山间不时传来山鸟的怪叫声。月光下，兴业手舞足蹈地给茶姑说起外面的新鲜事。他说杭州西湖比坞里镇还大，苏堤和白堤要走半天才走到头。雁荡山的岭比茶岭还陡，还有人在半空里表演走钢丝……茶姑托着脸腮静静地听着，眼里放射出一阵阵惊羡的目光。

夜深了，奶奶叫兴业进屋休息。兴业说，他要在廊椅上过夜，第二天早上拍几张日出的照片。

早上，岭上下起了蒙蒙的细雨，山顶上笼罩着浓浓的雾气。茶姑起床后，兴业已经走了。茶姑想，兴业没拍到日出的照片，一定会感到很遗憾吧！

新学期开始了，茶姑不再去学校上学，她在家里一边打理茶园，一边照顾奶奶。

茶姑来到坞里，张大爷递给她一个信封，外写着"茶岭光影"。张大爷说信封是兴业托隆盛从县城带上来的。

茶姑打开信封，只见里面装着一叠厚厚的彩色照片，都是兴业那天在岭上拍的。茶姑翻开照片细看，惊奇地发现岭上有那样美丽的风光。有几张是两人在茶园里和廊椅上的合影，茶姑感觉当初两人没有那样亲昵。特别是那张红气球下的合影，两人紧紧偎依着，似一对情侣在共赏元宵灯笼。

奶奶在床上喊："看什么呢？得了宝似的！"

茶姑来到奶奶身边，把照片一张张翻给奶奶看。奶奶看了两人的合影，便问："他们兄弟俩，你喜欢哪个？"

茶姑立即羞红了脸，轻轻拍打着奶奶的胳臂，说："奶奶，我不是跟你说过了吗？我不想离开茶岭，我要陪你过一辈子。"

四

秋天到了，茶岭的枫叶红了，岭上不时上来一群群游客，走进茶姑的家里。他们都说是看了橱窗里展出的"茶岭光影"后慕名而来的。他们有专程来品茶的，说岭上的茶叶吸取山间的灵气，泡出来的茶特别清香可口；也有的是来看茶姑兼品茶的，说岭上有一个长辫子的十七八岁的采茶姑娘，长相标致，像山泉一般纯净；也有的是爬山健身兼品茶的，岭上风光秀丽，空气洁净，爬岭出汗，强身健体。

茶姑便在廊椅前放两张方桌，供客人们坐着慢慢品茶。茶姑不在家的时候，凡有客人上来，奶奶便拍拍躺在身边的黄狗，黄狗便跑出家里叫茶姑回家接待顾客。

客人来了，茶姑从一个泥做的大缸里舀出茶叶，放进一个黑色的茶壶里，接来崖壁间流出的清泉，烧开后给顾客泡上一壶清茶。顾客们细细品尝着，连说"好茶好茶"。说如今很难喝到这样纯净的好茶了。

客人们一边品茶，一边欣赏着山间的美景，享受着山里宁静的风光，感到心旷神怡。有不少顾客还向茶姑问长问短的，了解到茶姑的家世以后，不由得感叹惋惜。

客人们品完茶后，都会自动留下茶钱：有一元的、两元的、五元的、十元的……凡超过五元的，茶姑都要把多出的钱送还给人家。客人们总是推脱着，茶姑费了好大的劲才把钱塞进客人的兜里，有时要追上好远一段路程。

奶奶的身体状况越来越差，最后连手臂也抬不起来了，整个人瘦成骷髅似的。

张大爷来到茶岭，奶奶吃力地问："隆盛回坞里了吗？"

"隆盛没有回来，他在县城娶了亲。"

"对象是哪家的？"

"对象是跟隆盛他爸一起办厂的老板女儿，两人成亲后在县城开了一家茶馆。"

"……那兴业呢？"

"兴业读书毕业后在温州开了一家摄影店。"

……

冬天到了，山上刮起刺骨的冷风，刮得树上的枯枝败叶满天飘飞，茶姑在茶园里给茶树培土。黄狗呼哧呼哧地跑过来，招呼茶姑快点回家。茶姑急急地回到家里，只见奶奶直挺挺地躺在床上，眼角残留着一滴泪花。茶姑去推奶奶，发现奶奶的身体已经硬了。茶姑哭着烧水给奶奶擦洗身体，穿上干净的衣服。黄狗"呜呜"地跑出家门，踩着岭上满地的枫叶，来到了张大爷的店里。

张大爷来到岭上，请来道士给奶奶做了道场，把奶奶埋在茶园边上。

七天之后，张大爷跟茶姑说："阿囡，你一个人在山里孤零零的，还是跟我去坞里吧。我把你当亲孙女。"

茶姑摇摇头说："我想待在岭上。"

自此，茶姑便独自一人住在岭上，默默地经营着那片茶园，接待来岭上品茶的顾客。

夕阳西下，茶姑静静地靠在廊椅上，黄狗偎依在她脚边。茶姑的眼前不时浮现出一个个"红灯笼"，在狭小的天空中悠悠地飘荡着，如山尖上的一朵朵云霞。

清晨，山顶上的雾散了，云开了，太阳出来了。

他来了吗？

守 山

一

秋收之后，五个地村口的那棵大枫树叶子红了，悠悠荡荡地飘下来，落在土地庙的屋檐上、踏碓翘的石臼里、山湾里的竹林间。阿满站在屋前的岩坎上，怔怔地看着老葛从枫树底下的石头路上走过。

老葛肩上扛着一只黑布袋，袋里装着一个闪亮的钢杯，一只弯曲的龙角，一身画着八卦图的道袍。他转身向阿满挥挥手，嘶哑着喉咙喊道："老弟，五个地就交给你了，你好好守着吧。过年过节我会来看你的。"

阿满回道："老哥，你放心吧。我会好好守着的。"

老葛的身影在枫树底下消失后，阿满便回到屋里，戴上斗笠，扛起锄头往山坡上走去，身后紧跟着一条老黄狗和一只灰黑色的老母鸡。

山坡向着南面，上端是三坵园，下端是三坵田，布带似的绕着山梁，远看如趴着一只田螺。这里的园和田都是葛老太爷开的。葛老太爷原先住在山顶上的葛家村里，是一个道士，专给人做拣日子选坟地做道场之类的事情。为了替村里的老财主选一块好坟地，葛老太爷爬下葛山的悬崖峭壁，来到半山腰里，发现崖壁下有一股清泉，四周长着密密匝匝的杂树。葛老太爷俯身喝一口泉水，感觉凉凉的，甜甜的。又弯腰捧起一抔泥土，细细的，黑黑的，黏黏的，便暗记在心里。后来葛家村闹兵匪，葛老太爷便带着家人偷偷来到山腰里，搭起草棚，开垦田地，栽竹植树。因地点狭小，地里的产出估计最多只能养活五口人，葛老太爷便取名叫"五个地"。

阿满年幼时跟一个老乞丐"唱长筒"，老乞丐死后，他便独自四处流浪。在一个大雪纷飞的夜晚，阿满穿着一身破烂的衣服流浪到五个地，蜷缩在葛家的屋檐下。刺骨的寒风呼呼地刮着，阿满冷得瑟瑟发抖。葛大爷发现了阿满，便把他带进堂前间里过夜。第二天，葛大爷便把阿满留下来做帮工，让阿满有个安身的地方。阿满起初住在山坡上的草棚里，后来把草棚改建成一座小木屋，一层，三间。一间做厨房，一间做中堂，一间做堂前间和卧房。土改后，阿满分了葛家的田地，占一丘田，一丘园。大集体年代两家又合拢耕种，后来又分开。凭借五个地土地的滋养，阿满顺顺溜溜地存活了下来。

五个地地方狭小，老葛的后代只好向山外发展。老葛一家迁到柳林镇以后，这里的田地都归了阿满。阿满不想去政府安排的养老院里生活，他想要是自己走了，这里的地就荒了废了。他要在这里好好守着，把这里的田地打理好，过年过节时给土地庙和葛家的祖宗烧一炷香，一直守到自己永远闭上眼睛为止。

阿满来到坡上，只见田间地头开满了野菊花，有红的、白的、黄的，在风中轻轻摇曳。阿满来到田里，往手心里啐了一口唾沫，挥起锄头"嘣"地铲倒一簇稻秆头，一股泥土的清香飘进鼻息里。老母鸡蹒跚地跑了过来，啄吃着窟里的小虫子。

夕阳的余晖洒在山坡上，五个地被拢上一层金灿灿的轮廓。阿满扛着锄头回到家里，他一看湾里的屋顶并没有升起袅袅炊烟，才想起老葛一家已经搬走了。

吃了晚饭之后，月亮便从柳林镇的山坳里爬上来，月光透过老枫树的枝叶落在窗前的水缸里，缸里闪着鱼鳞似的斑驳的光。阿满躺在堂前间的凳子上，抬头望着碧蓝的天空。由于没有老葛来唠嗑，他感到天空更加寂寥了。

当年也是这样的夜晚，老葛走进屋里，喜滋滋地说："老弟，给你带来一个婆娘。"

阿满抬眼一看，只见老葛的身后跟着一个四十来岁的女人，脑后扎着一条长长的辫子，手里抱着一个三四岁的娃，那娃脸颊被山风吹得红彤彤的。

阿满连忙把女人引进堂前间里，一开口才知那女人是一个哑巴。老葛说哑巴原先是被一个光棍汉带到葛家村的，也不知是哪里人，叫什么名字，村里人都叫他"哑巴嫂"。哑巴嫂和光棍汉生了一个儿子，取名叫米粒，不幸的是米粒出生不久光棍汉就生病死了，老葛去那里做道士时见哑巴嫂无依无靠的，便把娘儿俩带回了五个地。

当天夜里，阿满抖抖索索地躺在哑巴嫂的旁边，生平第一次做了一回男人。但毕竟六十多岁了，第二天起床时便感到腰酸背疼的。

哑巴嫂虽然不会说话，但干活麻利，勤快，让阿满感到家里暖融融的。特别是有了儿子米粒之后，家里便充满欢乐的气氛。阿满常常驮着米粒下地里干活。

但这美好的一切就像脆弱的气球一般被那个干货佬阿邱戳破了。

阿邱五十来岁，单身，跛脚，住在山外柳林镇。每年清明过后，阿邱就到五个地来收购笋干，秋后又来收萝卜干、扁豆干等各色干菜。阿邱每次到五个地，都带来一些带鱼之类的海货，约了老葛在阿满家里喝酒聊天，一直聊到半夜才睡下。自哑巴嫂来了之后，阿邱似乎来得更勤了。每次过来都送给哑巴嫂一件新衣服，给米粒带来玩具和糖果。

夏日里，太阳火一般炙烤着大地。阿满从地里回来，端起灶台上的茶罐咕噜噜灌一气。他放下茶罐，看见中堂里摆着阿邱的行头，听到卧房里传出"窸窸窣窣"的声响。阿满推开堂前间的门走进去，只见米粒站在桌前头板上咚咚咚地玩着拨浪鼓，哑巴嫂红着脸衣衫凌乱地从卧房里走出来。阿满走进卧房一看，见床上躺着一个男人，光着脊背，一看便知是阿邱。阿满骂了声"畜生"，拿起边上的扫把劈头盖脸地打过去。阿邱捂着脑袋窜出卧房，拿起行李狼狈地跑出了五个地。

· 247 ·

此后，阿邱便再也不来五个地了。阿满发现哑巴嫂成天一副心事重重的样子，时常红着眼圈，发着呆，人也变瘦了。米粒则成天念叨着："阿爸，邱叔怎么都不来呀？"

阿满靠在床头的墙壁上，撮一口旱烟"吧嗒吧嗒"地吸着，他想：自己一个老头，让哑巴嫂守着，岂不误了她？何况米粒也不能总是待在山里，马上就要到上学的年龄了。自己要是带着娘俩去山外，那就会像鲤鱼离开水一般无法生活。

阿满辗转反侧想了好几夜，终究拿不出主意，最终找到老葛。老葛抚着胡子沉思了良久，嘶哑着喉咙说道："要是专为哑巴嫂和米粒着想，还不如把母女俩交给阿邱。"

一提到阿邱，阿满的眼前立即浮现出那天在卧房里看到的情景，便把一口破牙咬得"咯咯"响，连连摇头说："这事以后再说吧。"

日子一天天过去，哑巴嫂每天都像遭了霜的茄子一般无精打采的，脸上布满阴云，人也更瘦了。米粒总是缠着阿满问："阿爸，邱叔怎么还不来呀？"

夜里，天气异常闷热，似乎要下雨了。哑巴嫂仰面躺在床上，失神地望着天花板。阿满磕掉烟灰，收起烟筒，俯下身子对哑巴嫂说："哑巴啊，你娘俩以后就……别再跟我吃苦了，你到山外……跟阿邱……好好过吧！"阿满浑身发颤，声音哽咽。天空忽然响起一阵闷雷，哑巴嫂赶紧把头埋进阿满瘦骨嶙峋的胸膛里。

窗外哗哗地下起了雨。

老葛托葛家老大叫来阿邱。阿邱屁颠屁颠地来到五个地，竖起食指指着天对阿满说，老哥，你放心，我一定对娘儿俩好的。我也会把你当亲哥哥，帮你养老。

阿满眼巴巴地看着阿邱带走了哑巴嫂和米粒，心里宛若蜕壳一般空空的。往后每到过年过节的时候，阿邱便带着米粒来看阿满。

一天，米粒独自一人走进五个地，哭着说："大爸，我爸不能来看你了。"原来阿邱家里失火了，由于堆了太多的干货，阿邱和哑女都没跑出来。那时，米粒正在广东读大学。

阿满噙着眼泪走进卧房，翻开箱底，拿出一沓零钱递给米粒。米粒哭着不愿意收，说自己可以通过勤工俭学读完大学。老葛听到了，对米粒说："拿着吧，你不要担心你大爸，他有低保。"米粒接过钱走了，说大学毕业以后再来看阿满。

二

清晨，阿满早早起来，他想马上到年关了，趁天晴备足柴禾。阿满来到水缸边沙沙沙地磨起刀来，水缸里映出一张坚实瘦削老气横秋的脸。阿满把砍刀磨得雪亮雪亮的，插进刀鞘里，敷在腰里向屋外走去。老黄狗和老母鸡一前一后跟了上来，阿满回头喊了一声："回去，在家待着。"老黄狗转身往回走，老母鸡也咯咯地往回走。

阿满走下山坡来到大枫树底下，一条坎坷不平的石头路随着山势歪歪扭扭地斜下葛溪，通过溪上的碇步又向上仰起，绕向山外的柳林镇。另一条小路则直往山下挂，直挂到悬崖上的杂树林里。那是五个地唯一有杂树的地方，别的地方只有䓨萁和杂草，烧成火后一会就变成灰，做不了过冬烤火的材料。

阿满侧着身子小心翼翼地走下悬崖，心想真是老了，不像当年猴子似的在悬崖上翻来爬去。悬崖上是一片砍倒的柴禾，有栎树、乌枝树、大头株、蛇豹花，被太阳晒得又干又硬。阿满挥起刀把柴砍成一截一截的，用树藤一捆一捆扎起来，每捆都有五十来斤重。阿满挥着汗，喘着粗气，一趟一趟地把柴背上山岭，背进家里，直背到太阳西下。阿满感到脚步越来越沉，肩上的柴像压下一座大山似的。忽然一个趔趄，柴和人咕噜噜滚下山崖，被搁在一棵小树上。这是一棵韧性十足的老山茶树，由于缺乏营养，叶子泛黄，树干只有手腕那样粗。阿满一动身子，山茶树枝便摇晃起来，叶子簌簌往下落。阿满双手紧紧抓住树干，撑开双腿坐下来。他抬头看看四周，只见上下左右都是直直的崖壁，刀削斧劈一般，身体不由得打了个寒战。

阿满想自己很可能会被困死在崖壁上。自己还不能死，要是死了五个地的田地就废了。自己要尽量多守几年，再说米粒还会回来看他呢。

怎么办？阿满索性拿出烟筒抽起了烟丝，心想自己在山里活了六十多年，总能想出办法摆脱困境的。他抬头往上看，只见崖壁上光秃秃的，向上爬已经不可能了，往下又需要绳子。他想要是老葛在就好了，可以给他放下一条又长又韧的棕绳。阿满左看右看，发现脚边有一簇大麻草，脚下五六米处有一簇龙须草。那龙须草长长的往下挂,龙须草下面是什么呢?或许有一棵树?或许有一簇大麻草?或许有一个平台?阿满探下头,下面黑黝黝的,什么也看不见。阿满自言道:"只能下去看看再说了。"怎样才能接近那一簇龙须草呢?"有了。"阿满伸出刀割下大麻草,拧成一股绳子。由于大麻草不多,绳子只有一米多长。阿满又挥起刀砍倒那棵山茶树,利用枝杈做成一个树钩,把顶部的树枝扎成一个圈,圈里接上大麻草绳子,绳子另一端敷在腰里的刀鞘绳上。阿满又吸了一口烟,磕掉烟灰,把短烟筒收进衣兜里。他小心翼翼地站起来,用树钩钩住砍过的山茶树桩,转身抓住绳子紧贴着崖壁往下滑去,最终接近了那簇龙须草。阿满感觉脚下空荡荡的,他憋住气,腾出手来将龙须草的顶端打了一个结,然后一手紧紧地抓住龙须草,一手将绳子一抖,山茶树的钩子便脱离了树桩滑了下来。阿满用钩子钩住龙须草,抓住绳子往下降,就像从天花板上挂下一只老蜘蛛。阿满的身子降下五六米的距离,转头往下看,底下除了黑乎乎的石壁之外什么也没有,看来运气差到了极点。腰里的绳子勒得阿满喘不出气来。阿满想,如果都这样挂着,不久就会成为一个吊死鬼,看来只能碰碰运气了。他从腰后拔出砍刀,"嚓"地割断绳子,身体便急速地往下坠,哗的一声掉进崖缝间的一处小树林里。林子里有山茶树、栎树、杜鹃花,共有十来棵,每棵都只有手腕那么粗。阿满坐起身子,心想自己真是命不该绝。此时天边已拉下黑色的帷幕,阿满低头往下看,下面幽深不见底,看来今天只能在这里过夜了。

阿满的肚子咕咕地叫起来,他装了一筒烟,吧嗒吧嗒地吸着。

他想不知老黄狗和老母鸡怎样了。不久，便听见老黄狗在悬崖顶上汪汪的叫声。阿满嘶哑着喉咙喊道："回去！回去！在家里好好等着，我明天回来。"一会儿，老黄狗的叫声消失了。

月光在崖壁上投下一个个斑斑驳驳的影子，悬崖上的山鸟发出一声声怪叫。阿满蜷起身子，上下眼皮直打架，他怕自己睡着了掉下悬崖，便用刀鞘绳把自己绑在树干上。又累又饿的阿满抱着树枝终究睡着了。

清晨，崖壁上传来一阵叽叽喳喳的鸟叫声，山脚下的葛溪哗哗地流着。阿满睁开眼，感到全身的骨头散了架似的。他扶着树干站了起来，搂紧树干伸展脖子极力往下看，只见岩壁底下露出一簇乌枝树的叶子。阿满估摸着那棵树离自己有五层楼那么高，跳下去如果抓住树枝或许可以活命。阿满又撮了一筒烟丝，吧嗒吧嗒地吸着，自语道："只能搏一次了。"怎样才能减轻下降的重力呢？阿满磕掉烟灰，收起烟筒，挥起刀砍下杂树林的树枝，用绳子扎成一个圈，套在腋下，那模样很像老太婆穿着一件大裙子。阿满缩紧身子，展开双臂，脚一蹬，"呀"的一声跳出小树林，顺着崖壁直往下坠，"哗"的一声落到乌枝树上，搁在枝叶里。阿满幸运地抓住了一根枝条，枝条立即"咔"的一声断了，阿满连人带枝掉到地上。阿满从地上坐起来，左脚的脚底传来一阵钻心的疼。阿满脱了鞋子一看，只见脚底下被树桩戳了一个洞，渗出一丝血，便自言道："一点小伤，不碍事。"阿满扶着树干站起身子，抖一下身体，确认全身的骨头完好无缺。他抬头惊恐地看了一眼高高耸起的山崖，立即合起手掌念叨着："真是祖师爷保佑啊！让我还活着。"

阿满砍了一截树干，做成拐杖，一步一拐地往葛溪边上走去……

三

洁白的月光照射在山坡上，阿满一步一挨地走到土地庙前，对着庙里的香炉拜了三拜。老黄狗"呜呜"地迎了过来，黏着阿满不停地甩着尾巴。阿满抚了抚黄狗额头上的毛，俯身说："等急了吧。"

阿满走进屋里，点亮火篾灯，掀起锅盖。锅底尚存一层没吃完的米饭，阿满舀了一勺倒进盆里放在地上，老黄狗低头呼哧呼哧吃了起来。阿满舀起米饭直往嘴里塞，噎得直伸脖子。他走到屋外水缸边，舀起一瓢水直往嘴里灌。吃完饭后，阿满来到鸡窝边。老母鸡蹲在里面咯咯地叫着，鸡窝门口忽地滚出一个蛋来。阿满握在手里，感到暖暖的，便往墙壁上噗噗地敲几下，仰起头"咕咕"地把鸡蛋吸进肚子里，然后走进卧房，仰面躺在床上，累得像一摊烂泥。

清早，阿满醒来，感到脚底下又麻又疼。他起身抬起左脚一看，只见脚板肿得如冬瓜似的。一着地，阿满便疼得"啊呀"一声叫了起来。阿满找来一根拐杖，拄着来到坡上，用草耙挖来一些苦草、山棕榈、猪儿菜，回到屋里用锤子捣碎敷在脚底下，用布条扎起来，感觉脚底下凉凉的。

日子一天天过去，阿满的左脚时好时坏。他试着用脚后跟着地走路，一迈步整个身子便撑船一样一扭一歪地。后来他干脆丢掉拐杖，伸开手臂像杂技演员一般平衡着自己的身体，看上去像一只受伤的乌鸦，展开翅膀不停地在地上扑腾着。

年关将至，由于伤了脚，阿满无法去山外置办年货。腊月二十四，阿满做了一板豆腐，几条糍粑，烧了香，祭了灶神。腊月二十八，天空忽然飘起了雪花，一片片，鹅毛似的。不久，山坡上，屋檐里，竹林间，全积上一层厚厚的雪，五个地成了一片白茫茫的世界。阿满缩在堂前间里，烤着火，默默地吸着烟，眼巴巴地看着窗外。

大年三十下午，雪依然下着。阿满烧了六样熟菜，分成两份，一份摆在自家的桌子上；一份摆在壶盆里，端出屋子，走向湾里。雪花簌簌地落在阿满花白蓬松的头发上，黏在凌乱的胡茬里，雪地上留下一串串深浅不一的脚印。阿满来到湾里，只见屋前的毛竹被冰凌压得如棉花弓一般挂到地上。阿满搓搓手，放在嘴边哈一下气，打开老葛家的门，把菜和饭摆在桌子上，桌上升起一缕尚存的热气。阿满又在桌上摆上酒杯，拿起酒壶斟上酒，然后默默地立在一旁，眼前不停地浮现出当年跟着葛大爷在田里劳作的情形，便躬起身对着桌子拜了三拜，嘴里絮叨着："葛家的列祖列宗啊，你们收留了我，就是我的祖宗……"然后又往杯里斟上酒。酒过三巡之后，阿满转身走到屋前，烧了纸钿，又咚咚咚地走上楼梯，往中间楼后的香火柜里敬上香，拜了三拜。

天色渐渐暗了下来，天空的雪花依然簌簌飘落。阿满坐在堂前间里，吃着菜，喝着米酒。老黄狗把脑袋伸进阿满的怀里，阿满往黄狗的嘴里塞上一块肉。老黄狗缩回脖子，晃着脑袋吧嗒吧嗒地吃起肉来。到了半夜，阿满又吃了一盘番薯粉丝，喝了一杯米酒。

大年初一，雪停了。阿满早早起来，踩着厚厚的积雪，来到土地庙里，点上香，握在手里对着香炉拜了拜，然后把香插进香炉里。

初五过后，地上的积雪渐渐融化，山坡上露出黑黄色的泥土。阿满跛着脚来到地里，挥起锄头不停地挖着，他想趁着自己还有点力气，多种点东西，多积点粮食，到了自己干不动的时候，可以多维持一段时间。

清明节到了，五个地的草绿了。老葛穿着一件蓝色的夹克衫，戴着一顶鸭舌帽，拄着一只乌黑的拐杖走进阿满的屋里。老葛胡子和头发理个精光，穿着也完全换了一副模样，阿满几乎认不出来了。

阿满紧紧握住老葛的手，眼泪簌簌地从脸颊上滴下来，哽咽着说："老哥，你可来了。"阿满说："我过年的时候想来，不想下了雪。你过得好不好？"阿满说："好……好。"阿满往烟筒里装上烟丝，点着后递给老葛。老葛推辞说："戒了，家里小的不让抽。"老葛说完就往屋后葛家墓地里走去，一边走，一边喘气，一边"咳咳"着，阿满感觉老葛比在五个地时老了十岁似的。

扫完墓回来，老葛看见阿满走路一瘸一拐的，便问："老弟，你的脚怎么了？"

阿满说："被树桩戳了一下，半年多时间也不见好。"

老葛抬起阿满的脚一看，只见脚底下有一个小小的洞，轻轻一按便流出一丝黄色的脓水，脚面上烂出一个疤。老葛挽过阿满的手腕把了一下脉,摇摇头说:"怕是被鬼箭射了。"

天色暗下来以后,老葛便在阿满家的中堂里摆起了香案,端上糍粑、斗米、肉。由于没带道士的行头,便用瓷碗代替钢杯,用筷子叮叮当当地敲着,嘴里絮絮叨叨地念起了咒语。老葛折腾了好一会才收工,然后便挨着阿满睡下。

两人一夜无语。

第二天早上,阿满醒来。老葛问:"好些了没有?"阿满说:"好些了。"老葛吃了早饭后要走,阿满想挽留他多住几天。老葛说,家里小的要带他去城里住上一段日子。老葛便拄着拐杖走了,临行前说端午节再来看阿满。

到了端午节,老葛终究没来五个地。

一天下午,天气异常闷热,村口的枫树叶打着卷儿一片片飞下来。阿满坐在屋前的椅子上打盹,老黄狗舔着脚底下的疤口,老母鸡在一旁抖落身上的泥粉。阿满的耳边忽然传来一阵咚咚锵锵的锣鼓声和嗒嗒嘟嘟的唢呐声,睁眼一看,只见枫树底下出现一队披麻戴孝的人,领头的是葛家老大和老二。老大手里端着一个盒子,老二撑着伞。送葬的队伍越来越近,阿满看见老大、老二的身后跟着一个男孩,手里捧着一个相框,相框里分明是老葛的照片。阿满深陷的眼眶里不由得涌出一股泪水。

埋了老葛之后,老大和老二来到阿满的家里。老大说老葛临死前念念不忘要回五个地。他还盼咐,要是满叔在五个地太吃苦就不要守了,把他接出去养老。阿满说:"我还是留在五个地吧!"老大、老二留下一些吃的东西便走了。

盛夏到来,坡上一片碧绿。阿满想:今年雨水调匀,收成一定不差。

一天夜里,阿满听到老黄狗不停地叫着。阿满也不去理会,心想山里不要说有贼,连个鬼也没有。

天亮了,阿满照例去地里转。一到地里便顿时傻了眼:只见园里的番薯藤被野兽连根拔起,泥土被翻了一遍。老黄狗跑进园里汪汪地叫着。阿满俯身细看,只见园里满是野猪的脚印,心想自葛山一带的人们迁走之后,野猪就更加无法无天了。阿满一边诅咒着,一边挥起锄头培土,施肥,重新把番薯藤栽进窟里,一直忙到夕阳西下才回到屋里。吃了饭后,月亮静静地挂在天空,田里的青蛙呱呱呱叫个不停。阿满想:野兽们要是晚上再来糟蹋怎么办?于是便抱起一捆稻草,带着老黄狗来到坡上,躺在稻草上守着。夜里,阿满感到有点冷,便在一旁烧起一堆火。

清晨,阿满回到家里,老黄狗围着鸡窝呜呜叫个不停。阿满一看,只见窝边满是鸡毛,还留着一摊血迹,鸡窝里空空的。阿满顿时哭丧着脸坐在地上,双手不停地拍打着自己的脑袋,自骂道:"真是个死人!顾东不顾西,把老黄狗带走,母鸡就交给狐狸了。"

地里的庄稼一天天长大,阿满在坡上搭起一个草棚,与老黄狗一起在里面日夜守着。一天夜里,老黄狗汪汪叫着冲到棚外。阿满走出棚子一看,只见月光底下,一群野猪吁吁地叫着,不停地拱着番薯垄。阿满挥起锄头赶了过去,张开嘴巴"哦哦"地喊着。野猪

· 257 ·

欺老，这边被赶跑了，又从那边的园头上来，番薯地里一片狼藉。阿满急了，拿起一块石头狠狠地向领头的一只大野猪砸了过去。石头重重地落在大野猪的脑袋上，大野猪"吁"的一声龇着獠牙向阿满冲了过来。眼看就要拱到阿满的身体了，老黄狗"汪"的一声迎了上去。野猪和黄狗缠斗在一起，忽然老黄狗凄惨地叫了一声，然后抽搐着躺在番薯地里。阿满挥起锄头声嘶力竭地喊着，打着，那群野猪终于被赶跑了。

阿满抱起老黄狗，黄狗眼巴巴地看着阿满，脖子上咕噜咕噜涌出一股血，发出最后几声呜咽，然后便无力地闭上了眼睛。

天亮了，天边布满灰色的雾霭，太阳在五个地里闪着凄冷的光芒。阿满哭着在坡上挖了一个窟，窟里垫上一层衣服，把老黄狗放进去包裹起来，然后在上面盖上一层厚厚的土。

阿满回到屋里，走到水缸边，水缸里映出一张丑陋衰老的脸，面目狰狞，五官扭曲，布满褶皱。阿满舀了一瓢水放在水缸边的石板上，俯下身子双手捧着水使劲搓着双颊，洗去黏在脸上的泥土、汗水、血迹，然后回到门前，无力地靠在竹椅上，习惯地抬起左脚。由于长期用力，阿满的左脚脚板肿大，小腿的肌肉萎缩，只留下一根细小的腿骨，整个脚面看起来像一只鸭掌。阿满并没有等到老黄狗给他舔脚，心里感到空空的。他起身走进里间，从床角里找出六十年前用过的那支长筒，拭去灰尘，搂在怀里，"咚咚咚"地用手指敲着，嘶哑着喉咙唱着："正月里来是新春，家家户户点红灯；人家丈夫团圆聚，孟姜女的丈夫造长城……"

月光照射在金黄的稻田里,阿满想再过几天就可以收割了。他躺在棚里,依着长筒"咚咚咚"的响声,嘶哑着喉咙反复低唱着"正月里来是新春……",从"正月里来"一直唱到"十二月里来",眼前不时浮现出当年四处流浪和在五个地生活的情景。

天边忽然飘来一片乌云,云霭渐渐扩大,吞噬了月亮。乌云越积越厚,像锅一样沉沉地压了下来。顷刻间,天空哗啦啦地下起一阵雨,雨水漏进棚里,滴在阿满身上。阿满打了一个哈欠,冷得全身瑟瑟发抖。

雨淅淅沥沥不停地下着,一连下了十几天。阿满穿着蓑衣,在田边心急火燎地转着。他看见稻秆变黄,变软,有些稻谷直挂到土里,变黑,长出了白芽。阿满跪在地上,举起双手呼号着:"老天爷啊!行行好吧,别再下了。"

雨终于停了,阿满立即拿起镰刀来到田里,嚓嚓嚓地割起稻子来。他想把老葛家里的打稻机背到田里,但一放在肩上就无论如何使劲也直不起腰来。阿满只好把葛老太爷当年留下的"稻梯"背过来,放在簟上,挥起稻穗使劲往稻梯上砸,谷子便一粒粒落到簟里。阿满怕天又会下雨,天黑了也不敢停下来休息,在月光底下跪在田里割着稻谷,困了就枕着稻秆睡一觉。阿满一直忙了十天十夜,终于把田里的稻谷一小袋一小袋蚂蚁搬家似的搬回家里。然后又忙了五天五夜,把园里的番薯收了回来。

阿满看着叠满了谷子的稻桶和盛满番薯的木箱子,深深地透了一口气,他想这里的粮食自己可以足足吃上三年。阿满拨了一簸箕的谷子来到踏碓翘里，他使出全身力气也踩不动踏碓翘的石锤。他只好把谷子端回家里，倒在水缸边的石板上，用木槌一下一下捶打着。一天下来，只锤出五六斤米粒。第二天，阿满感到腰酸背疼，连手臂也抬不起来。他想，带着谷壳也是可以吃的，他干脆收起了木槌。

阿满想去坡上种些冬菜，一背起锄头，身体便像煮熟的面条一般蔫了下去。他晕晕忽忽地坐到椅子上，感到全身绵软无力，于是便扶着板壁挨到卧房，躺在床上。阿满清醒过来的时候，心想自己在世的时日恐怕不长了，自己不能就这样死在床上，零零散散的，肮脏。于是他走到中堂墙边，那里摆着一口乌黑的棺材。阿满极力掀起棺材的盖子，搬来被子放在里面，翻身躺进去，身边放着那根长筒。阿满想，自己一定要熬到过年，再祭一次祖宗，再给土地爷烧一次香。

早上，阿满挣扎着起来烧饭。他伛偻着腰来到水缸边，水里映出一个骷髅一般的脸，毛发全白，脸色蜡黄，颧骨高耸，眼眶深陷，目光呆滞。阿满煮熟饭后盛在碗里放在棺材边的凳子上，饿了就吃，也不管一天吃几餐，有时好几天才吃一顿。他一有力气，便敲响长筒，唱着："正月里来……"声音嘶哑，断断续续，细如蚊蝇，宛若推动漏了气的风箱。

一天，阿满迷迷糊糊地感到有人推他，睁开眼睛一看，只见米粒站在跟前，喊道："大爸，醒醒，醒醒……"他以为是梦，又眨了眨眼睛，最后确认是米粒。

米粒噙着泪水，背起阿满向村外走去。

四

  县人民医院手术室里,医生从阿满的脚板里面取出一截指节长的树桩,当的一声放在盆子里。医生跟米粒说,树桩被卡在骨头里,要是不做手术就永远待在里面了。

  阿满微微睁开眼睛。米粒说:"大爸,你的脚治好了。"阿满眼眶里滚出一颗浑浊的泪珠。阿满问米粒,今天是什么日子?米粒说,今天是腊月二十八。阿满极力从床上坐起来,催促道:"快……快,把我送回五个地。我还要祭祖宗,还要给土地庙烧香。"

  一辆救护车哒嘟哒嘟地开到柳林镇,米粒和葛家老大、老二把阿满送回五个地。老大、老二走了,米粒留在五个地陪阿满过年。

  大年三十,五个地响起一阵噼噼啪啪的鞭炮声,米粒扶着阿满祭了祖宗。正月初一,两人又给土地庙上了香。正月初八,米粒要去外地上班。他想带阿满离开五个地,阿满固执地要留在山里守着。

  清明节到了,米粒和葛家老大、老二一起回到五个地。村口的大枫树长出了新叶,树顶上新添上一个喜鹊巢。两只长尾巴的喜鹊在上面一边飞,一边嘎嘎地叫着。三人来到阿满家的门外,喊着"叔""大爸"。屋里没有回音,三人"吱呀"一声推开门,只见阿满静静地躺在棺材里……

  十年以后,一条石板路从柳林镇通向五个地。五个地的坡上出现了一座石亭,叫作"守山亭"。亭子的四周开满各种野菊花,红的、白的、黄的,在风中轻轻摇曳着。

疤　痕

> 许多年之后，我依然记起赵跃脸上的那道疤痕。
>
> ——题记

一

八八（四）班第一次同学会在葛阳大酒店召开，我站在酒店的阳台上向北望去，只见葛山的山顶依然云雾缭绕，山里比往日愈加苍翠，愈加厚实。山脚下是葛阳师范学校，校园里平添了好几座高楼。望着那熟悉的轮廓，我的眼前宛如电影蒙太奇一般，一幕幕地浮现出当年在那里学习生活的情景。

"哈哈哈"，一阵爽朗的笑声打断了我的思绪。我转身走进大厅，只见眼前铁塔似的立着一个男人。我绞尽脑汁，竟然想不起这男人是谁。

"麻杆兄，怎么连我也认不出来了？"男人不满地说。

我窘迫地看着那男人。老班长柯天霖向我介绍说："他就是赵跃。"

"赵跃？"我的脑海里立即浮现出一个身影：圆脸，突眼，高额头，驼背，浑身瑟瑟，孤单地坐在教室里最后一张桌子上。可如今眼前的赵跃，腰肥体胖，神采飞扬，我的脑思维里很难将他与十年前的赵跃衔接起来。

我再往赵跃的嘴边瞅去，原先他那里有一道蚂蟥似的狰狞可怕的疤痕，如今由于脸上增添了许多"棉花肉"，脸型变得又大又圆，那道疤痕则相对变小、变窄、变平，与脸上的皮肤融合，不仔细看便不存在似的。

"'麻杆'兄，你妈的，怎么还长得这样骨感啊？"赵跃肥厚的手掌重重地落在我的肩上，我不由自主地缩了缩身子，然后又耸了耸肩膀苦笑着说："营养不良呗。"

"去你妈的，这年代还营养不良！"赵跃疤痕上的一根黑毛随着嘴巴的开合不停地摇摆着。

我无言以答。赵跃从皮夹里掏出一包"大中华"，抽出一支向我伸过来，我摇摇头说"不会"。赵跃收回手臂把烟叼在嘴里，从衣兜里拿出一个打火机，"啪"的一声点燃香烟，"嗞"地吸了一口，从鼻孔里喷出一股浓重烟雾。

同学们陆续赶来，我们便在大厅里举行座谈会。座谈会由柯天霖主持，大家轮流叙述毕业后的经历和感想，说得最多的一句话是"只要付出便会有收获"。他们经过十年的奋斗，有的当上了校长，有的成为名师。我则依然龟缩在山里，只是在一所仅有十余个老师的乡校担任教导主任而已。

话筒传到赵跃的手上，赵跃移动庞大的身躯进入场地中央，他对着话筒先"咳咳"几声，会场里被震得嗡嗡作响。赵跃"咳咳"之后便挥起手，用指挥员动员战士上前线一般的语气说："同学们，'性格决定命运'。只要努力，一切美好的愿望都可以实现。我出生在山里，谁愿意窝在山里？我的志向是走出大山，走进城里，走向世界……"赵跃发言的逻辑不算很严密，但气势磅礴，会场里不时爆发出一阵阵雷鸣般的掌声。

"咳咳！"赵跃清了清嗓子挥舞着拳头继续说："通过几年的努力，我终于走出了大山，走入城市，走进机关，当上了洪崖县经贸局后勤科科长……"会场里"哇"地发出一声声惊叫，惊叫之后人们便面面相觑，于是会场里立即陷入死一般的沉静……

当年赵跃凭着一股蛮劲，第一个登上了葛山山顶，获得全校登山比赛冠军，由此八八四班被评为学校先进集体。第二学期，赵跃被当选为班里的体育委员，他的自信心便像春水一般漫了上来。他成天穿着一身半新半旧镶着两条白边的蓝色运动服，一双沾满泥巴的白色运动鞋，领着我们在操场上跑步，常常累得满头大汗。

一天，我在公共场地里打扫卫生，赵跃腋下夹着一个篮球在旁边喊道："麻杆，我看你这劳动委员还是别干了，累死了不值得。"我反驳说："你不也一样？"

"是啊，我也不想干了。这活太累。没意思。"我想体育委员的活无论如何也不会比进山扛木头累。赵跃年少时跟父亲做木材生意，时常进山砍树、扛木头，他脸上的那道疤痕就是进山时留下的。由此班里的同学背地里叫他"卖柴佬""赵疤脸"。

正在此时，班里的团支部书记刘颂拿着笔记本从学校行政楼下来，赵跃伸出手指"嘘"了一声，示意我不要说话。等刘颂走远后，赵跃便把嘴唇凑到我的耳边说："我想当团支部书记，这活风光。到时候你可要支持我哦。"

那时班里的团支部书记的确是个令人艳羡的职位，地位高，仅次于班长；权力大，凡想入团都要经过书记批准。此外，团支部书记还可以参加学校里举办的各种活动。

"你行吗？你这粗人，莽汉。"我嘀咕道。

此后，赵跃便向团支部书记职位发起冲击。他频繁报名参加各类课外兴趣小组活动。起初报名学习书法，上课、晚自习也练习写字，功课落下也不在意。班级出黑板报，他便在刊头上秀一下自己的学习成果。他又报名学习舞蹈，常常半夜三更独自一人在操场上练习跳舞。学校文艺部举办交谊舞晚会，八八四班文娱委员苏子琪在操场上尖声喊着，叫我们上场跳交谊舞。班里的同学扭扭捏捏不敢上去，赵跃便大大方方上场，搂着苏子琪的腰翩翩起舞。渐渐地，赵跃成了班里最活跃的人物。

一学期后，班里照例举行班干部改选。班主任杨老师叫几个信得过的干部事先酝酿一下人选，我和柯天霖、苏子琪、卓水莲也在列。大伙都说亟须要换的是团支部书记大嘴刘颂，说他"雷声大，雨点小"，导致班级里如一潭死水。班主任提名让赵跃担任，说赵跃思维活跃，能力强，肯出头露面。苏子琪提出异议，说团支部书记经常代表班级参加活动，让赵跃担任会影响班级的形象。卫生委员水莲也在一旁附和。杨老师说，选拔干部主要看工作能力和态度，别的都是次要的。

班干部改选如期举行。按学校规定，班干部任职要由班级同学投票通过，赞成票超过一半才算当选。杨老师提名各职位的人选，一一介绍每个干部的优点，特别强调赵跃工作能力强，干劲大。投票开始了，"沙沙沙"，教室里发出一阵"钩"选票的声音。不久，投票便有了结果，其他职位几乎满票当选。赵跃的团支部书记竟然差一票落选。

赵跃落选以后，班干部也当不成了。他又把自己禁锢起来，恢复了往日颓唐的模样，一直到毕业。

赵跃是如何由"卖柴佬"升格为响当当的机关干部的呢？我忍不住悄声询问邻座的"老上铺"刘颂。刘颂便跟我耳语一番，说赵跃是定向生，毕业后按规定分配到山里任教，但那里的学生似乎并不欢迎他，背地里老是叫他疤脸老师，赵跃便不想教书。后来他不知使了什么招，两年后便转行到乡里担任团委书记。后来又调进县经贸局里，三年后提升为科长。

我想凭赵跃目前的态势，往后很有可能当上局长，副县长，或许县长，县委书记。

座谈会之后便是晚宴。宴会厅里摆着一张张圆形的餐桌，桌面上铺着白布，中间放着一个圆形的玻璃大转盘，转盘边上摆着一只只透明的高脚玻璃杯。我生怕喝酒，便在双面都靠墙的角落里找了一个位置坐了下来。柯天霖把我拉到头桌，说我当年替班里的同学不知代做了多少次值日。我的眼眶里不免噙满滚烫的泪水。

头桌坐着班里的历任干部。主位上坐着赵跃，天霖坐在右边，水莲坐在左边。我坐在水莲的旁边，刘学干（刘颂当了几年校长之后转任学区业务干部）坐在天霖的旁边。

赵跃穿一件黑白相间的格子衬衫，器宇轩昂地靠在椅子上。我极力回忆当年在学校里教他写作业的情形，好让两人之间的气势稍稍平衡一点。但一切都无济于事，风水轮流转，在赵跃面前，如今我已成了鲁迅先生笔下的中年闰土，与他这位"老爷"差距甚远，无形之间形成了一层"厚障壁"。

"苏子琪呢？"刘学干问。

"是啊，她怎么没来？"大家都想一睹苏子琪的芳容。赵跃说子琪工作忙脱不开身。

苏子琪来自城里，自小学习音乐，皮肤白皙，身姿曼妙，让人感到她如张柏芝一般优雅大方，当年我们都称她"白玫瑰"。她和水莲是班里的"绝代双娇"。水莲来自海边，长得小巧玲珑，面容姣好，白里透红，同学们暗称她为"红玫瑰"。我一听到水莲的名字，便想起"江南可采莲，莲叶何田田"的诗句。

那时，我们正值青春勃发的年华。男女同学之间表面上看似风平浪静，实则暗流涌动，班里总是笼罩着一种神秘兮兮的气氛。自我当上劳动委员之后，常常与水莲独处。每当我和水莲从操场上一起走过的时候,我总感觉背后射来一缕缕异样的目光,嫉妒,羡慕,新奇。我自诩出生在山里,生活贫困,又兼其貌不扬,追求女生,那是连做梦的资格也没有。但不知什么原因,对水莲总有一种深深的依恋感,如小白兔依恋月亮一般。

一天晚上,我上完晚自修后躺在床上。刘颂看完电影回来,一进门就说:"告诉你们一个秘密,赵跃谈恋爱了。"由于赵跃的脸上拥有丑陋的疤痕,向来不被女生看好,由此大伙对赵跃谈恋爱颇感意外,于是便异口同声地用怀疑的语气问:"是吗?"

刘颂用不可置疑的语气回答:"是的。"然后又故弄玄虚地问:"你们猜猜他跟谁谈恋爱?"

我们都猜"苏子琪"。赵跃自当上体育委员之后,频频跟班里的女同学交往,特别是文娱委员苏子琪。

"想追求白玫瑰,哼,那真是'癞蛤蟆想吃天鹅肉'。"

"那还有谁?"

"另一朵玫瑰呗。"

"水莲?"大伙发出一声惊呼。我的心头咯噔一下,仿佛被针刺了一般惊战一下。

"我看到他俩一起从电影院里出来……"刘颂唐老鸭一般呱呱个不停。我身上如爬满千万只蚂蚁一般烦躁起来,大声说:"半夜三更,别吵了,睡觉!"寝室里顿时安静了下来。

过了几个月之后,刘颂又说,赵跃追求的是白玫瑰,说他俩夜深了还在舞蹈室里跳交谊舞。

赵跃团支部书记落选后，关于他谈恋爱的风声便烟消云散了。但过了几年又传来消息说，赵跃和白玫瑰结婚了，班里有不少同学还参加过他们的婚礼。

大厅里传来一阵阵"砰砰嘭嘭"玻璃杯的撞击声，晚宴开始了，同学们一个个激情四射，喝得满头大汗。我也不免喝了几杯啤酒，只感到脑袋里晕乎乎的。赵跃对酒精似乎有着天然的免疫力，他越喝越兴奋，喝得脖子上直冒汗，便索性解开衬衫纽扣，露出洁白肥厚的胸肌。他频频跟同学们打"通关"，通关打到我的时候，我窘迫地说："赵……赵科长，我不会喝酒。"

赵跃立即举起食指晃几下，得意地说："你他妈的，犯规了吧。酒桌上只有同学，没有科长。罚酒三杯。"

刘学干也在一旁助力道："对，对，罚酒三杯。"

"这个……这个，我喝不下。"

"喝不下也要喝！"

"你们别欺负老实人。"水莲开口了。

"不许护他。"赵跃不满地说。水莲涨红着脸，正准备跟赵跃理论。最后天霖出来打圆场，说："这样吧，三杯就免了，喝一杯表示一下。"

我仰起头，把杯里的酒灌了下去。我又倒了一杯，跟赵跃碰了一下，说："谢谢……老赵。"跟赵跃喝完酒之后，我感到眼前一片灰蒙蒙的，头顶上的大灯开始旋转起来。

恍惚间，赵跃又举起酒杯向我伸过来，说："当年我老问你题目，真是辛苦你了。"我说："哪里哪里，同学之间……互相帮忙是应该的，只是这酒……我实在喝不下了。""说什么呢，凭咱俩的交情，就是醉翻了也值。"我没理由反驳，于是又咕咚咕咚喝了半杯。"你看，你看，又调皮了是不？感情深，一口闷。"赵跃"砰"的一声又碰了一下我的酒杯。我只好又仰起头把杯里的酒喝光。一股气流从胃里通过食道直冲我的鼻腔，我禁不住打了个寒噤，眼眶里不由自主地蹦出几颗泪珠。我捏住喉咙极力不让自己呕出来，然后傻傻地坐在椅子上，凭着自己坚强的意志不让自己翻倒。

二

第一次同学会之后，我的心灵受到了极大的震撼，尤其是赵跃的升迁，让我深感自己浑浑噩噩过了十年，窝在山里成了井底之蛙。我决心走出山村，为家人创造更好的生活条件。我的工作调动却异常顺利。我原先读初中时的班主任顾老师正担任坑口镇中学的校长，他一见到我便说"你来得正好"，原来那时正实行"普九"，镇中很缺教师。在顾校长的安排下，我顺利调进了镇中，当上了初中语文教师，并担任教务处干事。后来升任教务处副主任、主任，直至担任分管教学的副校长。

日月如梭，一晃十年又过去了，八八四班在云江寨溪宾馆举行第二次同学会。我一跨进宾馆的大门，便见院子里有一座拱形的水泥桥，水莲斜身倚在栏杆上低头看着什么。

那时，水莲已担任海边一所镇校的校长，由于教育理念颇为相似，坑口镇中和水莲所在的学校交流频繁。

水莲见到我便不停地向我招手。我来到桥上，顺着水莲的目光看去，只见桥下是一个圆形的荷花池，池水清澈，倒映着蓝天、白云、假山、水泥桥。此时正值深秋，"荷尽已无擎雨盖"，池塘里只留下枯黄的叶梗，犹如拳头一般向上擎起。水莲随意地捡起落在地上的一片竹叶向下抛去，竹叶画着优美的弧线，飘飘忽忽地落进池塘里，几尾红色的大鲤鱼竟然游了出来，后面紧跟着一串红色的小鱼，顿时似一道靓丽的霞光铺在池塘里。

看了一会鲤鱼之后，水莲领着我去大厅里报到。同学们开着车陆续赶来。有同学问："赵科长来了没有？"天霖说："我们现在应该叫他赵董事长。"原来赵跃经商去了，在上海开了一家颇有名气的公司。我们都惊讶赵跃好好的官不当非要下海。天霖说："根据他自己的说法，当科长要听别人指挥，当董事长可以自己做主。"后来还是刘颂道破了其中的玄机，说赵跃当了几年科长之后，组织上想提拔他当副局长，当时有好几个竞争对手，最终赵跃还是败下阵来。原因之一便是他的脸上有道丑陋的伤疤。经贸局是对外窗口，领导干部的形象确实要重点考虑。赵跃提拔失败之后，便负气下了海，利用当科长时积累的资源，在上海开起了一家公司。

宾馆外传来一声清脆的汽车喇叭声，不久，一辆"路虎"驶进宾馆的大门，转了一个九十度的弯准确无误地停在车位上。天霖说："赵董来了。"我们赶忙迎了上去，好像迎接外宾一般立在两旁。车门打开，赵跃穿着西装，打着领带，腆着肚子从驾驶室里下来，光光的脑袋在阳光下一闪一闪地。大抵为了不至于让别人看到自己的头顶一无所有,赵跃把一缕发丝从脑袋的左边通过额头直跨到右边挂下来,好像架起一道黑色的桥梁。嘴唇边则蓄起了金黄色的胡子,梳得整整齐齐,尖尖地往下挂,不长不短,巧妙地盖住了嘴角边的那道疤痕,也成了赵跃脸上一道亮丽的风景。

我们异口同声地喊"赵董",赵跃一一跟我们握手。

跟赵跃寒暄之后,一群人便围着"路虎"转了起来,好像考古队员观赏一个刚出土的千年大古董一般,人人都夸"路虎"大气美观,空间宽广。

刘颂埋怨赵跃又没把苏子琪带来。赵跃说:"嗨,你老提她干吗!老婆如衣裳,兄弟如手足。来,上车,带你们去逛逛。"

赵跃上了驾驶室,五六个同学蜂拥一般塞进车厢里。水莲踟蹰地站在一旁,赵跃探出脑袋说:"阿莲,上车!"

车子呼呼呼地在柏油路上吼叫着,两旁的行道树、田野一掠而过。坐在副驾驶室的刘颂说:"老赵,你真有能耐,在大都市当起老板来。"

赵跃晃着脑袋说:"刘兄,不是我吹,赵某人想干的事……至少成功的多,失败的少。"

车子在寨溪小商品市场前停了下来。我们下了车,跟在赵跃的身后走进市场。市场里的商品琳琅满目,我如刘姥姥进入大观园一般看得眼花缭乱,目不暇接。我们走进了一个皮包商铺,只见货架上摆放着一个个精致的皮包,有牛皮的、蛇皮的、鳄鱼皮的,在灯光下像夜空里的星星一般闪闪发亮。

我看见赵跃从架子上拿下一个鳄鱼皮包，看了一眼标签上的价格，说这货实惠，提议每人给老婆带一个。店主适时地说要买的话一律六折。大家应和着："好！好！"我看了一下皮包的价格，有两千元的、一千五百元的、一千元的，最低的也要五百元。当时我刚在镇里买了房子，每月要还好几千元的按揭，儿子又要去县城读书，日子过得异常拮据。我万分希望某个同学提出包太贵了，不实惠，但始终没有一个同学提起。

赵跃买了一个大的鳄鱼皮包，折合下来要一千两百元。他打开皮夹，自如地抽出百元大钞递给老板。

看到赵跃付钱，我便想起当年与他一起吃馄饨的情景。一天晚上，天空星光闪耀，我和赵跃从电影院里出来，街道旁边的饮食店里香气四溢。两人便鬼使神差地走进店里，决定花五角钱吃一碗馄饨，打一下牙祭，奢侈一回。

馄饨上桌之后，赵跃"呼哧呼哧"吃得飞快，不一会儿，一碗馄饨尽收肚里。他舔干碗里的油末，放下碗筷，走向柜台，掏出零钱与老板结算。我想我指导他那么多作业，请我吃碗馄饨也是应该的，何况晚上买电影票的钱还是我付的呢。这小子，每到买票时便要上厕所，非要让我掏钱不可，我已经掏了好几回了。一张电影票两角五分钱，真真的值半碗馄饨。

我吃完馄饨起身走出店门，店老板"哎"的一声叫住我，说我还没付钱。我指了指赵跃说："他不是替我付了吗？"

"没有，他只付了自己的。"店老板摇摇头说。

我瞪了一眼赵跃，赵跃说："你的……我没付。"

"好你个卖柴佬，铁公鸡，一毛不拔。"我气血上涌，差点骂出口。我尴尬地付了钱低头往回走。心想今天真是倒霉透了，多花了一元钱，不知要吃多少餐青菜才能"钩"回来。我想这卖柴佬究竟是做生意的，滑头，抠门，没良心，应该与他断交。往后我便赌气不跟他接近，但他却总是如讨厌的蚊蝇一般黏过来，两人最终只得维持原状。只是我再也不敢跟他一块去看电影，一块买东西吃了。

赵跃从架子上拿下一个皮包塞进我的怀里，说："麻杆兄，买一个吧。别把钱太当一回事，钱乃身外之物。"我想每个人都买了，不买显得寒酸，耻笑我对内人没情义。我低头看一下标签上的价格，一千二百元，我立即把包放回到架子上。水莲提着一个挎包来到我的身边，说："买这个吧，这个实用。"这是货架上最便宜的货物，打折下来之后要三百元。我犹豫了一会最终还是买了下来。我提了挎包之后，纠结着回家该怎样跟老婆解释，我知道给她买高档的物品她会感觉跟掉了钱没什么两样。

水莲拿起一个皮包正反看了一遍又放回架子上，说家里已经有了。

从商场里出来，我们又坐上"路虎"回宾馆。路上，水莲皱着眉头一言不发。我低头一看，发现她的身旁放着一个鳄鱼大皮包。

当天晚上举行文艺晚会，赵跃彻底摆脱了山里人拘谨的本性，成了舞台上的主角。他先来一曲《在那桃花盛开的地方》，浑厚的男中音响彻整个会场。赵跃唱到最后一句"我愿驻守，在风雪的边疆"时，由于太过激情，喉咙竟然嘶哑了，大家立即接腔一起把高音渡了过去。

音箱里响起叶倩文的《潇洒走一回》，"天地悠悠，过客匆匆，潮起又潮落……"，男女同学纷纷上台"摇滚"起来。赵跃时而扭腰，时而耸肩，时而伸脖，时而举臂，由于躯干庞大，有点像熊猫跳舞那般滑稽。但他节奏感强，舞姿到位，场上不时爆发出一阵阵掌声。

一曲《小城的故事》，大家纷纷上场跳起了交谊舞。我瑟缩地蜷在一个角落里静静地欣赏着。赵跃频频邀请女同学跳舞。他抬头挺胸，一会儿搂着一个女同学的腰，一会儿扶着一个女同学的胳臂。水莲低着头，静静地坐在我的旁边。她虽已年过四十，脸上的皮肤依然紧致，白里透红，身材婀娜多姿，楚楚动人。一股淡淡的清香飘进了我的鼻息，我隐隐地产生想和水莲跳一曲的悸动。赵跃走了过来，弯着腰，向水莲做了一个标准的邀请姿势。水莲低声说："我不会。"赵跃说："嗨，谁不知道你是班里的舞蹈家。"水莲扭捏着不起身，赵跃把双手伸进水莲的腋下，手臂一提，水莲便离开座位，像一朵莲花，落在了场地中间。赵跃搂着水莲的腰，不停地旋转着。水莲裙袂摆动，如栖息在赵跃身上的一只蝴蝶。四周不时传来一阵阵欢呼声。赵跃忽然像芭蕾舞男演员一般把水莲往头顶上一托，水莲的裙袂挂了下来，露出了洁白细滑的双腿，场地里发出一阵呼哨声。

音乐声戛然而止，赵跃把水莲放了下来。水莲回到座位上，双颊绯红，眼眶里噙着泪水。

梦 与 归

三

日月如梭，一转眼我步入了中年。在长期的初中语文教学实践中，我渐渐形成自己独特的理念。我的观点是：乡土，是人的根基。人若没有根基，就如无源之水、无本之木。教育也一样，特别是语文课程，要根植于当地，与地方文化密切融合，让学生感受到当地文化的魅力，培养他们热爱家乡的情怀。由此，我时常带领学生走在飞满蜻蜓洒满夕阳的乡间小路上，对当地的文化进行挖掘，提升他们的探究性学习能力。

渐渐地，我的教学理念得到教育界普遍认可，有不少县外学校请我去开讲座。

秋日里，我受市教育局指派，去山东曲阜参加地方文化与教学研讨会。由于疫情原因，研讨会的日期多次变更，最终还是举行了。

我乘车来到云江，上了幸福号动车，十几分钟之后，动车便缓缓驶进云州站。车门打开，下车的旅客倒豆子似的流出车厢，然后又上来一批，填满车厢里空缺的位置。一阵手忙脚乱之后，动车又缓缓起动，然后如离弦的箭一般呼啸前行。

我的前方斜对面窗户边新坐进一个秃顶的男人，约莫五十来岁，圆脸，鼓眼，耷拉着脑袋，戴着一只黑色口罩，穿着一件满是褶皱的灰色T恤。由于位置的原因，我只能看到他的侧面，在洁白的灯光下宛若一张皮影。我忽然感到这张皮影似曾相识。

我拿起时光的梳子，极力想梳理出与这张皮影相关的记忆。岁月不饶人，近时的记忆犹如春后水上的薄冰，一见到阳光就会杳无踪迹，而旧时的记忆则如一坛米酒，愈久愈醇。我的记忆从孩提时开始，爬楼梯似的，一格一格往上升，我的脑海里忽然出现老同学赵跃的影子。那秃顶的脑袋，圆圆的脸型，呆滞木讷的表情，简直就是最初在葛阳师范学校见到的影子。只是那男人下巴上严严实实地裹着口罩，我看不到那里有没有一道丑陋的疤痕。然后我又想起两次同学会看到赵跃的情景，便感到自己那一丝闪念极其可笑，便摇头自语："他不可能是赵跃。"

想起赵跃，便想起他在上海办的公司。商场如战场，赵跃的公司究竟办得怎样呢？此时正有闲暇，我便在微信上联系了刘颂。立即有了刘颂的回音："麻杆兄，今天怎么想起我了？"我知道刘颂是个话痨子，便直奔主题："赵跃在上海的公司办得怎样？"

"不怎样，已经破产了。"

"啊！破产了？"

"他的公司是专门提炼废弃食用油脂转化为生物柴油的，属高科技环保领域产业。由于适应时代潮流，起初得到政府的大力扶持，赵跃还受到上海市政府的表彰。但终究遇到技术瓶颈，投资大，效益低，资金链脱节，最终还是破产了。"

说起破产，我的眼前又立即浮现出那些穷酸落魄的商人。我的目光便再次向前方斜对面射去。只见窗户边的那男人拉下口罩，正在啃着一块干面包，腮帮鼓得圆圆的，我并没有看到嘴角边有一道疤痕。我回忆赵跃那道疤痕的方位，最终确定在他右边嘴角，正是我看不到的另一侧。

"咳咳""咳……咳咳……咳",窗户边的男人急邃地抖动着身体,像漏了气的风琴似的不停地发出声嘶力竭的咳嗽声。车厢里的旅客惊恐地看了那男人一眼,然后便低下头裹紧口罩。男人的旁边坐着一个老太婆,满头银发,脸上爬满深深的皱纹,犹如一张木刻版画。她伸出枯树枝一般的手,不停地拍打着中年男人的后背。

中年男人伸出食指往过道指去,指尖不停地颤动,仿佛深陷沼泽地的落难者向路人求救。老太太扶着椅沿站起身,佝偻着背,亦步亦趋地向过道里走去,走到饮水机旁,拿了一个塑料杯倒了一杯开水,然后又抖抖索索地往回走,脑袋如钟摆一般左右晃动,杯里飞溅出一滴滴水花。

我不想节外生枝,因为我有许多重要的事情要干。但那男人若是赵跃,我至少要给他一句问候。于是我便从位置上站起来,拿起水杯向过道里走去,走到饮水机前往杯里灌满开水,然后慢慢地往回走,在那男人的前面停了下来。那男人业已啃完面包,戴上口罩,耷拉着脑袋,肤色发黄,像被霜打了的茄子。我想他若是赵跃,他一定会认得我,因为我一直保持着瘦骨嶙峋老气横秋的本色。我拉下口罩喝着杯里的水,喉咙里发出"咕咕"的响声,然后又故意发出几声咳嗽。那男人缓缓抬起头,撑开眼皮,浑浊失神的眼珠对着我转动几下,然后又深深地低下了头。

"他只是与赵跃相似罢了。"我心里嘀咕道,然后又回到座位,继续给刘颂发信息:"后来呢?"

"后来我就不清楚了。或许天霖知道。"

为了彻底解除心中的狐疑，我又"微"了时任云江市教育局副局长的柯天霖："柯局，忙吗？"

天霖立即给我回信息："还行，正准备参加一个会议。胡专家，有何贵干？"

"赵跃破产后，后来怎样了？"

"我与他好几年没联系了。听说他去了德国，在那边开了一家餐馆。"

去国外？我想起赵跃当年在第一次同学会上挥舞着拳头表白的情景："我要走出大山，走进城里，走向世界……"我又回想起赵跃的经历，心想他定能在国外起死回生，东山再起。

动车掠过一座座高楼大厦，时常出现一个个湖泊，湖边斜着一排排杨柳。我想正值秋日，那里定然会有漫天飞舞的柳絮。赵跃就像那飞絮，飞出大山，飞进城市，飞向国外。

一个月后将举行八八四班第三次同学会，我的眼前浮现出赵跃荣归故里参加同学会时的情景：飞机在停机坪里缓缓停下，赵跃戴着黑色的礼帽走出机舱。苏子琪穿着貂皮大衣，戴着墨镜，挽着赵跃的胳膊。身后跟着两位高大威武的男士，手里各提着一只乌黑发亮的行李箱……

"要午餐吗？"一名女列车员带着甜美的声音推着餐车从过道里走过。我的肚子里顿时发出"叽里咕噜"的抗议声，此时才想起由于赶车还没吃早餐。我要了一份四十元的盒饭，打开盒盖，一股排骨的清香飘进了我的鼻息，我低头狼吞虎咽。

吃完盒饭之后，我抬头看一下手机屏幕上的时间，估计到山东曲阜还有两小时的路程。我想听一曲柔和的音乐，让自己的脑细胞暂时休眠一会，以便明天在地方文化研讨会上有足够的精力作交流发言。由此我想起了苏子琪，便打开手机，在百度的搜索栏里输入苏子琪的名字。屏幕上很快就弹出一曲古琴演奏的视频，曲名叫《春江花月夜》。苏子琪穿着淡白色的旗袍，身材高挑，肌肤如雪，在莲藕一般的指尖下，古筝发出抑扬顿挫、柔柔似水的乐声，我的眼前似展开一幅安静祥和的美丽画卷。

看到苏子琪，我便想起水莲，于是我在微信上把视频转发给水莲。不久，水莲有了回音："苏子琪确实很优秀。她现在已成为全国著名的古筝演奏家了。"

我想起苏子琪两次没来参加同学会，以及赵跃半遮半掩的回答，便跟问了一句："她和赵跃还好吗？"

水莲说："不好，他们已经分手了。子琪原本就不喜欢赵跃，两人的文化差异太大，何况赵跃的相貌……子琪毕业以后进入县文化馆工作，一个帅气的高干子弟追求她，两人热恋，准备举行婚礼。谁知那公子哥是一个纨绔子弟，子琪去外地演出的时候，他便频频与别的女性幽会，两人就此分了手。赵跃获知消息后便疯狂地追求子琪。赵跃这人你是知道的，牛皮糖似的，当年……哎，不提了。听子琪说，赵跃追她时，不惜在天寒地冻时从老远的地方赶过来，站在她门口等一夜。郁闷失落的子琪最终答应了赵跃。两人结婚后，都忙于自己的事业，长期两地分居，夫妻关系名存实亡。"

"那他们有孩子吗？"

"没有。子琪说孩子是爱情的结晶，既然没有爱，就不需要结晶。她不想无端地让孩子成为自己事业的累赘。"

我不禁为赵跃和苏子琪的婚姻唏嘘不已。

"各位旅客，动车即将到达上海虹桥站。请在上海虹桥站下车的旅客准备好自己的行李下车。"车厢里优美柔和的播音打断了我的思绪。斜对面的老太婆听到声音后，赶忙起身整理行装，准备下车。

动车缓缓停下，车厢里再次传出播音："旅客们，上海虹桥站到了……"老太婆扶着中年男人，摇摇晃晃地向过道里走去。车门打开，那佝偻的背影终究在车厢里消失了。

窗外远处秋意正浓，远方的山峦上时有红色的枫叶和杜鹃花点缀，似披上一条印花毯子。山脚下掀起一层层黄色的稻浪，一群农民正在忙着收割。近水如烟，倒映着蓝天、白云、飞雁、高楼、古树。我沉浸在"西风九月粳稻黄，朔雁飞来翼相戛"的意境之中。

近处，下车的旅客排起长长的队伍，通过花岗岩砌成的地面匆匆向前走去。我再一次看到中年男人和老太婆的身影。秋风萧瑟，老太婆的满头白发向后扬了起来，骷髅一般的身子在风中瑟瑟发抖。中年男人在老太婆的搀扶下，咳嗽着，瑟缩着，缓缓向前移动。由于动作缓慢，母子俩远远地落在了人群的后面，犹如流落在荒原上的两只老山羊。剧烈的咳嗽不得不让中年男人停下脚步，撂下口罩，如喉咙里被骨头卡住的鸭子一般张大嘴巴，最终"噗"地向地上吐下一口痰，嘴角边露出一道乌黑的、满是褶皱的——疤痕。